बदीउज़्ज़माँ

सय्यद मोहम्मद ख़्वाजा बदीउज़्ज़माँ का जन्म 30 सितम्बर, 1928 को बिहार के गया शहर में हुआ। प्रगतिशील लेखक आन्दोलन से जुड़कर उन्होंने उर्दू और फिर हिन्दी साहित्य में क़दम रखा। कम उम्र में पिता का साया सर से उठ गया और ज़िम्मेदारियाँ निभाने के लिए वक़्त से पहले नौकरी का सिलसिला शुरू हुआ। उन्होंने हिन्दी और उर्दू में एम.ए. किया और ओडिशा के भद्रक कॉलेज में उर्दू के प्राध्यापक रहे। फिर 1956 में दिल्ली आए और भारत सरकार के राजभाषा विभाग से जुड़ गए। विभाजन की पृष्ठभूमि में लिखा गया उनका उपन्यास 'छाको की वापसी' और प्रतीकात्मक शैली में लिखा गया उपन्यास 'एक चूहे की मौत' हिन्दी साहित्य की कालजयी कृतियाँ हैं। 'अपुरुष' और 'छठा तंत्र' उनके अन्य उल्लेखनीय उपन्यास हैं। एक विशाल कैनवस पर लिखा गया उपन्यास 'सभापर्व' उनके गुज़र जाने के बाद सामने आया। 'अनित्य', 'पुल टूटते हुए' और 'चौथा ब्राह्मण' उनके कहानी संग्रह हैं। बदीउज़्ज़माँ उर्दू, हिन्दी, अंग्रेज़ी और ओड़िया भाषाओं के विद्वान थे और इन भाषाओं के श्रेष्ठ अनुवादक। उन्होंने कई महत्त्वपूर्ण अनुवाद भी किए हैं। वे उस पीढ़ी के नुमाइन्दे थे जिसने मुल्क, ख़ानदान और रिश्तों को टूटते देखा। उन्होंने अपनी क़लम के माध्यम से इस दुख को ज़ुबान दी। पूरा वक़्त साहित्य को दे सकें इसकी फ़ुर्सत ज़िन्दगी ने नहीं दी। उन्होंने 16 मई, 1986 को इस दुनिया को अलविदा कहा। वे अक्सर यह शे'र गुनगुनाया करते थे—

जान कर मिनजुमला-ए-ख़ासाने-मयख़ाना मुझे,
मुद्दतों रोया करेंगे जामो-पैमाना मुझे।

D1832241

छाको की वापसी

बदीउज़्ज़माँ

राजकमल पेपरबैक्स

पहला पुस्तकालय संस्करण
राधाकृष्ण प्रकाशन से
1975 में प्रकाशित

राजकमल पेपरबैक्स में
पहला संस्करण : 1985
तीसरा संस्करण : 2024

राजकमल पेपरबैक्स : उत्कृष्ट साहित्य के जनसुलभ संस्करण

राजकमल प्रकाशन प्रा.लि.
1-बी, नेताजी सुभाष मार्ग, दरियागंज
नई दिल्ली-110 002
द्वारा प्रकाशित

शाखाएँ : अशोक राजपथ, साइंस कॉलेज के सामने, पटना-800 006
पहली मंजिल, दरबारी बिल्डिंग, महात्मा गांधी मार्ग, प्रयागराज-211 001
1, अनमोल सोराबजी संतुक लेन, धोबी तलाव, मरीन लाइंस, मुम्बई-400 002
वेबसाइट : www.rajkamalprakashan.com
ई-मेल : info@rajkamalprakashan.com

बी.के. ऑफसेट
नवीन शाहदरा, दिल्ली-110 032
द्वारा मुद्रित

मूल्य : ₹250

CHHAKO KI VAPASI
Novel by Badiuzzaman

ISBN : 978-93-93768-20-9

छाको की वापसी

"खाजे बाबू हथिन?" बाहर से वही जानी-पहचानी आवाज़ आई। मैं समझ गया, ज़रूर छाको का ख़त आया है और जनवा ख़त पढ़वाने के लिए, मेरे पास आना चाहती है।

मैं अभी-अभी कॉलेज से आया हूँ। बदन पसीने से तर हो रहा है। सूरज डूब चुका है, पर बाहर अब भी बहुत तपिश है। कमरे में बैठना अच्छा नहीं लग रहा है। जी चाह रहा है, कुछ देर अँधेरे कमरे में लेटा रहूँ। झुलसानेवाली गर्मी में साइकिल पर, चार मील का रास्ता तय करके घर पहुँचा था। बहुत थका हुआ हूँ। ऐसे में जनवा की आवाज़ सुनकर बड़ी कोफ़्त हुई।

यह अच्छी मुसीबत मेरे साथ लगी हुई है। जब देखो कोई-न-कोई ख़त पढ़वाने को आ धमकता है। जैसे दुनिया में मेरे लिए कोई और काम नहीं रह गया है। सुबह का नाश्ता करके, कॉलेज जाने की तैयारी में लगा हूँ। ठीक उसी वक़्त कोई हाथ में पोस्टकार्ड लिये आ जाएगा और मेरे हाथ में पोस्टकार्ड यों थमा देग जैसे उसे पढ़कर सुनाना मेरा कर्तव्य हो—ऐसा कर्तव्य जिसकी उपेक्षा करने की मैं कभी सोच भी नहीं सकता।

इस बेगार से मेरा मन बहुत ऊब चुका है और किसी तरह इससे छुटकारा पाना चाहता हूँ। लेकिन शायद लोगों के ख़त पढ़ना मेरी एक आदत बन चुकी है—ऐसी आदत, जिससे मैं खीझता तो रहता हूँ लेकिन जिससे मुक्ति पाना शायद मेरे वश में नहीं रहा।

बात यह है कि मुहल्ले के बहुत सारे लोग काम-धन्धे के सिलसिले में बाहर दूसरे शहरों में रहते हैं लेकिन उनके बीवी-बच्चे मुहल्ले में अपने घरों में ही रहते हैं। ये लोग लम्बे अरसे तक बाल-बच्चों से दूर अकेले रहते हैं। लेकिन ख़त लिखने में ये तमाम लोग बहुत मुस्तैदी का सबूत देते हैं। हर दूसरे-तीसरे दिन ख़त लिखवाकर भेजना ये कभी नहीं भूलते। इन ख़तों में अक्सर बहुत छोटी और मामूली बातें इतनी

तफ़सील से लिखी होती हैं कि इन्हें पढ़कर अनायास ही हँसी आ जाती है।

'संक्षेप' नाम की कोई चीज़ इन ख़तों में नहीं होती। ये लोग पढ़े-लिखे तो हैं नहीं जो ख़ुद ख़त लिख सकें। दूसरों से ख़त लिखवाकर भेजते हैं और इन ख़तों के लिखनेवाले भी कुछ ज़्यादा पढ़े-लिखे नहीं होते। इनकी वाक्य-रचना बिलकुल वैसी ही होती है जैसी कि ख़त लिखनेवाला ख़त का मज़मून बनाते समय इस्तेमाल करता है। इबारत और इमला की बेशुमार ग़लतियों के साथ-साथ, अक्सर इनकी लिखावट इतनी ख़राब होती है कि इनको पढ़ने में लगभग उतनी ही दुश्वारी होती है जितनी किसी जटिल कोड को 'डिसाइफ़र' करने में किसी को हो सकती है।

कभी-कभी तो किसी ख़त को पढ़ते-पढ़ते मैं बुरी तरह झुंझला उठता हूँ। एक-एक लफ़्ज़ को टो-टोकर पढ़ने की परेशानी असह्य हो जाती है और क्रोध में ख़त को उठाकर फेंक देता हूँ। लेकिन दूसरे ही क्षण मुझे सामने खड़ी औरत के चेहरे को देखकर तरस आ जाता है और मैं ख़त को उठाकर, दुबारा पढ़ने की कोशिश करने लगता हूँ।

जो बात एक पंक्ति में कही जा सकती है वह बात इन ख़तों में आठ-आठ, दस-दस पंक्तियों में लिखी रहती है। मिसाल के तौर पर 'घर के सब लोगों को सलाम-दुआ' जैसी छोटी बात, जो आधी पंक्ति में लिखी जा सकती है अक्सर छह-सात पंक्तियों में लिखी जाती है। जब तक घर के हर आदमी को अलग-अलग सलाम-दुआ न लिखी जाए तब तक ख़त लिखवानेवाले की आत्मा को शान्ति नहीं मिलती।

'मजीद को उसके बाबा की तरफ़ से बहुत-बहुत दुआ। रहीम को भी बाबा की तरफ़ से बहुत दुआ। हसीना को बाबा की तरफ़ से बहुत-बहुत दुआ...।' इस तरह की अच्छी-ख़ासी लम्बी सूची रहती है इन ख़तों में जिसे पढ़ते हुए यह एहसास होने लगता है कि ख़त नहीं पढ़ रहे हैं पुरखों और बुज़ुर्गों का कोई शिजरा दुहरा रहे हैं। कभी ख़त पढ़ते हुए भूल से या कोफ़्त से बचने की ख़ातिर इस सूची में से एक-दो नाम गोल कर जाता हूँ तो औरत झट से टोक देती है—"आउ सुबहनिया का नाम ना है, बाबू?"

"हाँ-हाँ भाई, उसको भी दुआ लिखी है। उसका नाम आगे लिखा है।" मैं झेंप मिटाने की ख़ातिर हँसते हुए जवाब देता हूँ।

पास-पड़ोस के लोगों की चिट्ठियाँ पढ़ने का सिलसिला बहुत उबाऊ और जानलेवा लगने लगा है। तीन-चार चिट्ठियाँ तो रोज़ ही पढ़नी पड़ती हैं। किसी-

किसी रोज़ तो आठ-दस भी हो जाती हैं। कभी उकताकर किसी को झिड़क देता हूँ और ख़त पढ़ने से मना कर देता हूँ तो अम्मा बीच में आ जाती हैं और डाँटना-फटकारना शुरू कर देती हैं—

"भला ई भी कोई बात है। पास-पड़ोस के ग़रीब लोग, कहाँ जाएँ आख़िर ख़त पढ़वावे। ख़त पढ़े में ऐसा का वक़्त लगे है जो नाक-भौंह सिकोड़ लो हो। ख़त पढ़वावे ही तो आवे हैं बेचारी सब। कोई रुपया-पैसा तो माँगे ना हैं तुमसे।"

और अम्मा का दिल रखने के लिए मुझे आख़िरकार ख़त पढ़ना ही पड़ता है।

परसों ही की तो बात है। मैं एक ज़रूरी काम से बाहर जा रहा था। घर से निकलने में, वैसे ही कुछ देर हो गई थी। साइकिल बाहर निकाली ही थी कि जुमरतनी हाथ में ख़त लिए सामने आ गई—"चिठिया पढ़ दो, बाबू!"

मैं जल ही तो गया। कमबख़्तों को ज़रा भी शर्म-लिहाज़ नहीं। इनके बाप-दादा का नौकर हूँ जैसे।

"देखती नहीं हो कि मैं बाहर जा रहा हूँ।" मैंने जुमरतनी को झिड़क दिया और साइकिल पर बैठकर चला गया।

मैं लौटा तो अम्मा का मूड बहुत ख़राब था। मुझे देखते ही बरस पड़ीं—"जुमरतनी बेचारी का जी दुखा के का मिला तुमको? ग़रीब कलप के रह गई। दो हरफ़ की चिट्ठी पढ़ देतेओ तो का हो जाता। ग़रीब सब अपना समझे हैं। एही वास्ते आवे हैं। ऐसा बरताव करियो तो थूके को भी ना अइएँ दरवाज़े पर।"

ग़ुस्से-भरे लहजे में इतना कहने के बाद उन्होंने झींकना शुरू कर दिया था—"अब ऊ दिन कहाँ हम सबके! तुमरे अब्बा थे तो और बात थी। कचहरी में काम करे की वजह से रोब-दाब था मुहल्ले में। ऊ दिन कहाँ से अइएँ अब!"

अम्मा जब बीते हुए दिनों के वैभव को याद करके विलाप करने लगती हैं तो उसे झेल पाना मेरे लिए नामुमकिन हो जाता है। लगता है, मैं किसी दलदल में निरन्तर धँसता चला जा रहा हूँ। कितनी ही बार ख़त न पढ़ने की वजह से ही ऐसी स्थिति का सामना करना पड़ा है।

अम्मा का ग़ुस्सा और डाँट-फटकार बरदाश्त करना मेरे लिए फिर भी आसान है लेकिन उनका झींकना मुझसे बरदाश्त नहीं होता। ऐसे क्षणों में हीनता की भावना, कीड़े-मकोड़ों की तरह छोटे और हक़ीर होने का एहसास मुझे ग्रसने लगता है और मैं बुरी तरह तिलमिला उठता हूँ। मेरी कोशिश यही रहती है कि कोई ऐसी स्थिति पैदा न हो जो अम्मा के अतीत-मोह को जागृत कर दे।

ख़तों को पढ़कर सुनाने के बाद मेरी ज़िम्मेदारी अगर ख़त्म हो जाती तो भी मैं शुक्र करता और इतमीनान की साँस लेता। मुश्किल यह थी कि जितने ख़त आते थे उनका जवाब भी मुझे ही लिखना पड़ता था। यानी एक अच्छा-ख़ासा मुहर्रिर बना हुआ था। जब देखो पास-पड़ोस की कोई औरत हाथ में कोरा पोस्टकार्ड या लिफ़ाफ़ा लिए चली आ रही है ख़त लिखवाने। यह काम तो ख़त पढ़ने से भी ज़्यादा परेशानी का था।

दोपहर का खाना खाकर आराम कर रहा हूँ। नींद आँखों में तैर रही है। उसी क्षण जनवा या कोई औरत दरवाज़ा पीटना शुरू कर देगी। दरवाज़ा खुलते ही कोरा लिफ़ाफ़ा या पोस्टकार्ड हाथ में थमा देगी और कहेगी—"चिट्ठी लिख दो बाबू।" तन-बदन में आग ही तो लग जाती है। जी में आता है कि लिफ़ाफ़े और पोस्टकार्ड को उसके मुँह पर दे मारूँ। लेकिन यह सब कर नहीं पाता। चुपचाप ख़त लिखना शुरू कर देता हूँ। अजीब ऊटपटाँग बातें होती हैं जो आए दिन इन ख़तों में मुझे लिखनी पड़ती हैं। 'शम्सू और रहीम और बतूलन की तरफ़ से बाबा को बहुत-बहुत सलाम। मालूम हो कि यहाँ हम लोग सब अच्छी तरह हैं। कोई फ़िकर की बात नहीं। आपने रुपया भेजा था। बीस रुपया में से पाँच रुपया नन्हक साव को दे दिया। उधार लिया था। पन्द्रह रुपया बचा, सो हम सब ख़र्च कर रहे हैं। छप्पर टपकता था। कांजू से छवा दिया है। दो रुपया उस पर ख़र्च हुआ। बतूलन को बुख़ार हो गया था। डाक्टर के पास ले गए थे। डेढ़ रुपया दवाई का लिया। अब ठीक है। माँ कहती है आप परदेस में हैं। अपना खयाल बात करिएगा। बाबा को हम सबकी तरफ़ से सलाम।'

आम तौर पर तमाम ख़तों में इसी तरह की घिसी-पिटी बातें मुझे लिखनी पड़ती थीं। कभी-कभार ही कोई सचमुच अहम या ग़ैरमामूली बात इन ख़तों में होती थी। मुझे ताज्जुब होता था कि इतनी साधारण और महत्त्वहीन बातों के लिए ये लोग हर तीसरे-चौथे दिन ख़त लिखने को क्यों आतुर रहते हैं!

जिन ख़तों में बहुत अहम मसलों का ज़िक्र होता था वे भी कम-से-कम मुझे बहुत छोटे और मामूली मसले नज़र आते थे। कोई कहती—'बाबू खूब जोर दे के लिखो। कुछ अक्कल-होस है कि ना। जैतुनिमा नौ बरस की हो गेलई। सादी-ब्याह की फिकर है कि ना। लड़का वाला ढूँढ़े को चाही ना।'

ख़त में ऐसी बातें लिखते हुए हँसी को रोक पाना मेरे लिए असम्भव हो जाता है। कभी-कभी तो मेरे हाथ से क़लम छूटकर गिर जाती है और मैं हँसी के मारे

लोट-पोट हो जाता हूँ। हालाँकि देखा जाए तो हँसने की कोई बात नहीं है। जिस वर्ग की औरतें मुझसे ख़त लिखवाने आती हैं उनमें आठ-नौ साल की उम्र होने से पहले ही लड़कियाँ ब्याह दी जाती हैं। शरीफ़ घरानों की बात जाने दीजिए जहाँ सोलह-सत्रह साल की उम्र के पहले लड़कियों की शादी नहीं की जाती। लेकिन मेरे दिमाग़ में अपने घर और ख़ानदान के ही रीति-रिवाज होते हैं और इनके मुक़ाबले में इन लोगों के तौर-तरीक़े और रीति-रिवाज सचमुच मुझे बहुत बेतुके और हास्यास्पद दिखाई देते हैं।

"खाजे बाबू हथिन?" जनवा ने फिर आवाज़ लगाई।

लेकिन इस बार भी मैं चुपचाप लेटा रहा। सोचा एक-दो बार आवाज़ देकर और मेरा कोई जवाब न पाकर समझ जाएगी कि मैं घर में नहीं हूँ।

छाको का ख़त पढ़ने में वैसे भी मुझे बहुत उलझन होती है। ख़ुद लिखा-पढ़ा तो है नहीं। जाने किससे ख़त लिखवाकर भेजता है। जबान की बात तो अलग रही, लिखावट ऐसी होती है कि पढ़ने की लाख कोशिश कीजिए, कुछ पढ़ा नहीं जाता। इबारत और हिज्जे की ग़लतियों का तो कोई हिसाब ही नहीं है। जितनी दिक़्क़त कचहरी के काग़ज़ात को पढ़ने में होती है उससे कम दिक़्क़त मुझे छाको का ख़त पढ़ने में नहीं होती। शुरू-शुरू में तो ज़्यादा दिक़्क़त होती थी। पर अब इस लिखावट से कुछ परिचित हो चला हूँ। कहीं अटकता हूँ तो अन्दाज़ से मतलब भाँप लेता हूँ और अक्सर मेरा अन्दाज़ा सही साबित होता है क्योंकि जनवा सिर हिला-हिलाकर मेरे अन्दाज़े की तसदीक़ कर देती है।

कई वर्षों से छाको के ख़त पढ़ने का सिलसिला चल रहा है—यानी उस वक़्त से जब से वह अपने बाबा से लड़कर यहाँ से गया है। इस अरसे में वह जाने कहाँ-कहाँ घूमता रहा है। बड़ा ही घुमक्कड़ है यह छाको भी। किसी एक जगह पर टिककर नहीं रहता। साल-छह महीने में ही उसका जी ऊबने लगता है और वह कहीं और चल देता है। पहले उसके ख़त कोडरमा से आते थे। उसके पहले झुमरीतलैया से और उसके भी पहले हजारीबाग़ से। अब कुछ दिनों से कलकत्ते में हैं।

छाको कहीं भी रहे, साल में एक-दो चक्कर घर के ज़रूर लगाता है। जब कभी आता है मुझसे मिलना नहीं भूलता। आते ही मेरे पास पहुँचेगा और अपने बारे में सब कुछ बताएगा। काम-धन्धा कैसा चल रहा है, किन लोगों के साथ वह रहता है, यहाँ आकर अपना धन्धा क्यों नहीं शुरू करता? इन सबके बारे में वह बहुत विस्तार से बताता है। बातचीत कभी लम्बी खिंच जाती है तो मेरे लिए उबाऊ भी

हो जाती है। लेकिन मैं उससे कभी कुछ नहीं कहता। अपनी ऊब और उकताहट को उससे छिपाए रख़ता हूँ। और वह इस एहसास के साथ वापस जाता है कि मैंने उसकी तमाम बातें बहुत ध्यान से सुनी हैं और उसके मसलों में मुझे भी कोई कम दिलचस्पी नहीं है। वह जनवा से जाकर कहता है—"खाजे बाबू कित्तन सरीफ हैं। अपने अब्बा जैसन नेक और सरीफ। इत्ता पढ़-लिख के भी कोई दिमाग ना है।"

जनवा अक्सर छाको की यह राय मुझे बताना नहीं भूलती।

"खाजे बाबू! छाको तुमरी बहुत तारीफ़ करे है। कहे है आदमी हो तो खाजे बाबू ऐसा।"

जनवा के ये शब्द सुनकर मैं हल्के-से मुस्करा देता हूँ। शायद वह भी दिल में समझती है कि ख़त पढ़ने और लिखने के काम से मैं बहुत ऊब चुका हूँ। सोचती होगी कि उसके ये शब्द सुनकर मुझे ख़ुशी होगी और मैं उसके ख़त पढ़ने या लिखने से कभी इनकार नहीं करूँगा। शायद उसका यह ख़याल सही है। उसके मुँह से अपनी तारीफ़ सुनकर यक़ीनन मुझे थोड़ी-बहुत ख़ुशी होती है।

सिर्फ़ जनवा ही नहीं, मुहल्ले की सभी औरतें जो मुझसे इस तरह की बेगार लेती हैं मेरी तारीफ़ करने से नहीं चूकतीं। कुछ तो बहुत फूहड़ ढंग से मेरी तारीफ़ करने लगती हैं, "बाबू! आप लोगों के सहारे ही हम सब यहाँ पड़े हैं। कौन पूछे है हम गरीबवन को।"

जनवा कभी ऐसे भोंडे तरीक़े से चापलूसी नहीं करती। उसका तरीक़ा अधिक सूक्ष्म और कारगर होता है। वह तारीफ़ भी इस अन्दाज़ से करती है कि वह ख़ुशामद या चापलूसी नहीं लगती। कहती है—"सुने ओ खाजे बाबू! मेहदी मुंशी है ना। ओही जो पुल पास रहे है। जानो हो का कहे है ऊ। कोई चिट्ठी-पत्री लिखावे को हो तो मेरे पास ले अइयो। हम साफ-साफ कह दिया। हम को का जरूरत किसी के पास जावे की। खाजे बाबू से बढ़िया चिट्ठी कौन लिख सके है।"

जनवा की चापलूसी भी अपने ही ढंग की होती है। साँप भी मर जाता है और लाठी भी नहीं टूटती। वह मेरी तारीफ़ भी कर देती है और एक तरह का एहसान भी मुझ पर लाद देती है। मतलब यह है कि ख़त पढ़वाने या लिखवाने के लिए उसके पास दूसरे साधन भी हैं लेकिन वह मुझे दूसरों पर तरजीह देती है। जनवा की चालाकी में एक तरह की कारीगरी है। उसमें वह फूहड़पन और भोंडापन नहीं है जो मुहल्ले की कई औरतों की तारीफ़ों में मुझे साफ़ दिखाई देता है।

जनवा छाको की बेवा बहन है। असली नाम ज़ैनब है। लेकिन सब जनवा ही कहते हैं। छाको उसे जनवा बुआ कहता है। शौहर के मरने के बाद उसके कुनबे के ख़र्च का बोझ छाको ही उठा रहा है। वह अपने बाप को रुपए नहीं भेजता। मुझे याद नहीं कभी महम्दू ख़लीफ़ा के नाम उसका कोई मनीआर्डर आया हो। लेकिन जनवा के नाम से हर महीने तीस-पैंतीस रुपए का मनीआर्डर ज़रूर आता है। छाको की लड़की भी जनवा के साथ ही रहती है। जनवा, छाको का बाप और भाई-बहन सब एक ही घर में रहते हैं। पर जनवा का चूल्हा अलग है। यह चूल्हा छाको का भी है। क्योंकि उसकी बच्ची जनवा के साथ रहती है।

जनवा का घर हमारे घर के ठीक सामने है। मिट्टी की दीवारों से बना हुआ कच्चा घर। सिर्फ़ दो कोठरियों का मकान। एक कोठरी में छाको का बाप और उसका परिवार रहता है। दूसरी कोठरी में जनवा अपने बच्चों के साथ रहती है। मेरे मकान की छत से महम्दू ख़लीफ़ा के घर का आँगन पूरे-का-पूरा दिखाई देता है। आँगन में अमरूद का एक पेड़ है। एक कोने में मिट्टी की छोटी दीवारें खींचकर बनाया गया पाख़ाना जिसमें दरवाज़े के नाम पर टाट का पुराना परदा टँगा रहता है। ऊपर कोई छाजन भी नहीं।

कभी-कभी बहुत आश्चर्य होता है। दो कोठरियों वाले इस छोटे-से घर में इतने सारे लोग कैसे रहते हैं! छाको का बाप, भाई और बहनें। जनवा का भी अच्छा भरा-पूरा क़ुनबा है। चार-पाँच प्राणियों के साथ एक कोठरी में कैसे गुज़ारा करती है! हमारे घर में चार कमरे हैं। दो नीचे और दो ऊपर। बाहर की बैठक इसके अलावा। लेकिन मुझे अपना घर अच्छा नहीं लगता। घर इतना पुराना भी नहीं है। बीस साल पहले का बना हुआ। ऊपर का हिस्सा तो काफ़ी हवादार भी है। खुली हुई छत है। गर्मी के दिनों में खुली छत पर रात में ख़ूब अच्छी हवा आती है। जाड़े के मौसम में धूप भी ख़ूब मिलती है। फिर भी मुझे अपना घर बिलकुल पसन्द नहीं है। मकान की बनावट बहुत सीधे-सादे ढंग की है। कोई तड़क-भड़क और रौनक़ नहीं। बाहर कोई गेट नहीं। कोई लॉन नहीं जहाँ आदमी शाम को कुर्सियाँ बिछाकर बैठ सके। फिर गली का गन्दा और रूखा-सूखा माहौल। जिधर आँखें उठाओ कच्चे, टूटे-फूटे घर। टाँगें उठाए पेशाब करते कुत्ते। नाक से गन्दा नाला बहाते हुए काले-कलूटे बदसूरत बच्चे। नल पर गालियाँ बकती और लड़ती-झगड़ती औरतें।

मुझे अक्सर अब्बा की अक़्ल और समझ पर हैरानी होती है। इस गन्दी गली में ही रहना उन्होंने क्यों पसन्द किया? शहर में और इलाक़े भी तो हैं—साफ़-सुथरे

इलाक़े, जहाँ सिर्फ़ अच्छे और पढ़े-लिखे लोग ही रहते हैं। कितना अच्छा होता कि अब्बा ने ऐसा ही कोई इलाक़ा चुना होता! तब हम लोगों की ज़िन्दगी कुछ और ही होती।

अब्बा बहुत ग़रीबी से उठे थे। शायद उन्होंने इतना भी न सोचा होगा कि वह शहर में दुमंज़िला पक्का मकान बनवा सकेंगे। वह ख़ुद कहा करते थे—"तुम लोगों को क्या पता, मैंने कितनी मुसीबतें झेलकर पढ़ा है। ट्यूशनें कर-करके पढ़ाई और खाने-पीने का ख़र्च निकाला है। अक्सर फ़ीस देने को मेरे पास रुपए नहीं होते थे।"

अब्बा के मिज़ाज में बहुत चिड़चिड़ापन था। मुमकिन है, यह बचपन के दिनों की मुसीबतों के कारण हो। बात-बात पर ग़ुस्से में आ जाना, बच्चों को डाँटते-फटकारते रहना उनकी आम आदत थी। उनके क्रोधी स्वभाव से मैं भी बहुत परेशान रहता था। एक ख़ामोश ग़ुस्सा मेरे मन में भी हमेशा पलता रहता था।

"खाजे बाबू! खाजे बाबू!" जनवा अब ज़ोर-ज़ोर से पुकार रही है।

उफ़! यह जनवा की बच्ची मुझे पल-भर चैन लेने नहीं देती। कान के परदे फाड़े दे रही है। अब उठना ही पड़ेगा।

मैं बैठक का दरवाज़ा खोलता हूँ। जनवा हाथ में एक लिफ़ाफ़ा लिए खड़ी है। कुछ कहे बग़ैर वह ख़त मेरे हाथ में थमा देती है और ख़ुद दहलीज़ पर बैठ जाती है।

मैं ख़त देखकर चौंक जाता हूँ।

यह क्या! वही लिखावट है। बात लिखने का वही अन्दाज़ है और ख़त भी छाको का ही है। लेकिन यह क्या! ख़त पाकिस्तान से आया है। मुझे उत्सुकता हो रही है। अपनी उत्सुकता में मैं क्षण-भर के लिए यह भूल ही जाता हूँ कि जनवा बैठी है और उसे ख़त पढ़कर सुनाना है। मन-ही-मन सारा ख़त एक बार पढ़ जाता हूँ। फिर एकाएक एहसास होता है कि जनवा सामने बैठी है और मेरी तरफ़ हैरानी से देख रही है। मेरे चेहरे के उतार-चढ़ाव को देखकर उसकी आँखों में थोड़ी घबराहट सिमट आई है। जाने ख़त में ऐसी क्या बात लिखी है जो खाजे बाबू मुझे बताना नहीं चाहते। "अल्ला खैर करे! सब ठीक है ना बाबू? का लिखिस है छाको? ओ ही का तो सहारा है बाबू। करम-फूटी बहिनिया को पूछेवाला आउ कौन है बाबू?"

"सब ठीक है जनवा। छाको का ख़त है। घबराने की कोई बात नहीं है।" मैं जनवा के भयभीत चेहरे को देखते हुए जवाब देता हूँ और ख़त पढ़कर सुनाने लगता हूँ—

"अब्दुश्शकूर की तरफ़ से बाबा को बहुत-बहुत सलाम, और जैनब बुआ को सलाम और भाई सब को दुआ। मालूम हो कि खुदा के मेहरबानी से हम खैरियत से हैं और आप लोगों की नेक खैरियत चाहते हैं। आप सब कहेंगे कि अब्दुश्शकूर कलकत्ता से बिना खबर किए यहाँ कैसे आ गया। इलाही मास्टर, जिनकी दुकान में हम काम करते हैं, कहिन कि इलाही टेलरिंग हाउस पाकिस्तान में खोलेंगे। सब कारीगरों से बोले कि हमारे साथ चलना होगा। हम बड़े मुश्किल में फँसे। इतना वक़्त भी नहीं दिया कि आप लोगों से मिलकर कुछ सलाह कर सकें। चार-पाँच दिन के अन्दर-अन्दर हम सबको लेकर ढाका पहुँच गए। इलाही मास्टर के एक बहनोई यहाँ हैं। यहाँ आने पर पता चला कि वही इलाही मास्टर को बहकाइन था, पाकिस्तान चलने के वास्ते। जमी-जमाई दुकान उजाड़कर यहाँ आ गए। हम सब कारीगर लोग इलाही मास्टर के बहनोई के मकान में एक कोठरी में रहते हैं। इलाही मास्टर को दुकान नहीं मिली है। खोज रहे हैं। खुदा करे जल्दी मिल जाए। खाली बैठे-बैठे जी घबरा रहा है।

"बाबा और जनवा बुआ को मालूम हो कि हम एकदम ठीक हैं। कोई फिकर की बात नहीं है। रुपया हर महीने जाएगा। चिट्ठी बराबर दिया कीजिए। ढाका अच्छा शहर है। कलकत्ता के इत्ता बड़ा नहीं है लेकिन अपने गया से बड़ा शहर है। यहाँ बंगाली लोग बहुत हैं। बंगाली लोग अपने मुलुक के आदमी से बहुत चिढ़ता है। कहता है ये सब कहाँ से आ गया हमारे देस में। इलाही मास्टर के साथ इत्ते रोज काम किया था। इसलिए उनकी बात मानकर यहाँ आ गए। यहाँ पानी खूब बरस रहा है। गया में तो बहुत गरम होगा। मुहल्ले का सब हाल लिखना। हमारी तरफ़ से मुहल्ले के सब लोग को सलाम और दुआ।

"एक जरूरी बात यह है कि मुहर्रम आ रहा है। अखाड़ा निकलेगा। उसमें हमारी तरफ से पाँच रुपया दे दिया जाए जैसे हर साल दिया जाता है। बाबा को सलाम। जुबैदा को उसके बाबा का दुआ। मुस्तकीम और यासीन को मामूँ की तरफ से बहुत-बहुत दुआ। यहाँ हमारा मन एकदम नहीं लगता है। का करें, इलाही मास्टर का कहना

मानकर यहाँ आ गए। घर बहुत याद आता है। आप लोग फिकर मत कीजिएगा। खुदा चाहेगा तो सब ठीक होगा। सबको अब्दुश्शकूर की तरफ़ से बहुत-बहुत सलाम और दुआ।"

मैं ख़त पढ़कर सुना चुका तो देखा कि जनवा रो रही है।

"छाको का अक्कल देखला ना खाजे बाबू। बप्पा, भइवा, बहिनिया सब तो हियाँ हथिन। अप्पन चल गेलई पाकिस्तान! हमनी सबका नसीब खराब बाबू! आउ का कहल जाए!"

मैं चुप रहा। मैं कह भी क्या सकता था! जनवा ख़त लेकर आँचल से आँसू पोंछती हुई चली गई।

छाको का ख़त पढ़कर मुझे बहुत ताज्जुब हुआ। बहुत लम्बे अरसे से वह बाहर-बाहर रहा था। कभी हज़ारीबाग तो कभी झुमरीतलैया। कभी कोडरमा तो कभी कलकत्ता। पर ये सब जगहें हिन्दुस्तान में थीं। ये जगहें ऐसी थीं, जहाँ अक्सर हमारे मुहल्ले के लोग रोज़गार और काम-धन्धे की तलाश में जाते रहते थे। पर ढाका तो मुल्क ही दूसरा हो गया। ऐसी बात भी नहीं है कि हमारे मुहल्ले से कोई पाकिस्तान गया ही न हो। पर जिनको जाना था वह बँटवारे के तुरन्त बाद ही चले गए थे।

जाने वालों में तक़रीबन सब-के-सब पढ़े-लिखे नौकरी-पेशा लोग थे या फिर वे लोग थे जिनके पास काफ़ी रुपया-पैसा था। हमारे मुहल्ले के हाजी अब्दुल करीम पाकिस्तान बनने के तुरन्त बाद ही ढाका चले गए थे और सुनते हैं कि वहाँ उनका लाखों का कारोबार है। वैसे हिन्दुस्तान में भी उन्होंने कुछ कम तरक़्क़ी नहीं की थी। बचपन के दिनों में मैं ख़ुद उनको साइकिल-मिस्तरी का काम करते देख चुका था। पीर मन्सूर की दरगाह के पास एक छोटी-सी दुकान थी जहाँ रोज़ ही साइकिल में हवा भरते, पंक्चर ठीक करते और टूटी-फूटी साइकिलों की मरम्मत करते मैं देखा करता था। मैली-कुचैली बनियान और लुंगी पहने वह काम में जुटे रहते। हाथ, चेहरा, कपड़ा—सब पर स्याही-सी पुती रहती थी। कभी उनके पास जाना पड़ता तो शरीर से तेज़ दुर्गन्ध फूटती हुई महसूस होती। पल-भर को भी उनके पास खड़ा होना दूभर हो जाता।

लेकिन लड़ाई के शुरू होते ही हाजी अब्दुल करीम की क़िस्मत का सितारा जैसे चमक उठा। देखते-ही-देखते साइकिल-मरम्मत की दुकान साइकिल के पुर्ज़ों

और टायर-ट्यूब की दुकान में बदल गई। कुछ दिनों के बाद ही दुकान के पास ही साइकिल-रिक्शाओं का एक गैराज भी खुल गया। फिर साइकिल-रिक्शों की तादाद भी दिनों-दिन बढ़ती गई। दो-तीन साल के अन्दर-अन्दर ही साठ-सत्तर साइकिल-रिक्शों के मालिक बन बैठे।

महम्दू ख़लीफ़ा हाजी अब्दुल करीम को उनके बचपन के ज़माने से जानता है। उसके ही शब्दों में, वह उन्हें उस ज़माने से जानता है जब हाजी अब्दुल करीम का नाम, करीमवा हुआ करता था और वह नंगा गली में मारा-मारा फिरता था। वह अक्सर कहा करता है—'लड़ाई साले की किस्मत फेर दीहिस बाबू। कौन पूछता था बाबू इसको। हराम की कमाई से ही घर भरिस है बाबू। लानत है ऐसे पैसे पर। दोजख में जब साँप-बिच्छू काटिएँ तब पता चलिए सार को। हज करे से का होइए। अल्ला तो सब देखे है ना।'

हाजी अब्दुल करीम को दोज़ख़ में साँप-बिच्छू काटेंगे या नहीं, इसके बारे में कोई क्या कह सकता है। लेकिन फ़िलहाल तो उन्हें हर तरह का सुख-आराम मिला हुआ है। ढाका में सैकड़ों साइकिल-रिक्शे चलते हैं। लोहे का थोक कारोबार है। कई कोठियाँ हैं। मोटरें हैं। नौकर-चाकर हैं। इस अरसे में दो बार और हज कर चुके हैं। लोगों का कहना है कि पाकिस्तान न गए होते तो इतनी दौलत कभी हासिल न करते। कोई ठिकाना है उनकी दौलत-जायदाद का! अब कराची में भी कारोबार शुरू कर दिया है और एक बेटे को वहाँ भेज दिया है।

ख़ैर! हाजी करीम तो एक महत्त्वाकांक्षी व्यक्ति है। उसे दौलत और जायदाद की हवस है। वह अगर अपनी हवस पूरी करने के लिए पाकिस्तान चला गया तो यह बात समझ में आ सकती है।

इसी तरह मुहल्ले के कई नौकरी-पेशा लोग भी चले गए थे। ख़ुद छोटे अब्बा और हबीब भाई ही तरक़्क़ी और ज़्यादा ऊँची नौकरियों की हवस में पाकिस्तान चले गए थे। इनकी बात भी समझ में आ सकती है। चार पैसों का फ़ायदा हो तो क्यों न जाएँ। और इन्हें सचमुच फ़ायदा हुआ भी। छोटे अब्बा बरसों से हेडक्लर्क बने सड़ रहे थे। वहाँ पहुँचते ही डिप्टी पोस्ट-मास्टर बन गए। हबीब भाई बैंक अफ़सर बन गए हैं और मोटी तनख़्वाह पा रहे हैं।

लेकिन छाको का इन लोगों से क्या रिश्ता! वह तो एक मामूली दर्ज़ी है और शायद हमेशा दर्ज़ी ही रहेगा। इससे ज़्यादा कुछ बनने की उसकी शायद कोई ख़्वाहिश भी नहीं है। जब दर्ज़ी की दुकान में कारीगर बनकर सिलाई ही करनी है

तो इसके लिए दूसरे देश में जाने की क्या ज़रूरत है!

पाकिस्तान बने चार-पाँच साल हो गए। जिनको जाना था वे उसी समय चले गए थे। उसके बाद से हमारे मुहल्ले से कोई भी पाकिस्तान नहीं गया था और इस लिहाज़ से मुहल्ले की ज़िन्दगी में एक ठहराव-सा आ गया था।

मुहल्ले में पढ़े-लिखे ख़ुशहाल लोग वैसे भी बहुत कम थे और पाकिस्तान बनने के बाद उनकी तादाद और भी घट गई थी। लेकिन जुलाहे, दर्ज़ी, राज, मज़दूर, क़साई और इस तरह के निचले तबक़े के वे दूसरे लोग मुहल्ले में वैसे ही मौजूद थे जैसे पहले थे। इनकी तादाद बढ़ी ही थी, घटी नहीं थी। इसलिए छाको का पाकिस्तान चले जाना मुझे अजीब-सा लग रहा था, जैसे कोई ऐसी घटना घटी हो जिसकी उम्मीद न हो।

दिल यह मानने को तैयार नहीं था कि छाको अपनी मर्ज़ी से पाकिस्तान चला गया है। उसके ख़त से भी ज़ाहिर होता था कि इलाही मास्टर के ज़ोर देने की वजह से वह गया है। पर यह वजह भी बज़ाहिर बहुत लचर मालूम देती थी। वह कोई बच्चा तो था नहीं कि ज़ोर-ज़बरदस्ती से उसे मजबूर कर दिया जाता। वह अड़ जाता और जाने से इनकार कर देता तो इलाही मास्टर क्या कर लेते! लेकिन छाको के ख़त के हर लफ़्ज़ से ऐसी मासूमियत टपक रही थी कि मुझे यह मानना ही पड़ा कि छाको न टाली जा सकने वाली किसी मजबूरी की वजह से ही पाकिस्तान गया है।

अब जबकि छाको अपने मुल्क को छोड़कर, किसी और मुल्क में चला गया है, न जाने क्यों मैं उसे अपने से बहुत क़रीब महसूस कर रहा हूँ। मैं ख़ुद समझ नहीं पा रहा हूँ कि छाको से आख़िर मेरा क्या रिश्ता है! वह एक बेपढ़ा-लिखा, नीची जात का, मामूली दर्ज़ी है। एक अदना आदमी, जिसकी मेरे सामने कोई वक़त नहीं है। वह जहाँ कहीं भी जाए, मुझे इससे क्या मतलब? फिर भी मन में एक अजीब-सी बेचैनी फैलती जा रही है जिसे शब्दों में व्यक्त कर पाना मेरे लिए बहुत कठिन है। शायद इस बेचैनी का ताल्लुक़ सिर्फ़ छाको से नहीं है। बहुत सारी दूसरी बातें भी इससे जुड़ी हुई हैं। पुराने बीते हुए क्षण बहुत-सी शक्लों में सामने आते हैं और मैं उन्हें ठीक तरह से पकड़ में ले सकूँ, इसके पहले ही वे एक झलक-भर दिखाकर लुप्त हो जाते हैं। अस्पष्ट, रहस्यमय, तेज़ी से गुज़रते हुए क्षणों का दूसरा रेला आता है और गुज़र जाता है...फिर तीसरा, फिर चौथा। इन क्षणों को पकड़ने की कोशिश ही निरर्थक है। ये कभी पकड़ में नहीं आ सकते। ये मुझसे बहुत दूर हो चुके हैं...इतने दूर कि मेरी पहुँच से बाहर हैं।

वीरानी का शदीद एहसास मुझे चारों ओर से घेर रहा है। लगता है कहीं कुछ भी ठोस नहीं है। सब कुछ वक़्त की भट्ठी में जलकर राख हो रहा है। हर तरफ़ उड़ रही है...राख-ही-राख!

पाकिस्तान बने कुछ ही महीने हुए थे। छोटे अब्बा एक रोज़ दफ़्तर से लौटे तो बहुत चिन्तित दिखाई दे रहे थे। रोज़ की तरह चाय पीकर वह कुछ देर के लिए चारपाई पर लेट गए। लेटे-लेटे ही छोटी अम्मा से बोले—"हेड आफ़िस से ख़त आया है। सब मुसलमानों से पूछा गया है कि वे हिन्दुस्तान में नौकरी करना चाहते हैं, या पाकिस्तान में।"

छोटी अम्मा पानदान खोले पान बना रही थीं। पान के पत्ते पर चूना-कत्था लगा चुकी थीं और सुपारी की डिबिया से सुपारी निकालना ही चाहती थीं कि छोटे अब्बा की बात सुनकर उनका ध्यान उधर से हट गया। पान का पत्ता एक तरफ़ रखकर बोलीं—"पूछा गया है तो लिख दीजिए कि हमें पाकिस्तान-वाकिस्तान नहीं जाना है। हम क्यों अपना घरबार छोड़कर परदेस जाएँ?"

"ऐसा आसान मसला नहीं है जैसा तुम समझ रही हो। बहुत कुछ सोचना पड़ेगा। सवाल सिर्फ़ मेरा नहीं है। बहुत सारे लोग हैं। सब पाकिस्तान चले गए तो मैं अकेला क्या करूँगा यहाँ रहकर?" छोटे अब्बा ने कहा।

छोटी अम्मा थोड़ा चिढ़कर बोलीं—"दूसरे लोगों से हमें क्या मतलब? उनको पाकिस्तान जाना है तो ख़ुशी से जाएँ। मुबारक हो उनको पाकिस्तान जाना। लेकिन हम नहीं जाएँगे अपना घरबार छोड़कर। भला यह भी कोई बात हुई। दूसरे कुएँ में कूद रहे हैं तो हम भी कूद पड़ें।"

छोटे अब्बा को हँसी आ गई। कहने लगे—"कुएँ में कौन कूद रहा है! तुम्हारी तो अक़्ल ही निराली है। लोग कहते हैं कि जो लोग पाकिस्तान जाएँगे उन्हें वहाँ ख़ूब तरक़्क़ी मिलेगी। हिन्दू पाकिस्तान से भागकर हिन्दुस्तान आ रहे हैं। उनकी जगहें यहाँ से जानेवालों को मिलेंगी। फिर मुसलमानों का अपना मुल्क है। वहाँ न हिन्दू का डर होगा और न दंगों का ख़तरा।"

लेकिन छोटी अम्मा को यह दलील भी ठीक नहीं लगी। कहने लगीं—"ऐसी तरक़्क़ी किस काम की जिसमें आदमी को अपना देश और घर छोड़ना पड़े। जंगल में मोर नाचा किसने देखा। ना भाई ऐसे दो पैसों से घर का एक पैसा ही भला। भाड़ में जाए ऐसी तरक़्क़ी।"

पाकिस्तान बनने के बाद ख़ुशी की जो लहर दौड़ गई थी, उसका सारा मज़ा 'ऑप्शन' के मामले ने किरकिरा कर दिया था। लोगों ने इस दृष्टि से कभी सोचा ही नहीं था। 'लेके रहेंगे पाकिस्तान' का नारा लगानेवालों में चाहे जितना जोश रहा हो, उन्होंने पाकिस्तान बनवाने के लिए चाहे जितनी क़ुरबानी दी हो लेकिन शायद ही किसी के दिमाग़ में यह बात कभी आई हो कि पाकिस्तान बनने के बाद उन्हें अपना घरबार छोड़कर वहाँ जाना भी पड़ सकता है। कुछ प्रेत-ग्रस्त व्यक्ति जैसी स्थिति हो गई थी लोगों की। उनके मुँह से वही सब निकल रहा था जो भूत उनसे कहलवाना चाहता था।

बहुत थोड़े-से लोग थे जो कह रहे थे कि यह सब ग़लत हो रहा है। लेकिन उनकी कोई सुनता नहीं था। सबके सिरों पर जैसे भूत सवार हो गए थे और सब भूतों की ज़बान में ही बोल रहे थे। लेकिन पाकिस्तान बनने के बाद एकाएक भूत जैसे उन्हें छोड़कर अलग हो गए थे। भूत जो कुछ चाहते थे वह पूरा हो चुका था और उन्हें इन लोगों की अब कोई ज़रूरत नहीं थी।

पाकिस्तान तो बन गया, अब क्या करें? यह सवाल हर दिमाग़ में उभरता था लेकिन किसी के पास भी इसका माक़ूल जवाब नहीं था। कोई कहता, पाकिस्तान चले जाना चाहिए लेकिन अपना घरबार छोड़कर नई जगह जाएँ तो कैसे जाएँ? जाने कैसे लोग हों, कैसी आबोहवा हो, कैसी ज़बान हो, कैसी तहज़ीब हो। कोई कहता, हिन्दुस्तान में ही रहना चाहिए। हमारा मक़सद पाकिस्तान बनवाना था। वह पूरा हो गया। मुसलमानों को एक मुल्क मिल गया। हमारे लिए यही बड़ी बात है। हमारा वहाँ जाना क्या ज़रूरी है? लेकिन दूसरे ही क्षण उनका दिल आनेवाले ख़तरों के ख़ौफ़ से भर जाता। हिन्दुस्तान में जान-माल और इज़्ज़त की हिफ़ाजत हो सकेगी भी या नहीं?

तरह-तरह की बातें वातावरण में उछल रही थीं। 'देखना अब जो मुसलमान यहाँ रह जाएँगे उनकी क्या हालत होती है। सब हिन्दू बना लिए जाएँगे। चोटी रखनी पड़ेगी। जो यह सब नहीं करेंगे, उन्हें चुन-चुनकर मार डाला जाएगा।'

कुछ लोग जो ज़्यादा हिम्मतवाले थे कह रहे थे—'कहीं भागकर जाने की ज़रूरत नहीं है। यहीं रहो। पैदा करनेवाला और मारनेवाला तो ख़ुदा है। उसी के हुक्म से सब जीते-मरते हैं। ख़ुदा जो चाहेगा वही होगा। ख़ुदा से डरो। इनसानों से क्यों डरते हो?'

अजीब उथल-पुथल के दिन थे वे भी। जो कोई भी मिलता, सबसे पहले यही

सवाल करता—'उधर जा तो नहीं रहे हो?'

लोग काफ़िला-दर-काफ़िला, पूरब और पच्छिम की तरफ़ भाग रहे थे। कोई कराची जा रहा था तो कोई लाहौर। कोई ढाका जा रहा था तो कोई चटगाँव। सदियों की जमी-जमाई ज़िन्दगी उखड़ने लगी थी।

छोटे अब्बा सचमुच बहुत शशोपंज की हालत में थे। कभी मन कहता था कि पाकिस्तान जाना ही ठीक होगा। लेकिन फिर दूसरे अन्देशे उन्हें घेरने लगते और वह अपने फैसले से हटना शुरू कर देते। माना कि पाकिस्तान जाना ही पड़े तो किस तरफ़ जाएँ। पूरब या पच्छिम? कराची जाएँ या ढाका?

एक फ़ैसला करते थे और अगले दिन उसे बदल देते थे। शायद छोटे अब्बा के लिए फ़ैसला करना मुमकिन ही नहीं था। लेकिन उनकी मुश्किल हबीब भाई ने आसान कर दी।

हबीब भाई को हाल में ही रेलवे की नौकरी मिली थी। बनारस में रेलवे ट्रैफिक एकाउंट्स आफ़िस में काम करते थे। छोटे अब्बा रोज़ अपना फ़ैसला बदल रहे थे। छोटी अम्मा का असर जब हावी हो जाता तो वह हिन्दुस्तान में ही रहने की ठान लेते। लेकिन आफ़िस के बहुत-से मुसलमान साथी जब हिन्दुस्तान में मुसलमानों को पेश आनेवाली मुसीबतों का बड़ा ही ख़ौफ़नाक और डरावना नक़्शा खींचते तो छोटी अम्मा का असर भाप की तरह उड़ जाता।

हबीब भाई का ख़त आते ही उन्हें छह-पाँच की मन:स्थिति से निजात मिल गई। हबीब भाई ने पाकिस्तान के लिए 'ऑप्शन' दे दिया था। उनके ख़याल में इसके अलावा और कोई सही फ़ैसला किया ही नहीं जा सकता था। उन्होंने ख़त में छोटे अब्बा को लिखा था—'उम्मीद है कि आपने अपना 'ऑप्शन' पाकिस्तान के लिए दे दिया होगा। मैंने भी ऐसा ही किया है। अब हम लोगों को कूच के लिए तैयार रहना है। किसी भी वक़्त जाना पड़ सकता है।'

छोटे अब्बा और छोटी अम्मा के लिए भी अब कोई और रास्ता नहीं रह गया था। बड़ा बेटा जब पाकिस्तान जा रहा है तो वे कैसे यहाँ रह सकते हैं? छोटे अब्बा ने 'ऑप्शन' दे दिया।

हबीब भाई ने कहा था—"ताज्जुब है, लोगों के दिमाग़ और अक़्ल पर! पाकिस्तान अगर हम लोग नहीं जाएँगे तो क्या हिन्दू और सिख जाएँगे? क्या पाकिस्तान सिर्फ़ सिन्ध, पंजाब और बंगाल के मुसलमानों के लिए बना है? क्या हमने जो क़ुरबानी दी है वह इसी ख़ातिर कि पंजाब, सिन्ध और बंगाल के मुसलमान

ऐश करें और हम उनका मुँह ताकते रहें। पाकिस्तान बनने का फ़ायदा ही क्या हुआ अगर हम वहाँ न पहुँच सके। वाह भाई! यह भी कोई बात हुई कि जन्नत के मज़े तो वे लूटें और हम दोज़ख में जलते रहें। इन लोगों की तो अक़्ल मारी गई है। जब हिन्दू चोटी रखने को मजबूर करेंगे तब ये होश में आएँगे।"

सैकड़ों-हज़ारों आदमी इसी ज़बान में बोल रहे थे। बड़ी अफ़रा-तफ़री फैली हुई थी। लोग अपने बरतन-बासन तक बेचे डाल रहे थे। ज़मीन-जायदाद, सामान—हर चीज़ औने-पौने बेच रहे थे। बस एक ही चिन्ता लगी हुई थी। किसी-न-किसी तरह सरहद पार करके पाकिस्तान पहुँच जाएँ।

हबीब भाई ने अम्मा को समझाने की बहुत कोशिश की थी—"बड़ी अम्मा! मैं सच कहता हूँ आप बहुत पछताएँगी। आप कैसे रह सकती हैं यहाँ? वह भी जबकि हम लोग भी नहीं होंगे यहाँ। कुछ तो अक़्ल से काम लीजिए।" लेकिन अम्मा थीं कि टस-से-मस, नहीं हो रही थीं। उनका एक ही जवाब था—"ना बाबू हम तो ना जा सके हैं कहीं इस घर को छोड़कर। इस घर से तो हमारा जनाज़ा ही निकलिए। हम तो कहे हैं तुम लोग भी मत जाओ। काहे का डर! क्या यहाँ का ख़ुदा दूसरा है और वहाँ का दूसरा?"

छोटे अब्बा और हबीब भाई सिर पटककर रह गए। अम्मा का एक ही जवाब—'पाकिस्तान नहीं जाएँगे।'

अम्मा के बारे में कभी सोचता हूँ तो उनकी संकल्प-शक्ति पर मुझे आश्चर्य होने लगता है। शौहर के सामने थर-थर काँपनेवाली एक कमज़ोर औरत में भी कभी ऐसी शक्ति हो सकती है कि बड़े-से-बड़े ख़तरे को भी वह अपने पास फटकने न दे। मैंने कई बार अम्मा के इस पक्ष को समझने की कोशिश की है और मुझे यही लगा है कि उनकी सारी शक्ति का स्रोत वह ख़ास लगाव था जो वह अपने घर से महसूस करती थीं—कुछ उसी तरह का लगाव जो किसान अपनी ज़मीन से महसूस करता है, जो दुनिया-भर की मुसीबतें झेल सकता है लेकिन अपनी ज़मीन से ख़ुद को अलग नहीं कर सकता। शायद इस तरह का लगाव हर आदमी महसूस करता है लेकिन अम्मा इसे कुछ ज़्यादा ही शिद्दत से महसूस करती हैं। यह मात्र लगाव न होकर कुछ मोह जैसा मुझे लगता रहा है।

ऐसी बात भी नहीं थी कि अम्मा को वह ख़ौफ़ सालता ही न हो जो सारी फ़ज़ा में फैला हुआ था। हिन्दुस्तान और पाकिस्तान में जो दंगे हो रहे थे उनका असर हमारे शहर पर भी पड़ रहा था। एक तनाव की स्थिति बनी हुई थी। कुछ पता नहीं

कब क्या हो जाए। रात में अक्सर ही वहम होने लगता था कि आसपास कहीं दंगा हो रहा है और अब हमारे मुहल्ले पर भी धावा बोला जानेवाला है।

छोटे अब्बा और हबीब भाई पाकिस्तान से बराबर ख़त लिख रहे थे—'अब भी कुछ नहीं बिगड़ा है। यहाँ आ जाइए।'

ढाका पहुँचते ही हबीब भाई ने ख़त लिखा था—

"हम लोग ख़ैरियत से पहुँच गए हैं। नई जगह है। नया माहौल है। नए सिरे से जमने का मसला है। इसमें कुछ वक़्त तो लगेगा ही। लेकिन दिल को यहाँ बहुत सुकून है। दंगे-फसाद का कोई ख़ौफ़ नहीं। किसी ग़ैर की ग़ुलामी नहीं है। जो कुछ है सब अपना है, मुसलमानों का है। बंगाली मुसलमानों का रहन-सहन और तौर-तरीके हम लोगों जैसे नहीं हैं। इन पर हिन्दुओं का बहुत असर है। नमाज़-रोज़े के पाबन्द ज़रूर हैं। लेकिन ये लोग आम मुसलमानों से बहुत अलग दिखाई देते हैं। अक्सर तो पहचानना मुश्किल हो जाता है कि कौन हिन्दू है और कौन मुसलमान। उर्दू ये बिलकुल नहीं जानते। कल्चर के लिहाज़ से इन्हें हिन्दू कहना ज़्यादा सही होगा। हिन्दुओं के दबाव ने इन्हें इस्लामी तहज़ीब से बिलकुल अलग कर दिया है। ख़ैर अब ग़ैर-बंगाली मुसलमानों के आ जाने की वजह से इनकी हालत भी सुधर जाएगी।

"सचमुच पाकिस्तान एक जन्नत से कम नहीं है। पढ़े-लिखे लोगों की बहुत कमी है। जो भी ग्रेजुएट यहाँ आता है उसे अच्छी नौकरी मिल जाती है। जो लोग बिहार में बहुत छोटी, तीस-चालीस रुपए की तनख्वाह की नौकरियों में लगे हुए थे, यहाँ चार-पाँच सौ रुपए तनख्वाह वाली नौकरियाँ, बहुत आसानी से हासिल कर लेते हैं।

"बड़ी अम्मा से कहो कि यहाँ ज़रूर आ जाएँ, अपने ख़याल से नहीं तो बेटे की ज़िन्दगी बनाने के ख़याल से ही यहाँ आ जाएँ।"

इस तरह के जाने कितने ख़त छोटे अब्बा और हबीब भाई भेज चुके थे। लेकिन अम्मा अपनी ज़िद पर अड़ी रहीं। इधर की दुनिया उधर हो जाए लेकिन पाकिस्तान नहीं जाएँगी।

हबीब भाई रात में बहुत देर तक हमारे यहाँ बैठे अम्मा को समझाते-बुझाते रहे थे। जब जाने लगे तो घर के बाहर छाको पर नज़र पड़ गई। उन दिनों छाको महम्दू ख़लीफ़ा की दुकान में ही काम करता था। दोनों की पटती नहीं थी। आए दिन दोनों में तू-तू मैं-मैं भी हो जाती थी।

हबीब भाई तो हर आदमी को यही राय दे रहे थे कि पाकिस्तान निकल चलो। जिससे भी मिलते, पहला सवाल यही करते—"कब जा रहे हो उधर?"

कई लोग तो उनके उकसाने की वजह से ही वहाँ गए थे। छाको से भी बोले—"छाको! मेरे साथ पाकिस्तान चलोगे?"

छाको हँसते हुए बोला—"बाबू की बात! हम का करबई ऊहाँ जाके?"

हबीब भाई ने मज़ाक़ में ही कहा था। उनका ख़याल था कि जाहिल और गँवार मुसलमान पाकिस्तान न ही जाएँ तो अच्छा है। पढ़े-लिखे मुसलमानों को ही वहाँ जाना चाहिए। ये लोग पाकिस्तान के लिए मुफ़ीद होंगे और इनको भी पाकिस्तान से फ़ायदा पहुँचेगा। छाको जैसे लोग वहाँ पहुँचने लगे तो मुसलमानों का यह नया मुल्क क्या ख़ाक तरक़्क़ी करेगा! इस तरह के लोग हिन्दुस्तान में ही रहें तो अच्छा है। फिर भी छाको का दिल रखने के ख़याल से बोले—"क्यों? पाकिस्तान में तुम्हारे लिए कोई काम नहीं है क्या? वहाँ लोग कपड़े नहीं पहनेंगे क्या?"

"ना बाबू! हमनी सबके वास्ते हियें ठीक है। घर-द्वार काहे को छोड़बई?" छाको ने जवाब दिया।

हबीब भाई की आवाज़ सुनकर महम्दू ख़लीफ़ा भी घर के बाहर आ गया था।

"सलाम ख़लीफ़ा!" हबीब भाई ने कहा।

"जीते रहिए बाबू! सुनली आप सब पाकिस्तान जाए को हैं।"

"हाँ ख़लीफ़ा! यहाँ रहकर क्या करेंगे? वहाँ जाएँगे तो हमारा भी भला होगा और पाकिस्तान का भी।"

उसी समय रामधनी नाई उधर से गुज़रा। हम लोगों को देखकर रुक गया और हबीब भाई से कहने लगा—"ई खबर सच है, हबीब बाबू! आप सचे पाकिस्तान जा रहे हैं?"

"हाँ, रामधनी! हम लोग परसों जा रहे हैं यहाँ से!" हबीब भाई बोले।

"दाना-पानी जहाँ ले जाए बाबू!" रामधनी ठंडी साँस लेकर बोला और अपने घर की तरफ़ चला गया।

रामधनी चालीस पार कर चुका है। हबीब भाई को वह अपनी गोद में खिला

चुका है। हमारी गली में ही रहता है। छोटा-सा कच्चा घर, जैसा मुहल्ले में और लोगों का है। उसका बाप बंसी नाई अब बहुत बूढ़ा हो चुका है। दिन-रात चारपाई पर पड़ा खाँसता रहता है। वह अब काम करने लायक़ नहीं रहा। आँखों से भी बहुत कम दिखाई देता है। सारी कमाई रामधनी को ही करनी पड़ती है। छह-सात बच्चे, बीवी, बूढ़े माँ-बाप—सबका ख़र्च उठाना पड़ता है। सुबह से रात तक, वह काम में लगा रहता है। नौ-दस बजे दिन तक मुहल्ले में घूम-घूमकर हजामत बनाता है। फिर अपना लोखर बग़ल में दाबकर गोदाम की तरफ़ चल देता है। वहाँ दिन-भर बैठा बाल काटता रहता है। नौ-दस बजे रात में घर लौटता है। इतनी मेहनत करने के बाद भी अच्छी आमदनी नहीं होती। घर में हमेशा तंगी ही रहती है।

रामधनी की आमदनी के कुछ दूसरे ज़रिए भी हैं। मुसलमान बच्चों का ख़तना भी वही करता है। मुहर्रम की नौ तारीख़ को उसे बीसियों बच्चों का ख़तना करना पड़ता है। इससे अच्छे पैसे मिल जाते हैं। लेकिन ऐसा मौक़ा तो साल में एक बार ही आता है। मुहल्ले के बहुत-से बच्चे रामधनी को देखकर ही डर जाते हैं और दूर भाग जाते हैं। कहीं वह पकड़ कर उनका ख़तना न कर डाले।

शादी-ब्याह का न्योता देने भी रामधनी ही जाता है। बारात में दूल्हे का छतर वही पकड़ता है। मुहर्रम में जब लोग सिपर निकालते हैं तो सिपर रामधनी को ही पकड़नी पड़ती है।

उधर हिन्दू बच्चों का मुंडन भी रामधनी ही करता है। छठ के दिनों में बच्चों के मुंडन से भी अच्छे पैसे मिल जाते हैं। लेकिन सबसे ज़्यादा आमदनी तो यात्रियों से होती है जो पिंड-दान के लिए गया आते हैं। पितृपक्ष में हज़ारों यात्री आते हैं गया श्राद्ध करने के लिए। श्राद्ध का विधि संस्कार शुरू करने से पहले सिर का मुंडन कराना पड़ता है। नकफोफा गयावाल के यात्रियों का मुंडन रामधनी ही करता है। इन सब कामों से इतने पैसे मिल जाते हैं कि किसी तरह, उसका गुज़ारा हो जाता है। सिर्फ़ हजामत की आमदनी से तो दो वक़्त की रोटी भी शायद न मिल सके।

शहर में कई बार साम्प्रदायिक तनाव और खिंचाव का वातावरण पैदा हो चुका है। एक बार छोटा-सा दंगा भी हो गया था। रामधनी का घर मुसलमानों के घरों से घिरा हुआ है। दूर-दूर तक किसी हिन्दू का घर नहीं है। लेकिन रामधनी के दिमाग़ में कभी भी अपना घर छोड़ने का ख़याल नहीं आया। वह इसी घर में पैदा हुआ और शायद यहीं से उसकी अर्थी निकलेगी। वह कभी सोच नहीं सकता कि कहीं

और जाकर भी रहा जा सकता है। उसके कई सगे-सम्बन्धी, दूसरे मुहल्लों में और गाँवों में रहते हैं। वे उससे कहते हैं—"यहाँ रहना ठीक नहीं है। दूसरे मुहल्ले में घर ले लो।"

रामधनी सुनकर हँस देता है। पास-पड़ोस के लोगों से सारी बात दुहरा देता है और कहता है—"हम ई घर छोड़बई ना।"

रामधनी से अम्मा परदा नहीं करतीं। वह हमारे घर में जब चाहे आ सकता है। अम्मा कहती हैं—"रमधनिया से परदा का करें। इसको तो उस वक़्त से देख रहे हैं जब यह हबीब को गोद में लिए फिरा करता था।"

अक्सर रामधनी के बारे में सोच कर एक ख़याल मेरे मन में उठा है। वह बहुत सहज ढंग से हमारी गली में रहता है। बज़ाहिर कोई असुविधा वह महसूस नहीं करता। लेकिन कभी-कभार वह डर ज़रूर महसूस करता होगा। जाने कब क्या हो जाए? आख़िर वह आदमी है। वातावरण में जो दहशत फैली हुई है, आपके कानों से जो बातें रोज़ ही टकराती रहती हैं, उनसे आप ख़ुद को एकदम काट भी तो नहीं सकते। मैं अपनी हालत के बारे में ही सोचता हूँ। जब शहर में तनाव रहता है तो हिन्दू मुहल्ले से गुज़रते हुए एक अजीब दहशत का एहसास होता है। जैसे कोई एकाएक पीछे से आकर छुरा घोंप देगा।

लेकिन रामधनी शायद ऐसा कुछ भी महसूस नहीं करता। शायद मैं अपनी ही मन:स्थिति उस पर थोप रहा हूँ।

एक बार रामधनी को कैसी विकट स्थिति का सामना करना पड़ा था! सपने में भी नहीं सोचा होगा उसने कि कुछ लोग ऐसी समस्या भी खड़ी कर सकते हैं उसके लिए। उसे घेर लिया था कुछ लोगों ने और कहा था—"साफ़-साफ़ कहे दे हैं तोको। मुसलमनियन का सिपर भी उठैबे और हिन्दुअन सबका मुंडन भी करबे। ई सब ना चलबे अब।"

रामधनी सख़्त चक्कर में पड़ गया था। ये तमाम काम उसे बाप-दादा से विरासत में मिले थे। वह इनमें से कोई भी काम कैसे छोड़ सकता था? सिपर उठाना कैसे छोड़ दे! लोग क्या सोचेंगे उसके बारे में? और सवाल सिर्फ़ लोगों के सोचने का नहीं है। उससे पाप नहीं होगा क्या! सिपर नहीं उठाई तो इमाम साहेब श्राप नहीं दे देंगे क्या?

मुहर्रम क़रीब आ रहा था। रामधनी इस ख़याल से ही सहमा जा रहा था कि कहीं वह मुहर्रम में सिपर नहीं उठा सका तो जाने उसे किन मुसीबतों का सामना

करना पड़े। दूसरी तरफ़ वह उन लोगों से भी बहुत डरा हुआ था जिन्होंने उसे धमकी दी थी।

रामधनी ने किसी से कहा नहीं था इसके बारे में। लेकिन ख़बर फैल गई थी। कुछ जोशीले नौजवान रामधनी के पास पहुँच गए थे और बोले थे—"ई बात सच है रामधनी? देख अच्छी बात ना है ई। सिपर ना उठेबे तो इमाम साहेब का कहर पड़बे। सोच-समझ ले।"

रामधनी तो ख़ुद ही डरा हुआ था। इमाम साहेब का डर उसके दिल में नहीं था क्या? उसने साफ़-साफ़ कह दिया—"अरे ना भाई! ऐसन कहीं हो सकई कभी।"

वह भागा-भागा नकफोफा बाबू के पास गया था। उन्होंने डाँट-डपट दिया था लोगों को और मामला रफ़ा-दफ़ा हो गया था।

बहुत छोटी और सीमित-सी दुनिया है रामधनी की। कितनी बड़ी उथल-पुथल मची और शान्त हो गई। देश का बँटवारा हो गया। लाखों आदमी इधर-से-उधर चले गए और उधर-से-इधर चले आए। जो लोग इस उथल-पुथल से दूर रहे उनके दिल और दिमाग़ पर भी इसका गहरा असर पड़ा। उनके सोचने-समझने के ढंग बदल गए। लेकिन रामधनी छोटे से पुराने दायरे में घूम रहा है। उसके लिए जैसे कुछ भी नहीं बदला। सुबह से शाम तक हजामत बनाना, मुहर्रम में ख़तना करना, छठ में मुंडन करना, शादी-ब्याह के न्योते बाँटना। वही पुराना ढर्रा जिस पर शुरू से चलता आया है। अपने बाप-दादा से विरासत में मिली दिनचर्या। जब तक उसकी यह दिनचर्या बनी रहती है तब तक उसके लिए कुछ फ़र्क़ नहीं पड़ता। जब तक वह अपने पुश्तैनी मकान में रह सकता है तब तक उसे कोई चिन्ता नहीं है। देश के दो टुकड़े हो जाएँ या चार। उसके लिए इसकी अहमियत एक ख़बर से ज़्यादा नहीं है। ऐसी ख़बर जिससे उसकी ज़िन्दगी पर कोई असर नहीं पड़ता।

छोटे अब्बा और हबीब भाई पाकिस्तान चले गए। हाजी अब्दुल करीम चले गए। छाको चला गया। रामधनी के लिए इन लोगों का पाकिस्तान चले जाना वैसा ही है जैसे कलकत्ते या बम्बई चले जाना। मेरी तरह वह यह नहीं सोच सकता कि पाकिस्तान जाने और कलकत्ते या बम्बई जाने में बड़ा फ़र्क़ है। उसके लिए ढाका और कलकत्ते में या बम्बई और कराची में कोई अन्तर नहीं है। गया के बाहर हर जगह दूसरा देस है।

छोटे अब्बा की तरक़्क़ी की ख़बर सुनी थी तो बोला था—"अच्छा कीहिन

जो चले गए कबीर बाबू! नौकरी में जहाँ चार पैसा जास्ती मिले ओ ही जगह ठीक है ना बाबू!"

अम्मा से अक्सर वह पूछता है—"कबीर बाबू आउ हबीब बाबू आने के बारे में कुछ लिखिन है मैयाँ! अब आने को चाहें ना अपने देस।"

रामधनी के दिमाग़ में यह बात नहीं आती कि छोटे अब्बा और हबीब भाई हमेशा के लिए छोड़कर चले गए हैं। वह यही समझता है कि नौकरी के बाद फिर यहाँ आएँगे और अपने घर में रहने लगेंगे। उसकी इस सादगी और सरलता पर हैरत भी होती है और हँसी भी आती है। नफ़रत का एक दरिया बह चुका है। अभी भी बह रहा है। लेकिन रामधनी जैसे लोगों को बिना छुए ही यह गुज़र गया है। ऐसी बात भी नहीं कि रामधनी के कानों से नफ़रत भरी आवाज़ें टकराती न हों। रोज़ ही बीसियों लोगों से उसका वास्ता पड़ता है। सरों पर कैंची चलाते हुए या गालों पर उस्तरा फेरते हुए तरह-तरह की बातें उसके कानों में पड़ती हैं। लेकिन बहुत थोड़ी बातें ही उसके दिमाग़ में जम पाती हैं। सिर्फ़ थोड़ी ही बातें जो उसके स्वभाव और मिज़ाज से मेल खाती हैं। उसके दिमाग़ पर जैसे कोई छन्ना लगा हुआ है। वह वही कुछ ग्रहण करता है जो उसे वास्तव में चाहिए। शेष को वह अस्वीकार कर देता है।

बड़ा ही शान्त स्वभाव है उसका। इतना शान्त कि सहज ही जड़ता का आभास होने लगता है। दंगे-फ़साद का ख़तरा जब सिर पर दिन-रात मँडराता रहता था, उन दिनों की घबराहट और ख़ौफ़ का निशान नहीं था उसके चेहरे पर। यह बात उसके दिमाग़ में आती ही नहीं थी कि कोई मुहल्ले में उस पर हाथ भी उठा सकता है। लेकिन मैं जानता था कि उसका यह विश्वास, उसे कभी धोखा भी दे सकता है। अम्मा ने तो एक बार उससे खुलकर कह दिया था—"रामधनिया! मुहल्ले में सब तरह के आदमी हैं। लड़ाई-झगड़े का ज़माना है। कुछ दिन के वास्ते दूसरी जगह चला जा। फिर जब सब ठीक हो जाए तो आ जाना।"

रामधनी खिलखिलाकर हँस पड़ा था और बोला था—"का बात कह ही मैयाँ आप! काहे छोड़ के जैबई अपना घर? हमरा कोई कुछ ना कह सके है।"

लेकिन मैं जानता हूँ कि मुहल्ले में कुछ ऐसे लोग भी हैं जो रामधनी जैसे दो-चार हिन्दुओं को गिरवी का माल समझते हैं। मुहल्ला दो हिस्सों में बँटा हुआ है। एक हिस्सा हिन्दुओं का इलाक़ा है जिसमें आठ-दस मुसलमान भी रहते हैं। दूसरे हिस्से में मुसलमानों की तादाद ज़्यादा है। लेकिन दो-चार घर हिन्दुओं के भी हैं।

मैं अपने कानों से सुन चुका हूँ कुछ लोगों को कहते हुए—"हिन्दुओं ने कोई शरारत की और हमारे आदमी को मारा-पीटा तो हम लोग सबसे पहले रामधनी और नन्हक साव का सफ़ाया कर देंगे।" एक-दो ने ही कही थी यह बात। औरों ने उनका विरोध ही किया था। लेकिन जब कुछ लोगों के दिलों में ऐसा ख़याल पल रहा था तो रामधनी और दूसरे हिन्दुओं के लिए एक वास्तविक ख़तरा तो मौजूद था ही। कोई रामधनी के घर में छुरे लेकर घुस जाए और उसके ख़ानदान का सफ़ाया कर दे तो मुहल्ले के बहुत सारे लोग भी क्या कर सकेंगे?

उन दिनों, रात में अक्सर ही मुझे बड़ी दहशत-सी महसूस होने लगती थी। लगता, रामधनी के घर से चीख़ों की आवाज़ आ रही है। कुछ लोग उसे और उसके बीवी-बच्चों को बेदर्दी से क़त्ल कर रहे हैं। ख़ून में तर-बतर लाशें निगाहों के सामने नाचने लगतीं। मेरा जिस्म ख़ौफ़ के एहसास से सिहर उठता।

अपने मुहल्ले की बनावट पर कभी-कभी मुझे बड़ा ताज्जुब होता है। दो अलग-अलग हिस्सों में बँटा हुआ मुहल्ला। क्या यह महज़ आकस्मिक घटना है? या इसके पीछे कोई सोची-समझी, सुविचारित योजना है? क्या मुहल्ला जब बसा था तो उसी वक़्त लोगों ने यह तय कर लिया था कि एक हिस्से में हिन्दू रहेंगे और दूसरे हिस्से में मुसलमान? या बहुत पहले सारे मुहल्ले में एक ही धर्म के माननेवाले लोग रहा करते थे। बाद में बहुत से लोगों ने धर्म-परिवर्तन कर लिया और वे सब एक इलाक़े में रहने लगे। ये सवाल अक्सर ही मेरे दिमाग़ में उठते रहे हैं और अपने मुहल्ले के इतिहास में झाँकने की कोशिश मैं करता रहा हूँ। लेकिन बहुत कोशिश करने के बावजूद मेरी नज़र बहुत दूर तक नहीं जा पाती। सुदूर अतीत की भूलभुलैयों में वह उलझकर रह जाती है।

हमारे मुहल्ले का कोई लिखित इतिहास तो है नहीं जो मेरी जिज्ञासा को शान्त कर सके। एक छोटे-से शहर के एक छोटे-से मुहल्ले का लिखित इतिहास हो भी कैसे सकता है? और अगर किसी ने इसका इतिहास लिखने का जोखिम मोल लिया भी होता तो वह भी शायद मेरे सवालों का जवाब देने की स्थिति में नहीं होता।

थोड़ी-सी चीज़ें थीं जिनसे कुछ मदद मिल सकती थी। मैं इनके सहारे ही अँधेरी सीढ़ियाँ चढ़ने की कोशिश किया करता था। जैसे-जैसे आगे बढ़ता था अँधेरा और भी गहरा होने लगता था।...जंगलों से भरा हुआ इलाक़ा। आदिवासियों का निवास-स्थान। पश्चिम की तरफ़ से गौरवर्ण जातियों का आक्रमण...योद्धा, ऋषि-मुनि, आश्रम, यज्ञ...पूरब की तरफ़ भागते हुए लोग...बौद्ध-विहार, भिक्षुओं की क़तारें...ढहते-जलते हुए विहार, त्रस्त भिक्षु...गया महात्म्य, विष्णु पद...फिर वही आक्रमण पश्चिम की ओर से, तलवारों का आतंक...सूफ़ियों-फ़कीरों का आगमन...दिमाग़ उलझने लगता था।

मुहल्ला दो अलग-अलग हिस्सों में कैसे बँट गया?

दो हिस्सों में न बँटता तो शायद तनाव और दुश्मनी की यह स्थिति भी पैदा न होती। लेकिन यक़ीनी तौर पर यह भी कैसे कहा जा सकता है। क्या मुहल्ला शुरू से ही दो हिस्सों में बँटा हुआ था? पूरे विश्वास के साथ तो कुछ भी नहीं कहा जा सकता है। लेकिन मुहल्ले में कुछ किंवदन्तियाँ प्रचलित हैं। एक-दो क़ब्रें हैं जो बहुत पुरानी हैं—कई सौ बरस पुरानी। दो मस्जिदें हैं जिनके निर्माण-काल के बारे में लिखित इतिहास की गवाही भी मिलती है। एक मस्जिद और एक क़ब्र तो उस इलाक़े में है जो हिन्दू इलाक़ा कहलाता है। यह मस्जिद अब वीरान पड़ी रहती है। शायद ही वहाँ कभी कोई नमाज़ पढ़ने जाता है। हाँ, जब कोई मैयत हो जाती है तो जनाज़े की नमाज़ अक्सर इसी मस्जिद के सामने होती है। यह मस्जिद फलगू नदी के किनारे है। क़ब्रिस्तान का रास्ता इधर से ही है। नदी में बरसात के दिनों को छोड़कर कभी ज़्यादा पानी नहीं होता। ज़्यादा-से-ज़्यादा घुटने-भर। लोगों को नदी पार करने में कोई दिक़्क़त नहीं होती। यह सीधा रास्ता है। एक और रास्ता भी है लेकिन वह बहुत घुमावदार है। किरानी घाट के पुलवाला रास्ता। उससे फ़ासला बहुत बढ़ जाता है। बरसात के दिनों में जब नदी लबालब भर जाती है तो इसी रास्ते से जाना पड़ता है।

मस्जिद की बनावट बहुत मज़बूत है। कई सौ बरस पुरानी और एक लम्बे अरसे से उपेक्षित होने के बावजूद, वह अपने दमख़म की रक्षा करती रही है। चमगादड़ों और कबूतरों की भरमार ने उसकी पुरातनता पर कुछ और तहें चढ़ा दी हैं और उसे कुछ और पुरअसरार बना दिया है।

जब कोई जनाज़ा मस्जिद के सामने लाकर रखा जाता है तो बहुत-से जीते-जागते लोगों के सम्पर्क से वह भी जैसे लम्बी नींद से जाग पड़ती है। लोग उसके कुएँ से पानी निकालकर वज़ू करने लगते हैं और कुछ लोग उसके लम्बे-चौड़े सेहन में बैठकर गप्पें हाँकना शुरू कर देते हैं। जनाज़े की नमाज़ ख़त्म होते ही मस्जिद फिर गहरी नींद में डूब जाती है।

इस मस्जिद के बारे में सोचकर कभी बड़ा अजीब-सा लगता है। इसकी रौनक अब जनाज़े के जुलूस से ही होती है। कोई मौत हो तभी इसमें ज़िन्दगी के कुछ आसार नज़र आ सकते हैं। लोगों का कहना है कि कभी इस मस्जिद के भी दिन थे। पाँचों वक़्त की नमाज़, जुमे और ईद बकरईद की नमाज़ों में बड़ी भीड़ रहा करती थी। आईने की तरह चमकती रहती थीं इसकी दीवारें। अब तो काई ही काई नज़र आती है, इसकी दीवारों पर।

इस मस्जिद को देखकर और इसके बारे में जो कुछ कहा जाता है उसे सुनकर लगता है कि कभी इस इलाक़े में भी काफ़ी तादाद में मुसलमान रहे होंगे और शायद मिली-जुली आबादी रही होगी। यह अन्दाज़ा एक और किंवदन्ती से भी पुष्ट होता है जो मस्जिद से थोड़ी दूरी पर ही एक गुमनाम पीर की क़ब्र के बारे में लोगों में प्रचलित है। एक छोटे-से टीले पर बना हुआ एक पुराना हुजरा और उसमें एक क़ब्र। यह हिस्सा उपड्डी कहलाता है और हुजरा और क़ब्र दोनों ही बहुत ख़स्ता हालत में हैं। हुजरे की दीवारें लगभग ढह चुकी हैं। सिर्फ़ एक तरफ़ की दीवार पर, छत का थोड़ा-सा हिस्सा टँगा हुआ है। क़ब्र भी बहुत टूटी-फूटी हालत में है। यह कोई नहीं जानता कि यह किस पीर का मज़ार है। लेकिन लोग यही सुनते आए हैं कि सैकड़ों बरस पहले यह किसी दूर देश से यहाँ आए थे। उस वक़्त यहाँ मुसलमानों की कोई आबादी नहीं थी। सारा इलाक़ा या तो झाड़-झंखाड़ से भरा हुआ था या थोड़ी-बहुत आबादी थी भी तो हिन्दुओं की थी।

उपड्डी के पीर तन-तन्हा यहाँ आए थे। इस सुनसान जगह में बैठकर वह इबादत करने लगे थे। लोगों ने बड़ी हैरत से देखा था इस फ़क़ीर को जिसने अपनी जान की परवाह किए बग़ैर इस निर्जन स्थान में डेरा डाल दिया था। चारों तरफ़ शेर-चीते और दूसरे खूँख़ार जानवर गरजते-दहाड़ते रहते थे लेकिन पीर को इनसे कोई ख़तरा महसूस नहीं होता था। ऐसा जलाल था उनके चेहरे पर कि शेर और चीते भी उन्हें कोई नुक़सान पहुँचाने की हिम्मत नहीं कर सकते थे। एक बार किसी शेर ने गुस्ताख़ी की थी तो पीर की कोप-भरी दृष्टि ने उसे वहीं ढेर कर दिया था। इसके बाद से किसी जानवर की मजाल नहीं थी कि पीर की शान में कोई गुस्ताख़ी कर सके। शेर-चीते वग़ैरह उनकी ख़िदमत में हाज़िर होते थे और झुक-झुककर सलाम बजा लाते थे।

पीर की ऐसी करामात देखकर लोग दंग रह गए और अपने दिलों की मुरादें लेकर उनकी ख़िदमत में हाजिर होने लगे।

इस तरह की कई कहानियाँ मशहूर हो गई थीं। ये कहानियाँ कोई नई कहानियाँ नहीं थीं। ऐसी बीसों कहानियाँ मैं सूफ़ी-फ़क़ीरों के बारे में सुनता-पढ़ता रहा हूँ। हिन्दू देवी-देवताओं की कहानियों से मिलती-जुलती इन कहानियों का ताल्लुक़ मज़हब से नहीं है। यह बात मुझे मालूम है। बहुत सारे मौलवी-मुल्ला भी अपनी तक़रीरों और वाज़ों में ऐसा ही कहते हैं। फिर भी आम आदमी के दिमाग़ में मज़हब का जो नक़्शा है उससे ये कहानियाँ बहुत मेल खाती हैं। लगता है कि लोगों के दिमाग़

की बनावट ही कुछ ऐसी है कि वे इन कहानियों में अपनी आस्था और विश्वास नहीं खो सकते। जो लोग सही मज़हब को जानते-पहचानते हैं उनकी नसीहतों के बावजूद इन कहानियों का असर ख़त्म नहीं होता। कभी-कभी मुझे लगता है कि इन कहानियों की जड़ें बहुत पुरानी हैं—शायद सैकड़ों-हज़ारों वर्ष पुरानी।

उपड्डी के पीर के बारे में यह धारणा जाने कब से बनी हुई है कि इनकी वजह से ही इस इलाक़े में इस्लाम फैला। उनकी करामात को देखकर ही बहुत-से लोगों ने अपना मज़हब छोड़कर उनके मज़हब को अपना लिया। कहा नहीं जा सकता कि लोगों का ऐसा समझना कहाँ तक सही है। लेकिन इसमें किसी शक की गुंजाइश नहीं कि बहुत सारे मुसलमान जो मुहल्ले में रहते हैं उनके पुरखे कहीं बाहर से नहीं आए थे। वे यहीं के रहनेवाले थे और उन्होंने धर्म-परिवर्तन कर लिया था।

कभी-कभी उस स्थिति की कल्पना मुझे ख़ासी दिलचस्प लगती है जब कुछ लोगों ने अपना मज़हब छोड़कर दूसरा मज़हब अपना लिया होगा। इनकी बिरादरी के बहुत सारे लोग अपने पुराने धर्म को ही मानते रहे होंगे। नए मुसलमान, जो अब उनके सहधर्मी नहीं थे, उनसे किस तरह मिलते-जुलते होंगे? क्या ये अपनी बिरादरी से बिलकुल कट गए होंगे या उससे सम्पर्क बना रहा होगा? शायद इनका सम्पर्क तो बना रहा होगा लेकिन दोनों के बीच एक तरह की दूरी भी ज़रूर आ गई होगी। और कुछ नहीं तो शादी-ब्याह के सम्बन्ध तो ज़रूर ही ख़त्म हो गए होंगे। धीरे-धीरे यह दूरी और भी बढ़ती गई होगी और कई पीढ़ियाँ गुज़र जाने पर दोनों बिलकुल भूल गए होंगे कि दोनों एक ही नस्ल और एक ही बिरादरी के हैं। धर्म बदल जाने की वजह से दोनों इस हद तक एक-दूसरे से दूर चले गए होंगे। लेकिन इस अलगाव के बावजूद कुछ ऐसे तत्त्व बाक़ी भी रह गए होंगे, जिसकी हैसियत दोनों की सम्मिलित विरासत की रही होगी, चाहे दोनों में से किसी को भी ऐसा एहसास न हो।

एक-दूसरे से निरन्तर अलग होते जाने की यह प्रक्रिया कितनी पेचीदा और उलझी हुई रही होगी! जो चहारदीवारी सदियों से चली आ रही थी उससे बाहर निकलकर इन नए मुसलमानों ने कैसा महसूस किया होगा? उन्होंने अपने लिए जो नई चहारदीवारी बनाई थी वह किस हद तक उनकी पुरानी चहारदीवारी से मेल खाती थी? क्या सचमुच नए धर्म ने उनकी आकांक्षाओं को तृप्त किया होगा या एक छलावे की तरह अपनी चमक-दमक दिखाकर उन्हें हताश कर गया होगा?

ऐसी स्थितियों की कल्पना करते समय अनायास ही मुझे ढल्लनसिंह की याद आ जाती है। ढल्लनसिंह! धोती-क़मीज़ पहने दिन-भर मुहल्ले के एक सिरे से दूसरे सिरे तक मारा-मारा फिरता। मौलवी ने मस्जिद में कलमा पढ़वाकर यूसुफ़ खाँ नाम रख दिया था। लेकिन वह नाम चल नहीं सका। सब लोग ढल्लनसिंह ही कहते रहे। जब नियज़नी से निकाह पढ़ाया गया था तो उस वक़्त ज़रूर यूसुफ़ खाँ कहा गया था उसे। यह ज़रूरी समझा गया था। नियज़नी मुसलमान थी। उसका निकाह यूसुफ़ खाँ से ही हो सकता था, ढल्लनसिंह से नहीं। शायद नियज़नी के इश्क़ में पड़कर ही उसने बाप-दादा का मज़हब छोड़ दिया था और नया मज़हब क़बूल कर लिया था।

नियज़नी थी भी बहुत तरहदार औरत। मैंने उसका बुढ़ापा ही देखा है। लेकिन एक ज़माना था जब उसे हासिल करने के लिए बहुत-से नौजवान अपनी जान की बाज़ी तक लगा देने को तैयार रहते थे। ढल्लनसिंह भी उसकी निगाहों का मारा हुआ था। उसने अपने धर्म को मोहब्बत पर क़ुरबान कर दिया था।

ढल्लनसिंह जो मुहल्ले के हिन्दू इलाक़े का रहनेवाला था अब मुसलमानों के इलाक़े में रहने लगा था। वह ब्राह्मण था और उसके तमाम रिश्तेदार हिन्दू इलाक़े में ही रहते थे। वह इन सबसे कटकर मुहल्ले के दूसरे हिस्से में आ गया था।

ढल्लनसिंह मुसलमान ज़रूर हो गया था लेकिन उसकी स्थिति मुहल्ले के आम मुसलमानों से अलग थी। मुझे तो लगता है कि वह न तो पूरा मुसलमान ही था और न पूरा हिन्दू। कुछ तीतर-बटेर क़िस्म की चीज़ बनकर रह गया था। हिन्दुओं की बिरादरी से तो वह निकल ही चुका था लेकिन इसके बावजूद उसके सम्बन्ध हिन्दुओं से ख़त्म नहीं हुए थे। मुसलमानों में उसका स्वागत बड़ी गर्मजोशी से किया गया था लेकिन यह जोश थोड़े दिनों तक ही रह सका था। धीरे-धीरे सारा जोश ठंडा पड़ने लगा था और ढल्लनसिंह की हालत एक ऐसे आदमी की हो गई थी जिसे समाज न तो पूरी तरह स्वीकार ही करता है और न अस्वीकार।

अपने घर की ड्योढ़ी में चारपाई पर लेटा अक्सर वह बहुत खोया-खोया-सा दिखाई देता था। जाने वह क्या सोचता रहता था। शायद नियज़नी के ख़याल में डूबा रहता हो जो उसे छोड़कर दुनिया से चली गई थी। या मुमकिन है कि ग्लानि और पछतावे का एहसास उसे सालता रहता हो। जवानी और मोहब्बत के जोश में जो कुछ कर गया था उसके बारे में सोचकर पछताता रहता हो। या हो सकता है कि ऐसा कोई भी एहसास उसके दिल में न हो। धर्म, जवानी, मोहब्बत—ये तमाम चीज़ें उसे निस्सार और महत्त्वहीन दिखाई देती हों।

मैं और छाको अक्सर उसके पास जाकर बैठ जाते थे। वह बड़े दिलचस्प अन्दाज़ में क़िस्से-कहानियाँ सुनाया करता था। भूत-प्रेत की कहानियाँ, राम और सीता की कहानी, मुहल्ले के पुराने लोगों के क़िस्से। ढल्लनसिंह अतीत में ही रहने लगा था। वर्तमान में उसे कुछ भी आकर्षक दिखाई नहीं देता था। एक तरह की वितृष्णा-सी महसूस होती थी उसे वर्तमान से।

ढल्लनसिंह के एक ही सन्तान हुई थी—बेटा, जिसका नाम उसने ख़ुदाबख़्शसिंह रखा था। कुछ लोग हँसे भी थे इस नाम पर जो उन्हें चूँ-चूँ का मुरब्बा जैसा लगता था। हालाँकि इसमें हँसने की ऐसी कोई बात भी नहीं थी। इससे कहीं ज़्यादा वाहियात नाम तो उन लोगों के बच्चों के थे जो जाने कितनी पीढ़ियों से मुसलमान चले आ रहे थे। मंगलिया, सोमवारी, सनीचरी, इतवारी, छेदी, दुलारन, प्यारन, कल्लू जैसे बीसियों नाम थे। ख़ुदाबख़्शसिंह तो इन सबसे यक़ीनन बेहतर नाम था। इससे कुछ ज़्यादा ही मुसलमानी गन्ध आती थी। रही 'सिंह' की बात तो बेचारा ढल्लनसिंह ख़ुद को अपने अतीत से बिलकुल अलग कैसे कर सकता था? 'सिंह' तो उसके जातिगत गौरव की निशानी था जो उसे धर्म से कहीं ज़्यादा प्यारा था।

जनवा जा चुकी है लेकिन बरामदे में खुलनेवाला दरवाज़ा अभी खुला हुआ है। मेरी निगाह बरामदे के फ़र्श पर पड़ती है। ईंट के टुकड़ों से रेखाएँ खींचकर बनाई गईं अजीब-अजीब शक्लें। लाल दायरे, चौकोर ख़ाने, सीढ़ियों और घरों के नक़्शे। यह सब मुहल्ले के लड़कों की कारस्तानी है। लाख डाँट-डपट कीजिए, ये अपनी हरकतों से बाज़ नहीं आते। मुहल्ले-भर के लौंडे जमा हो जाते हैं बरामदे में—चक्को, बित्ता, लंगड़ी टाँग और अंटा खेलने की ख़ातिर। वह धमा-चौकड़ी मचाते हैं कि सोता आदमी जाग पड़े नींद से। इनके शोर-शराबे से सोना नामुमकिन हो जाता है। कान के परदे फाड़ देते हैं ये कमबख़्त अपने शोर से।

बरामदे का तो सत्यानाश ही कर दिया है इन लौंडों ने। जगह-जगह पर छोटे-छोटे गड्ढे खोद दिए हैं। हुलिया ही बिगाड़कर रख दिया है बरामदे का। बरामदे को साफ़-सुथरा रखने का ख़याल ही बेकार है। जब तक ये लौंडे बरामदे में आना नहीं छोड़ेंगे तब तक बरामदे को साफ़-सुथरी हालत में रखना नामुमकिन है

ऐसे मूज़ी हैं ये लौंडे कि डाँट-फटकार का इन पर कोई असर ही नहीं होता। मुझे देखते ही रफ़ूचक्कर हो जाएँगे। लेकिन जैसे ही मैं हटूँगा सब के सब फिर आ धमकेंगे। नाक में दम कर दिया था, इन लौंडों ने।

लेकिन इस वक़्त बरामदे को गन्दा देखकर ज़रा भी झुँझलाहट नहीं हुई। लगा कि मैंने और छाको ने खेलने की ख़ातिर फ़र्श पर ईंट के टुकड़ों से लाल रेखाएँ खींची हैं। दीन-दुनिया से बेख़बर हम दोनों खेल में मस्त हैं। एकाएक अब्बा की रोबदार आवाज़ गूँजती है। छाको यह जा वह जा। मैं भी एक ही छलाँग में कमरे के अन्दर आ गया हूँ। पर अब्बा को तो सब मालूम हो चुका है। उनकी दिल दहला देनेवाली आवाज़ कानों में पहुँच रही है—"मरदूद! सूरत हराम! कितनी बार मना किया, कमीने लड़कों के साथ न खेला कर। पर कम्बख़्त मानता ही नहीं। आइन्दा कभी देखा इस तरह खेलते हुए तो जान से मार डालूँगा।" पर अगले रोज़ फिर मैं अपनी जान की परवाह किए बग़ैर छाको के साथ बरामदे में खेलता दिखाई देता। अब्बा यह बात बरदाश्त नहीं कर सकते थे कि मैं मुहल्ले के लौंडों के साथ खेलूँ-कूदूँ। और मुझे सबसे ज़्यादा मज़ा इन लड़कों के साथ खेलने-कूदने में ही आता था।

मुझे बड़ा ग़ुस्सा आता था अब्बा की इस बात पर। भला यह भी कोई बात हुई! मैं अपनी मरज़ी से लड़कों के साथ खेल-कूद भी नहीं सकता। अगर मैं पढ़ाई में दिल न लगाऊँ, अपना सबक़ याद न करूँ या दिन-रात खेल-कूद में ही लगा रहूँ तो बेशक मुझे जितना चाहें डाँटें, जी-भरकर पिटाई करें। लेकिन मैं पढ़ाई पर पूरा ध्यान देता हूँ। अब्बा रोज़ सबक़ ख़ुद सुनते हैं। शायद ही कभी सबक़ याद करने में मैंने ग़फ़्लत बरती हो। ख़ाली वक़्त में ही छाको के साथ गुल्ली-डंडा या अंटा खेलता हूँ। इस पर भी वह आग-बबूला हो जाते हैं। और लोग भी तो हैं। क्या उन्हें अपनी औलाद का ख़याल नहीं है? वे तो इस तरह अपने बच्चों के पीछे हाथ धोकर नहीं पड़े रहते।

अब्बा का रवैया मुझे सरासर ग़लत और वाहियात लगता था। लेकिन ज़बान से कुछ कह नहीं सकता था। उनके मिज़ाज का मुझे अन्दाज़ा था। एक लफ़्ज़ भी मुँह से निकालने का मतलब था कि मेरी ज़बान खींच ली जाएगी। उनकी गरज़दार आवाज़ से ही मेरे होश गुम हो जाते थे। पीटते भी थे तो इतनी बेरहमी से कि क्या कोई अपने दुश्मन को भी इस तरह मारेगा! मैं ख़ून का-सा घूँट पीकर रह जाता था। लेकिन नफ़रत और ग़ुस्से की आँच मन में सुलगती रहती थी। अब्बा का ख़ौफ़ मुझ पर अगर हावी न होता तो यह आँच यक़ीनन शोलों में बदल सकती थी।

उस रोज़ अब्बा कहीं गए हुए थे। शाम से पहले लौटने की उम्मीद नहीं थी। ऐसे मौके कभी-कभार ही मिलते थे। मैं छाको के साथ बहुत देर तक बरामदे में

खेलता रहा था। फिर हम दोनों गुलेल लेकर फलगू नदी के उस पार चले गए थे। गर्मियों के दिन थे। लेकिन अभी लू चलनी शुरू नहीं हुई थी। नदी सूखने लगी थी। कहीं पर भी घुटने-भर से ज़्यादा पानी नहीं था। नदी को पार करने में हमें ज़रा भी दिक़्क़त नहीं हुई।

नदी के उस पार मुसलमानों के क़ब्रिस्तान के पास एक छोटा-मोटा बग़ीचा था जहाँ आम, अमरूद और नीम के बहुत-से पेड़ थे। हम दोनों कुछ देर तक गुलेल से पेड़ में लटके हुए कच्चे आमों पर निशाना साफ़ करते रहे। पत्थर फेंक-फेंककर आम तोड़ते रहे। कच्चे आम हम दोनों को बहुत अच्छे लगते थे। उनकी खटास से मुँह का स्वाद बदल जाता था। एक तेज़-तीखी सरसराहट ज़ुबान पर बहुत देर तक तैरती रहती थी। कच्चे आमों से जी भर गया तो हम लोग गुलेल से चिड़ियाँ मारने में लग गए। छाको को निशाना ग़ज़ब का था। लेकिन उस रोज़ कोई चिड़िया उसकी गोली का शिकार नहीं हो रही थी। उसका हर निशाना ख़ता हो जाता था। मुझे आश्चर्य हो रहा था, आज छाको को क्या हो गया है! उसकी जेब में भरी सब गोलियाँ ख़त्म हो रही थीं और एक चिड़िया भी नहीं मार सका था वह।

छाको बुरी तरह झल्ला गया था।

"ई सरवा आज काबू में न अइबे का?" वह झुँझलाकर बोला।

उसकी जेब में अब शायद एक गोली भी नहीं बची थी। उसने पास में पड़ा हुआ एक रोड़ा उठाया और उसे ही गुलेल में रखकर पूरी ताक़त से दाग दिया।

रोड़ा गुलेल से पूरे वेग के साथ निकलकर सामने पेड़ पर बने एक छोटे-से घोंसले के साथ टकराया और उसे तहस-नहस करता हुआ, दूर जा गिरा। भूकम्प में गिरती हुई किसी इमारत की तरह घोंसला आनन-फ़ानन छिन्न-भिन्न होकर ज़मीन पर गिर पड़ा। घोंसले के टूट-बिखरकर गिरने के साथ-साथ एक चिड़िया उसमें से बाहर निकली थी और कुछ दूरी पर जाकर ढेर हो गई थी। पेड़ के नीचे ज़मीन पर घास, तिनके और चीथड़ों के टुकड़े पड़े थे। इनमें जगह-जगह ख़ून के धब्बे लगे हुए थे और चिड़ियों के बच्चों के शरीर के टुकड़े बड़ी भयानक हालत में इनके साथ गुंथे हुए थे। यह मालूम कर सकना मुश्किल था कि ये टुकड़े एक ही शरीर के हैं या कई बच्चों के शरीर के।

छाको कुछ देर तक तो स्तब्ध देखता रहा जैसे उसे ख़ुद विश्वास न हो रहा हो कि यह सब एकाएक कैसे हो गया था। फिर जैसे चौंककर वह उस जगह पर भागता हुआ चला गया जहाँ एक चिड़िया मुर्दा पड़ी हुई थी। उसने उसे उँगलियों

से छू-छाकर देखा। कहीं भी उसमें ज़िन्दगी की निशानी नहीं थी।

हम लोग लौटने लगे। नदी पार करते हुए हम दोनों ही चुप रहे। मुझे रह-रहकर मरी हुई चिड़िया और उसके बच्चे का ख़याल आ जाता था और मन में एक बेचैनी होने लगती थी। ख़ून में सनी गौरैया और उसके बच्चों के शरीर! घिन और ख़ौफ़ का मिला-जुला एहसास मुझ पर हावी हो गया। तबीयत भीतर से मिचला रही थी। कोई चीज़ बहुत भीतर से मन को कचोट रही थी।

छाको भी एकदम चुप था। सिर झुकाए विचार-मग्न-सा चल रहा था। घाट की सीढ़ियाँ चढ़ते हुए वह बोला—"खाजे बाबू! का हो गेलई ई! भूत चढ़ गेलई हल। बचवा के मार देली! ई ठीक बात न हो लई।"

छाको के स्वर में पछतावा था। आवेश से अभिभूत होकर कोई ग़लत, अनिच्छित काम कर जाने की ग्लानि।

मैं घर पहुँचा तो अम्मा दरवाज़े पर ही खड़ी मेरी राह देख रही थीं। अम्मा कुछ कह सकें इसके पहले ही अब्बा हमारे सामने आ धमके। ग़ुस्से से उनका चेहरा तमतमाया हुआ था। छाको अब्बा को देखते ही यह जा वह जा।

अब्बा ने बढ़कर मेरा हाथ पकड़ लिया और लगे डाँटने-डपटने—"कमबख़्त! मरदूद! अपनी हरकत से बाज़ नहीं आने का यह। कमीने लौंडों के साथ खेल-खेलकर यह ख़ुद भी कमीना हो गया है। चल आज तेरी वह ख़बर लेता हूँ कि याद करेगा।"

उस रोज़ अब्बा ने सचमुच बहुत ठुकाई की थी। दोनों हाथ पकड़कर इतने जूते लगाए थे कि कई दिनों तक सारा शरीर फोड़े की तरह दुखता रहा था।

हमारा ख़ानदान सैयदों का था। मुहल्ले में दो-चार घर ही तो सैयदों के थे। बाक़ी लोग तो जुलाहे, क़साई या दरज़ी थे। इनकी गिनती शरीफ़ों में कहाँ होती थी? ये कमीन और नीची जात के लोग माने जाते थे। और ये लोग ख़ुद भी अपना दर्जा हम लोगों से बहुत कम मानते थे। मुहल्ले के ये नीची जात वाले तमाम लोग हम लोगों की बहुत इज़्ज़त किया करते थे। अब्बा को ख़ुद भी अपने ख़ानदान के बड़प्पन का बहुत एहसास था। वह इसे बहुत फ़ख़्र की बात मानते थे कि वह सैयदों के ख़ानदान में पैदा हुए हैं। वह कहा करते थे—'ख़ून और ज़ात बेबुनियाद चीज़ें नहीं हैं। जानवरों तक की नस्ल देखी जाती है। इनसान क्या जानवरों से भी गया—गुज़रा है? जब जानवरों की क़द्र भी उनकी नस्ल के लिहाज़ से की जाती है तो इनसान

की नस्ल को अहमियत देना किस तरह ग़लत हो सकता है?'

लेकिन ये बातें वह मुहल्ले के लोगों के सामने नहीं कहा करते थे। शायद वह इसकी ज़रूरत ही महसूस नहीं करते थे। जुलाहे जुलाहे ही रहेंगे और सैयद सैयद ही रहेंगे। उलटे मुहल्लेवालों पर तो वह यही ज़ाहिर करने की कोशिश करते थे कि वह ख़ुद को उनसे बड़ा नहीं समझते। लेकिन जब कभी मुझे मुहल्ले के किसी बच्चे के साथ खेलते हुए देखते तो घुड़कते हुए यह कहना न भूलते—"फिर तू कमीने लौंडों के साथ खेलने लगा? ठहर ज़रा, कैसा मज़ा चखाता हूँ तुझे।"

एक रोज़ जब कि वह इसी तरह मुझ पर बरस रहे थे तो छाको ने उनके शब्द सुन लिए। अब्बा उसे कमीना कहें, यह बात उसे अच्छी नहीं लगी। उसने मेरे साथ खेलना छोड़ दिया। हफ़्तों मुझसे दूर-दूर रहा। कहीं सामना हो जाता तो कतरा कर निकल जाता। मैं उसे मनाने की कोशिश करता लेकिन उस पर कोई असर न होता। मुहल्ले में और बहुत सारे लड़के थे। लेकिन मैं हमेशा छाको के साथ ही खेलने का आदी था। किसी और बच्चे के साथ खेलना मुझे अच्छा नहीं लगता था।

छाको के नाराज़ हो जाने की वजह से मेरा खेलना-कूदना ही बन्द हो गया था। रह-रहकर अब्बा पर ग़ुस्सा आता था। यह भी कोई बात हुई? छाको को कमीना कहने का उन्हें क्या हक़ पहुँचता है? क्या वह उनका नौकर है? क्या वह उनकी रोटियों पर पला है? क्या उन्होंने उस पर कोई एहसान किया है? इस तरह बग़ैर किसी मुनासिब वजह के किसी को कमीना कह देना कहाँ की शराफ़त है? छाको ने आख़िर ऐसी क्या हरकत की है जिसकी वजह से उसको कमीना कहा जाए? क्या गुल्ली-डंडा खेलना या गुलेल से चिड़ियों का शिकार करना कोई ऐसा बड़ा अपराध है कि उसे कमीना कहकर पुकारा जाए? वह जब कभी छाको के लिए 'कमीना' लफ़्ज़ इस्तेमाल करते थे, मुझे उनकी बात खल जाती थी। मैं यही सोचने लगता था कि कहीं छाको यह सब ख़ुद सुन ले या कोई उससे यह सब कह दे तो वह क्या ख़याल करेगा!

अब्बा भी शायद इस नज़ाकत को समझते थे और भरसक इस तरह की बातें वह घर के अन्दर ही कहा करते थे जहाँ छाको इन्हें सुन नहीं सकता था। लेकिन उस रोज़ बैठक का दरवाज़ा खुला हुआ था और छाको अपने घर से निकलकर मेरी तरफ़ ही आ रहा था। बरामदे के पास ही अब्बा के शब्द उसे सुनाई दे गए और वह उलटे पाँव लौट गया। अब्बा के सिर पर तो ग़ुस्से का भूत सवार था। उन्हें यह सोचने का होश ही कहाँ था कि बैठक का दरवाज़ा खुला है और गली

से गुज़रनेवाला कोई भी आदमी उनकी बात सुन सकता है।

मैंने खुद छाको को बरामदे की तरफ़ बढ़ते और मुँह बनाकर लौटते हुए देखा था। मुझे बड़ी शर्म महसूस हो रही थी। उधर अब्बा की डाँट-फटकार जारी थी। इधर यह ख़याल मुझे सता रहा था कि छाको दिल में क्या सोच रहा होगा। ख़ौफ़, ग्लानि और खिसियाहट का मिला-जुला एहसास मुझे साल रहा था। मैं छाको से कैसे आँखें मिला सकूँगा? वह पूछेगा तो क्या जवाब दूँगा? वह कह सकता है—'हम लोग तुम्हारी, तुम्हारे अब्बा की, तुम्हारे घर के तमाम लोगों की इतनी इज़्ज़त करते हैं। तुम लोगों को 'बाबू' कहते हमारी ज़बान नहीं थकती। हम लोग तुम लोगों के लिए जान तक देने को तैयार रहते हैं। क्या हम लोग यह सब इसी ख़ातिर करते हैं कि तुम हमारे मुँह पर थूको, हमें कमीना कहो?'

छाको ने ये सब कहा तो मैं क्या जवाब दूँगा? अब्बा ने मुझे अजीब उलझन और परेशानी की स्थिति में डाल दिया था। अगर छाको सारी बात महम्दू ख़लीफ़ा से कह दे तो उसे भी कितना दुख होगा! वह अब्बा को किस तरह सिर-आँखों पर बिठाता है। उनकी तारीफ़ में ज़मीन-आसमान के कुलाबे मिलाता रहता है। उसे अगर यह मालूम हो जाए कि अब्बा उसके और उसके घरवालों के बारे में ऐसी ओछी राय रखते हैं तो उसके दिल पर क्या बीतेगी।

मैं महम्दू ख़लीफ़ा को रोज़ देखता था कि सवेरे ही घर से निकलकर बहुत ज़ोरदार आवाज़ में कहता—"सलाम, बाबू!"

अब्बा बैठक में न होते तो भी महम्दू ख़लीफ़ा की आवाज़ घर के अन्दर पहुँच जाती थी। इस तरह दुकान से घर लौटते हुए वह अपने घर में दाख़िल होने से पहले वैसी ही ऊँची आवाज़ में कहता—"सलाम, बाबू!"

अब्बा सामने नज़र आ जाते तो एकदम बिछ जाता। झुककर बहुत अदब से सलाम करता और तब आगे बढ़ता।

एक बार अब्बा जब बहुत बीमार पड़े थे तो सवेरे-शाम आकर हालचाल ही नहीं पूछा करता था, पायँती में बैठकर अक्सर पैर भी दाब दिया करता था। अब्बा मना करते तो कहता—"बाबू! काहे रोक ह! ई तो सबाब के काम हई। सैयद के पाँव दबावे से हो सक हई कि अल्लाह मियाँ खुस हो जथिन। हमरा भी जन्नत देथिन अल्लाह मियाँ।"

महम्दू ख़लीफ़ा की ये बातें सुनकर अब्बा मुस्करा देते थे और उसे अपने पैर दबाने दिया करते थे।

ऐसे मौक़ों पर अक्सर अब्बा महम्दू ख़लीफ़ा से कहा करते थे—"कैसी बातें करते हो, ख़लीफ़ा! आदमी की असली बड़ाई तो उसके अमल में है। अच्छे काम करने से ही इनसान अच्छा माना जाता है। वली के घर में शैतान पैदा हो जाए तो वह वली तो नहीं हो जाएगा। इस्लाम ने तो सबको बराबर का दर्जा दिया है। कोई बड़ा है न छोटा। बस आमाल अच्छे होने चाहिए।"

महम्दू ख़लीफ़ा की बीवी पैरी भी जब देखो घर के काम-काज में अम्मा का हाथ बँटा रही है। क्या मजाल जो अम्मा किसी काम के लिए कहें और वह टाल जाए! घर की नौकरानी भी इतनी मुस्तैदी और मेहनत से क्या काम करेगी! ईद-शबे बरात जैसे त्योहारों में घर का काम बहुत बढ़ जाता था। घर में नौकरानी के होते हुए भी अम्मा से इतना काम-काज सँभल नहीं पाता था। पैरी उनकी मदद न करती तो यक़ीनन उन्हें बहुत दुश्वारी होती।

भादों में ख़्वाज़ा ख़िज़र की फ़ातिहा होती थी। रोट और हलवा बनाया जाता। रोट के लिए आटा गूँधना कोई आसान काम नहीं था। अम्मा के वश की बात तो थी नहीं कि इतना सारा आटा लगन में लेकर घंटों गूँधती रहें। बहुत ताक़त और ज़ोर लगाना पड़ता था। पैरी जैसी हट्टी-कट्टी औरत भी आटा गूँधने में रो दिया करती थी। शरीर पसीने में तरबतर हो जाता था। चेहरा अंगारे की तरह लाल हो जाता था। आटा गूँधकर उठती थी तो लगता था कि उसकी सारी शक्ति ख़त्म हो चुकी है। लेकिन कभी भी शिकायत का एक लफ़्ज़ मुँह से नहीं निकलता था।

काग़ज़ के बेड़े में रोट और हलवा रखा जाता। एक तरफ़ दो जलते हुए दीए रखे जाते। अम्मा पैरी से कहतीं—"जा पैरी! नद्दी में बहा दे।"

पैरी के साथ छाको और मैं भी फलगू नदी की तरफ़ जाते। भादों में नदी पानी से लबालब भरी रहती थी। लगता ही नहीं था कि यह वही नदी है जिसमें गर्मी के दिनों में सिर्फ़ रेत-ही-रेत दिखाई देती है। लोग घाट की सबसे ऊँची सीढ़ी से नदी में छलाँग लगाते और तैरते हुए बहुत दूर तक निकल जाते। मैं आश्चर्य से इन्हें देखता रह जाता। इतनी ऊँची छलाँग लगाने के बाद भी ये लोग डूबते नहीं हैं। बहुत देर तक नदी की गहराई में डूबे रहने के बाद एकाएक ये उभरकर ऊपर आ जाएँगे। जब तक ये उभरकर ऊपर नहीं आते थे मेरा दिल उछलता रहता था। कहीं नदी ने इन्हें हमेशा के लिए निगल न लिया हो। उफ़! जो लोग नदी में डूबकर मरते हैं उनकी लाश कैसी ख़ौफ़नाक हो जाती है! पेट फूलकर कुप्पा हो जाता है। कभी ऐसी लाश देखी थी। नदी में कोई छलाँग लगाता है और बहुत देर तक ऊपर नहीं

आता तो यही कुरूप, भयानक लाश सामने आ जाती है। मैं सिहर उठता हूँ। लेकिन वह आदमी, उसी समय बहुत दूरी पर—उस जगह से बहुत दूर जहाँ उसने पानी में गोता लगाया था—एकाएक अपना सिर उठाता है और तैरने लगता है।

हम लोग बेड़े को पानी में बहा देते थे। बहुत सारे बेड़े पहले से ही पानी पर बहते दिखाई देते। रंगीन कागज़ से बने हुए बेड़े—हरे, लाल, पीले...दीयों की रोशनी बाहर फेंकते हुए, पानी की सतह पर तैरते हुए, बहुत दूर निकल जाते।

ये बेड़े ख़्वाज़ा ख़िज़र के बेड़े कहे जाते थे। ख़्वाज़ा ख़िज़र की फ़ातिहा सिर्फ़ मुसलमान ही नहीं दिलाते थे। हिन्दू मल्लाह और हिन्दू धोबी भी यह फ़ातिहा कराते थे। वे भी फलगू नदी में ख़्वाज़ा ख़िज़र के बेड़े बहाया करते थे।

अम्मा कहा करती थीं—"ख़िज़र साहब पानी में रहे हैं। किसी को डूबते हुए देख लें तो उसको बचा लेते हैं।"

धोबी और मल्लाह तो ज़्यादा वक़्त नदी में ही गुज़ारते हैं। ख़िज़र साहब को ख़ुश रखना वे और भी ज़रूरी समझते हैं। कहीं वह नाराज़ न हो जाएँ। उनकी फ़ातिहा कराते हैं। उनके नाम से बेड़े बहाते हैं। इन सबसे ख़िज़र साहब ख़ुश रहेंगे और मुसीबत के दिनों में उनके काम आएँगे।

भादों के महीने में ख़्वाज़ा ख़िज़र की फ़ातिहा होती थी तो नदी किनारे, एक मेला-सा लग जाता था। मल्लाह, धोबी, मुसलमान, मर्द, औरतें और बच्चे! नदी में सैकड़ों बेड़े क़तार-दर-क़तार बहते हुए। बहुत ऊँचाई से छलाँग लगाते हुए नौजवान! ख़्वाज़ा ख़िज़र से दुआ करती हुई औरतें।

छाको कितना छोटा-सा था उन दिनों! लेकिन वह तैरना जानता था। माँ की नज़र बचाकर वह अपनी क़मीज़ उतारता और नदी में छलाँग लगा देता। पैरी शोर मचाने लगती—"हाए रे छौड़ा पुता! जान के दुस्मनवा! या हज्जत खिज्जर! ई करम जल्ले को अक्कल दो हज्जत।"

मैं हँसते-हँसते लोट-पोट हो जाता। पैरी मुझे हँसता देखकर कहती—"हँस हु बाबू! देख न ह। कैसन बज्जात हइ ई छाको!"

लेकिन छाको की हिम्मत पर सचमुच मुझे ईर्ष्या होने लगती थी। कितना निडर है यह! चढ़ी हुई नदी में कैसी बहादुरी से कूद पड़ता है। जान की ज़रा भी परवाह नहीं करता। कहीं डूबकर मर जाए तो!

छाको के साथ एक-दो बार मैंने भी तैरने की कोशिश की थी। लेकिन हमेशा सन्तुलन बिगड़ जाता था और मैं डूबते-डूबते बचा था। शायद छाको ने न बचाया

होता तो मैं कभी का डूबकर मर चुका होता। हालाँकि कभी भी डुबाऊ पानी में तैरने की कोशिश नहीं की थी। ज़्यादा-से-ज़्यादा छाती तक गहरे पानी में ही उतरा था। लेकिन इतने पानी में ही डूबने की नौबत आ जाती थी। छाको तो दो पोरसा गहरे पानी में भी इस तरह तैरता जैसे घुटने-भर पानी में तैर रहा हो। चढ़ी हुई नदी को देखकर ही मेरे हाथ-पाँव फूलने लगते थे। छलाँग लगाने और तैरने की हिम्मत कहाँ हो सकती थी!

लेकिन छाको इस तरह नाराज़ हो जाएगा, यह नहीं सोचा था मैंने। अब्बा की बात उसे बुरी लगी थी। बुरी लगनी भी चाहिए थी। ताज्जुब तब होता जब वह नाराज़ न होता। कौन आदमी होगा जो गाली सुनकर भी ख़ामोश रहेगा? गाली देनेवाले की ज़बान नहीं खींच सकता तो दिल में बुरा तो मान ही सकता है। गुस्सा चाहे ज़बान पर न आए लेकिन दिल में महसूस करने से कौन रोक सकता है? ग़लती सरासर अब्बा की थी। उन्होंने छाको को अपमानित किया था। कमीना कहकर उसे ज़लील किया था। लेकिन मैंने तो कुछ नहीं कहा था छाको से। मुझसे क्यों नाराज़ हो गया है वह?

मैं छाको को मनाने की कोशिश करता रहा। लेकिन कामयाबी नहीं हो रही थी। वह उसी तरह मुँह फुलाए रहता था।

गर्मियों के दिन थे। सुबह का स्कूल था। अब्बा भी सवेरे कचहरी चले जाते और दोपहर में लौट आते थे। जैसे ही खाना खाकर सोते और ख़र्राटे की आवाज़ मेरे कानों में पहुँचती, मैं चुपके से उठता, कुर्सी पर चढ़कर आहिस्ते से दरवाज़ा खोलता और फिर बाहर से दरवाज़े को इस तरह भेड़ देता कि जागने पर अब्बा को कुछ पता न चल सके कि मैं बरामदे में पहुँच गया हूँ। बरामदे में तेज़ लू चल रही होती। लगता आग के गोलों के बीच आ गया हूँ। पर छाको के साथ खेलने का मोह इतना अधिक था कि गर्म लू के थपेड़े भी मुझे उधर से विमुख नहीं कर पाते थे।

छाको गली में या अपने घर की ड्योढ़ी में नज़र आ जाता। हल्के-से ताली बजाकर या कंकड़ी फेंक कर उसे बरामदे में बुलाने की कोशिश करता। पर मुझे देखते ही वह मुँह फुला लेता। मुझे धक्का-सा लगता। देखो तो इस मूज़ी को! मैं इतनी ख़ुशामद कर रहा हूँ और इस कमबख़्त पर कोई असर ही नहीं होता। मैं ग़ुस्से से बेक़ाबू होने लगता। लेकिन छाको के साथ खेलने का आकर्षण फिर मुझ पर हावी होने लगता। मैं तक़रीबन गिड़गिड़ाते हुए कहता—"आओ छाको! खेलें हम

दोनों यहाँ पर। आ जाओ न।" लेकिन छाको का दिल अब भी नहीं पसीजता। बड़ी रुखाई से कहता—"हम नहीं खेलते तुमरे साथ। तुम असराफ हो तो अपने घर के। हम कमीन हैं तो अपने घर के। नहीं खेलते तुमरे साथ।"

छाको का रवैया मुझे बहुत ग़लत लगता। लगभग उतना ही ग़लत जितना अब्बा का माना जा सकता था। अब्बा ने उसे 'कमीना' कहा था। लेकिन इसमें मेरा क्या क़सूर है? अब्बा की ज़बान मैं कैसे बन्द कर सकता हूँ? यह भी छाको की ज़्यादती नहीं तो और क्या है कि अब्बा की ग़लती का बदला वह मुझसे लेना चाहता है। मैंने तो नहीं कही कोई ऐसी-वैसी बात। मुझसे नाराज़ होने का क्या मतलब है? फिर दिल में सोचता कि ज़्यादती दरअसल अब्बा की है। वह कौन होते हैं किसी को कमीना कहनेवाले?

कई बार दिल में इरादा करता कि अब्बा से कुछ कहूँ इसके बारे में। पर उनको देखते ही हिम्मत जवाब दे देती। जाने ग़ुस्से की हालत में क्या कर बैठें? अम्मा तक तो थर-थर काँपती हैं उनके सामने। मैं किस खेत की मूली हूँ! यही सब सोचकर ज़बान खोलने की हिम्मत नहीं होती थी।

लेकिन एक दिन जाने कैसे हिम्मत करके मैंने अपनी बात अब्बा से कह डाली। उस रोज़ अब्बा का मूड सचमुच बहुत अच्छा था। हालाँकि कचहरी से देर से लौटे थे। तेज़ लू की वजह से चेहरा झुलसा हुआ लग रहा था। आमतौर पर उनके आने से पहले ही घर में मौत-जैसा सन्नाटा छा जाता था। उनकी अनुपस्थिति में थोड़ी-बहुत बेतरतीबी जो घर में पैदा हो जाती थी वह उनके घर पहुँचने के पहले ही ठीक कर ली जाती थी। लोटे में हाथ-मुँह धोने के लिए पानी अन्दर बरामदे में नाली के पास रख दिया जाता था। खाना खाने के बाद अब्बा को हुक़्क़ा पीने की आदत थी। अब्बा के घर लौटने से पहले अम्मा एक-एक चीज़ को ख़ुद देख लिया करती थीं। उन्हें मालूम था कि ग़ुस्सा अब्बा की नाक पर रहता है। जहाँ कोई बात मरज़ी के ज़रा ख़िलाफ़ हुई, वहीं बरस पड़े। उन्हें जाने कितनी बार खाने की प्लेट ग़ुस्से में फेंकते मैं देख चुका था। खाने में नमक ज़रा ज़्यादा हो गया तो भरी प्लेट ज़मीन पर दे मारी। घर में खाने-पीने की जो चीज पकती थी अम्मा उसे पहले चख कर देख लिया करती थीं। अगर नमक ज़्यादा हो तो किसी तरक़ीब से नमक की तेज़ी को कम करने के बाद ही वह चीज़ अब्बा के सामने रखी जाती थी।

दहशत और आतंक-सा छाया रहता था घर में। अब्बा की ग़ैरमौजूदगी में ही हम लोग राहत की साँस ले पाते थे। उनके चेहरे पर हमेशा एक तनाव-सा दिखाई

देता था जो किसी भी क्षण क्रोध का रूप ले सकता था। मैं अक्सर सोचता था कि अब्बा आख़िर ऐसे क्यों हैं? और भी तो बहुत सारे लोग हैं जिनके बाल-बच्चे हैं। वह ऐसा ग़ुस्सा-भरा चेहरा कहाँ लिए फिरते हैं? औरों की बात जाने दीजिए। छोटे अब्बा भी कहाँ इतने क्रोधी स्वभाव के हैं? बीवी-बच्चों पर तो उनका ज़रा भी रोब नहीं है। छोटी अम्मा हों या हबीब भाई, कोई भी तो उनसे उस तरह आतंकित नहीं रहता जिस तरह हम लोग रहते हैं। वहाँ तो मामला ही उलटा है। छोटी अम्मा ही छोटे अब्बा को अक्सर खरी-खरी सुना देती हैं और वह कुछ बोल नहीं पाते। छोटी अम्मा की देखा-देखी हबीब भाई भी छोटे अब्बा से शोख़ी से बात करने लगे हैं। मैं कभी अब्बा से ऐसी गुस्ताख़ी से बात करूँ तो वह मुझे ज़िन्दा न छोड़ें।

अब्बा का स्वभाव था ही बहुत निराले क़िस्म का। कहाँ तो हम लोगों के मामले में इतने सख़्त थे कि उनके सामने ज़बान तक खोलते डर लगता था। लेकिन दूसरों के साथ और ही तरह का व्यवहार था। रिश्तेदारों, दोस्तों और पास-पड़ोसवालों को तो वह कुछ और ही नज़र आते थे। किसी को यक़ीन ही नहीं आ सकता था कि यह आदमी जो उनके लिए इतना अच्छा और नर्मदिल है, अपने बीवी-बच्चों के लिए बेरहम होने की हद तक सख़्त हो सकता है! अब्बा के व्यक्तित्व का यह अन्तर्विरोध मुझे भी अक्सर बहुत अचम्भे में डालता रहा है। शायद वह अन्दर से अपने दिल की गहराई में हम लोगों के लिए भी वैसी ही मुहब्बत महसूस करते थे जैसी दूसरों के लिए। मुमकिन है कि हम लोगों के लिए उनकी मुहब्बत कुछ ज़्यादा ही रही हो। लेकिन वह हम सब पर शायद यह ज़ाहिर करना चाहते थे कि वह दरअसल बहुत सख़्त हैं और मामूली-से-मामूली भूल और ग़लती को भी वह माफ़ नहीं कर सकते। बीवी-बच्चों को काबू में रखने और उन्हें ग़लत रास्ते पर जाने से रोकने की ख़ातिर उन्होंने ऐसा स्वभाव बना लिया था। शायद उनका क्रोधमय चेहरा उनका एक हथियार था जिससे वह बाल-बच्चों को अनिष्ट से बचाने का काम लेते थे।

लेकिन इस तरह की बातें उन दिनों मेरे दिमाग़ में नहीं आती थीं। उन दिनों तो अब्बा के लिए मेरे दिल में नफ़रत और ग़ुस्से का ही एहसास पलता रहता था।

उस रोज़ जो अब्बा ख़ुश-ख़ुश घर में दाख़िल हुए थे तो इसकी ख़ास वजह थी। हालाँकि मुझे यह वजह बहुत मामूली और महत्त्वहीन दिखाई दी थी। कपड़े बदलते हुए वह अम्मा से बोले थे—"अरे सुनती हो! वह अनुग्रहनारायण है न! वह बदल कर यहाँ आ गया है।"

अम्मा तख़्त पर दस्तरख़्वान बिछा रही थीं। दस्तरख़्वान का एक मुड़ा हुआ कोना ठीक करती हुई बोलीं—"कौन अनुग्रह? हम ना जानें कौन हैं।"

"अरे अनुग्रह बाबू को भूल गईं तुम। अरे वही अनुग्रह जो हमारे साथ पढ़ता था। कालेज में हम दोनों की गाढ़ी छनती थी। डिप्टी है न। यहाँ आ गया है बदल कर। आज ही चार्ज लिया है।"

"अच्छा! अच्छा वह अनुग्रह बाबू। याद आया। बहुत पहले हमारे यहाँ आए थे एक बार।"

"हाँ-हाँ, वही अनुग्रह! बड़ा अच्छा आदमी है। जानती हो, ढूँढ़ता हुआ मेरे पास दफ़्तर में ही आ गया। लोगों के तो होश उड़ गए। जल-भुनकर कबाब हो गए सब। डिप्टी होकर मेरे पास आ गया सीधे दफ़्तर में ही। ग़ुरूर नाम की कोई चीज़ नहीं है उसमें।"

मैं बैठा हिसाब का कोई सवाल हल कर रहा था लेकिन कान अब्बा-अम्मा की बातचीत की तरफ़ लगे हुए थे। अब वजह मालूम हुई कि आज इतने ख़ुश कैसे हैं! लेकिन मुझे उनकी ख़ुशी से कुछ तकलीफ़ भी महसूस हुई। साथ ही थोड़ा तरस भी आया उन पर। अब्बा कचहरी में किरानी हैं। एक डिप्टी उनसे दफ़्तर में ही आकर मिले। सब साथियों के सामने उनसे बराबरी की सतह पर बात करे। यह कोई मामूली घटना है! अब्बा का दिमाग़ इसीलिए आज सातवें आसमान पर है। ख़ुशी से बेहाल हो रहे हैं। क़दम ज़मीन पर नहीं पड़ रहे हैं। अपनी छोटी उम्र के बावजूद मैं यह महसूस किए बग़ैर नहीं रह सका कि आदमी को सचमुच बड़ा होना चाहिए—इतना बड़ा कि लोग उससे डरें, उसकी निकटता को अपने लिए गर्व की बात समझें। उस सारे आतंक और दहशत के बावजूद जो अब्बा के अस्तित्व से जुड़े हुए थे, वह मुझे उस समय बहुत हक़ीर और छोटे आदमी दिखाई दिए। घृणा की एक तेज़ लहर मेरे रोम-रोम में दौड़ती चली गई। अब्बा ने किरानी की नौकरी क्यों की? क्या वह अनुग्रह बाबू नहीं बन सकते थे? अब्बा का सारा व्यक्तित्व ही मुझे बेहद छोटा, अधूरा और तुच्छ दिखाई देने लगा था।

अम्मा ने अब्बा का खाना दस्तरख़्वान पर लगा दिया था। मैं चुपचाप हिसाब का सवाल हल करने में लगा हुआ था। तख़्त पर बैठने से पहले अब्बा मेरे पास आए और मेरे सिर पर हाथ फेरते हुए बोले—"कहो भाई! क्या हो रहा है?"

"हिसाब का सवाल हल कर रहा हूँ।" मैंने सिर उठाए बग़ैर ही जवाब दे दिया।

"हाँ बेटे! पढ़ने-लिखने में ख़ूब मेहनत करो। अनुग्रह पढ़ने-लिखने में बहुत होशियार था। इसीलिए डिप्टी मजिस्ट्रेट बना। आदमी मेहनत करे तो क्या कुछ नहीं हो सकता!"

अब्बा हँस-हँसकर बातें कर रहे थे। यह सब उनकी आदत के मुताबिक़ नहीं था। मुझे भी एक शरारत सूझ गई। छाको के बारे में इतने दिनों से मन में उथल-पुथल मच रही थी। क्यों न आज अब्बा से खुल कर बात कर ली जाए? आज वह फूल की तरह खिले जा रहे हैं। मुमकिन है कि मेरी बातें सुनकर नाराज़ न हों। आख़िर मैंने हिम्मत बटोरकर उनसे कह डाला—"अब्बा! छाको है न..." आगे क्या कहूँ, कुछ समझ में नहीं आ रहा था। बोलते-बोलते एकाएक रुक गया था। हल्का-सा ख़ौफ़ भी महसूस होने लगा था। आँख के एक कोने से अब्बा के चेहरे को देखता जा रहा था। वहाँ कहीं ग़ुस्से और नाराज़गी का निशान तो नहीं है। लेकिन अब्बा का चेहरा उसी तरह खिला हुआ नज़र आ रहा था। कहीं भी क्रोध या तनाव नहीं था। उन्होंने कहा—"हाँ-हाँ! कहो क्या बात है? छाको के बारे में कुछ कह रहे थे न? क्या हुआ है उसको।"

अब्बा को जैसे कुछ पता ही नहीं था। या फिर वह इस बात को इतना छोटा और महत्त्वहीन समझते थे कि इसे याद रखना उन्हें बिलकुल ग़ैरज़रूरी लगा था।

अब्बा खाना खाने के लिए तख़्त पर बैठ चुके थे। प्लेट में चावल लेते हुए बोले—"हाँ, तो बताओ। क्या बात है छाको की?"

अब्बा का स्वर इस बार थोड़ा गम्भीर हो गया था। डर की गिरफ़्त फिर मुझ पर मज़बूत होने लगी थी। आगे कुछ कहने की हिम्मत नहीं हो रही थी।

"कहते क्यों नहीं? क्या बात है?" इस बार अब्बा की आवाज़ कुछ और गम्भीर लगी थी।

मुझे पछतावा हो रहा था। क्यों ख़्वामख़्वाह ज़िक्र छेड़ दिया इस वक़्त? मेरा दिल डूबता जा रहा था। आँखें कापी पर टिकी थीं लेकिन वहाँ कुछ भी दिखाई नहीं दे रहा था। इतने में अब्बा की आवाज़ फिर सुनाई दी—"अरे भाई! कुछ बोलते क्यों नहीं?"

अब ख़ामोश रहना नामुमकिन था। डरते-डरते मैंने कहा—"छाको को... कमीना कहा था आपने...सो नाराज़ हो गया है।"

अब्बा मुँह तक निवाला ले जा चुके थे। मेरी बात सुनकर उनका हाथ रुक गया। बहुत ज़ोर का ठहाका लगाकर बोले—"अच्छा तो यह बात है!" मैं हतप्रभ-

सा चुपचाप बैठा रहा। उनके ठहाके में खुलापन था या व्यंग्य का पुट, मेरी समझ में नहीं आ सका।

"यहाँ सुनो।" अब्बा ने उँगली के इशारे से मुझे अपने पास आने को कहा। मैं डरते-डरते उनके पास पहुँचा। उन्होंने बाएँ हाथ से मेरी पीठ पर एक धौल जमाते हुए कहा—"वाह भाई! कमाल के आदमी हो तुम भी। तो छाको नाराज़ हो गया है मेरी बात पर। होने दो नाराज़ उसको, तुम क्यों परेशान हो रहे हो?"

चलो यह भी अच्छा ही हुआ कि अब्बा ने डाँट नहीं पिलाई। कहीं इसी बात पर बरस पड़ते तो क्या हालत होती मेरी! आई शामत टल गई। यह सोचकर मैंने चैन की साँस ली थी।

अगले रोज़ इतवार था। स्कूल और दफ़्तर की छुट्टी थी। अब्बा रोज़ की तरह तड़के ही उठे। वज़ू करके नमाज़ पढ़ी। फिर मुझे जगाया। जेब से एक रुपया निकालकर दिया। कहा—"जाओ, बिशुन हलवाई के यहाँ से एक रुपए की जलेबियाँ ले आओ।"

अब्बा जानमाज़ पर बैठे हुए वज़ीफ़ा पढ़ने लगे। मैं दौड़ा-दौड़ा बिशुन हलवाई की दुकान पर पहुँचा और गरम-गरम जलेबियाँ लेकर तुरन्त आ गया। जलेबियाँ मुझे बहुत पसन्द थीं। मैं बहुत ख़ुश हो रहा था। लेकिन साथ ही हैरत भी हो रही थी कि आज न तो कोई त्योहार है और न ही ऐसी कोई ख़ास बात हुई है। फिर सवेरे-सवेरे अब्बा को फ़ातिहा का ख़याल कैसे आ गया? ख़ैर, मैं तो यह सोचकर ख़ुश हो रहा था कि आज सवेरे-सवेरे, गरम-गरम जलेबियाँ खाने को मिल रही हैं। त्योहार हो या न हो, मुझे तो जलेबियों से मतलब है। फ़ातिहा पढ़कर अब्बा ने तख़्त पर बिछी जानमाज़ पर बैठे-बैठे ही ज़ोर से पुकारा—"छाको!"

मैं बहुत अचम्भे में पड़ गया। छाको को क्यों आवाज़ दे रहे हैं? कहीं उसे फिर डाँटना-फटकारना शुरू कर दें। जलेबियाँ देखकर जो ख़ुशी हुई थी वह अब ख़त्म हो चुकी थी। मैं बहुत घबरा रहा था। जाने छाको से अब्बा क्या कहने लगें! मैंने भी अच्छी मुसीबत मोल ले ली। क्या ज़रूरत थी अब्बा से कहने की! बड़ा चला था छाको की भलाई करने। अब सँभालो इस नई मुसीबत को। यक़ीनन अब्बा उसे देखते ही डाँटना-फटकारना शुरू कर देंगे।

मैं छाको का सामना कैसे कर सकूँगा? मेरे सामने ही अब्बा उसे जाने क्या-क्या कह डालें? और यह सब मुझे बरदाश्त करना होगा। छाको को अपने सामने

ही अपमानित होते देखने की स्थिति का मुझे सामना करना पड़ेगा। और मैं यह सब देखते हुए भी कुछ बोल नहीं सकूँगा। कहीं छाको ने भी कोई ऐसी-वैसी बात अब्बा से कह दी तो ग़ज़ब ही हो जाएगा।

छाको के विचार मैं जानता हूँ। अब्बा की बात का उसके दिल पर कैसा गहरा असर है, यह बात मुझसे छिपी हुई नहीं है। वह ग़ुस्से से सुलग रहा है। कहीं वह ख़ुद को क़ाबू में न रख सका और उसके मुँह से अब्बा के ख़िलाफ़ कोई शब्द निकल गया तो आफ़त आ जाएगी। एक हंगामा उठ खड़ा होगा।

छाको ने शायद अब्बा की आवाज़ सुनी नहीं थी। या मुमकिन है कि सुनकर भी उसने अनसुनी कर दी हो। लेकिन महम्दू ख़लीफ़ा दौड़ते-भागते हमारे बरामदे में पहुँच गए।

"का कहते हैं, बाबू?"

"छाको को भेज दो। फ़ातिहा की मिठाई देनी है।" अब्बा ने कहा।

"अभी भेजते हैं।" यह कहकर महम्दू ख़लीफ़ा चला गया।

मेरी जान में जान आई। अब्बा उससे नाराज़ नहीं हैं। लेकिन छाको का भी क्या भरोसा! वह भी तो जिद्दी है अव्वल दर्जे का। मुझसे किस तरह बात कर रहा था। 'तुम असराफ़ हो तो अपने घर के!' हो सकता है कि वह अब्बा के पास आए ही नहीं। अपने बाबा से कह दे—"ना चाहिए हमको ऐसी मिठाई। बड़ा असराफ़ समझे हैं अपने को। रखें अपनी मिठाई अपने पास। हमको ना ज़रूरत है ऐसा मिठाई की।"

लेकिन छाको जब कमरे में आया तो बहुत डरा-डरा और सहमा-सहमा दिखाई दे रहा था। मेरी तमाम शंकाएँ निराधार थीं! उसके चेहरे पर विरोध का कोई चिह्न नहीं था। उल्टे वह शायद डर रहा था कि अब्बा जाने उसकी कैसी ख़बर लें।

अब्बा ने प्यार-भरे लहज़े में उससे अपने पास तख़्त पर बैठने को कहा। फिर एक तश्तरी में बारह जलेबियाँ रखकर उसे दीं और कहा—"चार तुम्हारी हैं, चार जनवा की और चार बेंगा की।"

जब वह जलेबियाँ लेकर जाने लगा तो अब्बा ने मुहब्बत से उसके सिर पर अपना हाथ रखा और कहा—"बड़ों की बात का बुरा नहीं मानते! जो वक़्त तुम बेकार खेलों में ज़ाया करते हो उसे किसी अच्छे काम में लगाओ।"

अब्बा का यह रवैया देखकर मैं बहुत ख़ुश हुआ था। मैंने जो कुछ सोचा

था उसके विपरीत ही सब कुछ हुआ था। उस रोज़ अब्बा के बड़प्पन का एक अजीब रुख़ मैंने देखा था। एक दिन पहले ही अनुग्रह बाबू से मिलने की ख़ुशी में उनके दिमाग़ को सातवें आसमान पर देखकर मैंने उनके लिए कैसी घृणा महसूस की थी! मैं रात में भी बिस्तर पर लेटा बहुत देर तक इसी के बारे में सोचता रहा था। मैंने अनुग्रह बाबू को देखा नहीं था। लेकिन दिमाग़ में उनकी शक्ल-सूरत का जो नक़्शा बनता था वह बहुत रोबदार और शान-शौक़त भरा था। यक़ीनन उनका व्यक्तित्व अब्बा से एकदम अलग होगा। अब्बा मुझे उनके सामने कीड़े-मकोड़े की तरह दिखाई दे रहे थे।

लेकिन शायद हर आदमी के अन्दर कहीं-न-कहीं थोड़ा बड़प्पन भी छिपा होता है। अब्बा में कुछ ज़्यादा ही बड़प्पन है मुझे ऐसा महसूस हुआ था।

छाको के दिल पर भी इसका गहरा असर हुआ था। उसकी झेंपी-झेंपी निगाहों से तो यही ज़ाहिर होता था। उसके मुँह से एक शब्द भी तो नहीं निकल सका था। मुझसे आँखें मिलाने का साहस भी उसे नहीं हुआ था। वह मन-ही-मन शायद पछता रहा था। मुझसे जो कुछ उसने कहा था वह एक ज़ोरदार तमाचे की तरह उसके चेहरे पर ही जाकर गिरा था।

रात का खाना खाकर हम लोग बिस्तर पर लेट चुके थे। चाँदनी छिटकी हुई थी। दिन-रात आग बरसती रही थी। लेकिन अब पछुवा के ख़ुशगवार झोंकों ने जहन्नुम को जैसे जन्नत में बदल दिया था। चाँदनी की ठंडी रोशनी में बिस्तर की सफ़ेद चादरों से दिल को बड़ी राहत-सी महसूस हो रही थी। माहौल पर एक सुखद सन्नाटा छाया हुआ था। रात शायद काफ़ी बीत चुकी थी। कुछ देर पहले तक महम्दू ख़लीफ़ा के गाने की आवाज़ सुनाई देती रही थी। 'मेरे मौला बुला लो मदीने मुझे।' रोज़ रात में महम्दू ख़लीफ़ा गला फाड़-फाड़कर गाता था। गाते-गाते ही वह नींद की गोद में पहुँच जाता था।

महम्दू ख़लीफ़ा की यह आदत आज भी बनी हुई है। चारपाई पर लेटते ही गाना शुरू कर देता है—'मेरे मौला बुला लो मदीने मुझे!' उसकी आवाज़ शुरू से ही बेसुरी है। अक्सर ही उसका गाना सुनकर हँसी रोक नहीं पाता। लेकिन उसे इसका कोई एहसास नहीं है। अपनी भारी बेसुरी आवाज़ में गाते हुए वह जैसे सब कुछ भूल जाता है। औरों के लिए उसकी आवाज़ में चाहे कोई लय न हो, लेकिन उसके अपने लिए उसमें बड़ा रस है जिसमें वह डूब-सा जाता है।

कभी पचिया भिखारिन गली से भीख माँगती हुई गुज़रती है तो महम्दू ख़लीफ़ा का गाना सुनकर पागलों की तरह क़हक़हे लगाने लगती है। लोग कहते हैं कि उसका दिमाग़ चल गया है। लेकिन वह हमेशा पागलों की तरह बात नहीं करती। वह ग़रीब भिखारिन है। दर-दर घूमकर भीख माँगती है। लेकिन बड़ी मुँहफट भी है। एक बार हाजी अब्दुल करीम की मुहल्ले के लोगों के सामने उसने ऐसी बेइज़्ज़ती कर दी थी कि हाजी अब्दुल करीम शर्म से पानी-पानी हो गए थे। एक शब्द भी तो मुँह से नहीं निकल सका उनके। सिर झुकाए वहाँ से खिसक गए। लेकिन ग़लती हाजी अब्दुल करीम की ही थी। पहला पत्थर उन्होंने ही फेंका था। पचिया कहाँ बरदाश्त करनेवाली थी!

पचिया भीख माँगती हुई जा रही थी। सामने से हाजी अब्दुल करीम आ रहे थे। पचिया को देखकर रुक गए और कहने लगे—"भीख माँगते शर्म नहीं आती। कोई काम-धाम क्यों नहीं करती?" बस पचिया के तन-बदन में आग ही तो लग गई। सबके सामने ही कहने लगी—"काहे रे करीमबा! अपना दिन भूल गया रे। गिंटाहा बच्चे की तरह घूमता-फिरता था। हराम की कमाई से बदन पर चर्बी चढ़ गई है ना। एही वास्ते ऐसी बात करे है मूँडी-काटा। मत दे। कौन माँगे है तेरे से भीख-ख़ैरात?"

हाजी अब्दुल करीम की तो सिट्टी-पिट्टी गुम हो गई थी। ख़ामोशी से खिसक जाने में ही उन्होंने अपनी ख़ैरियत समझी थी।

पचिया अब बहुत बूढ़ी हो गई है। आँखों से बहुत कम सुझाई देता है। लाठी के सहारे भीख माँगने निकलती है। कमर कमान की तरह झुक गई है। हड्डियों का एक ढाँचा! लेकिन आवाज़ में अभी भी दमख़म है। गली से आवाज़ लगाती हुई गुज़रती है तो दूर-दूर तक, उसकी आवाज़ पहुँच जाती है—'अल्लाह के नाम पर एक पैसा भैया! अल्लाह के नाम पर एक पैसा! अल्लाह रोटी-रोज़ी में बरकत देगा। अल्लाह के नाम पर एक पैसा!' पचिया की आवाज़ उन दिनों से सुनता आया हूँ जबसे मैंने होश सँभाला है। गली की बहुत-सी जानी-पहचानी चीज़ों की तरह यह आवाज़ भी उसका एक हिस्सा है।

कभी उसकी आवाज़ गली में नहीं गूँजती तो अम्मा कहती हैं—"का बात है? आज पचिया नहीं आई। बीमार न हो गई हो। बेचारी!"

अम्मा को उसकी हालत पर बहुत तरस आता है। लेकिन एक तरह की नफ़रत भी वह उसके लिए महसूस करती हैं। कहती हैं—"लच्छन ही ख़राब थे इसके। अच्छे-भले घर ब्याही गई थी। मरद के पास दिल ही नहीं लगा इसका। घर-गिरस्थी

में जी कहाँ लगता था कमबख़्त का। अच्छे लच्छन होते तो काहे को यह दिन देखना नसीब होता।"

लेकिन पचिया के भी कभी दिन थे। दारोग़ा बशीर उस पर जान छिड़कते थे। क्या मजाल जो कोई उसके ख़िलाफ़ एक लफ़्ज़ मुँह से निकाल सके! दारोग़ा बशीर का आतंक ही ऐसा था। मुहल्लेवालों के कितने ही काम उसने दारोग़ा बशीर से कहकर करवाए थे। दिल में पचिया को लाख बुरा समझते हों, लेकिन किसी की हिम्मत नहीं थी कुछ कहने की।

दारोग़ा बशीर को मरे एक अरसा हो गया। उनके मरने के बाद पचिया का कोई सहारा नहीं रहा। दारोग़ा बशीर के लड़के ख़ुशहाल थे। अच्छी नौकरियों में लगे हुए थे। लेकिन उन्हें पचिया में कोई दिलचस्पी नहीं थी। बाप की रखैल का वह क्यों ख़याल करें? और अब तो उनमें से भी कोई यहाँ नहीं था। सब पाकिस्तान चले गए थे।

पचिया महम्दू ख़लीफ़ा का जब गाना सुनती है तो कभी-कभी बड़े डरावने और ख़ौफ़नाक तरीक़े से हँसना शुरू कर देती है। भीख के लिए आवाज़ लगाना जैसे कुछ देर के लिए वह भूल जाती है और अपनी पाटदार आवाज़ में बोलने लगती है—"मेरे मौला बुला लो मदीने मुझे! मौला तुम्हें कभी नहीं बुलाएँगे मदीने में महम्दू मियाँ! मौला भी पैसेवालों को ही बुलावे हैं। अजमेर ग़रीबनवाज के पास जाए को तो पैसा जुड़े ना है। और कहे है, मेरे मौला बुला लो मदीने मुझे।" पचिया पर क़हक़हों का एक दौरा-सा पड़ जाता है। लगता ही नहीं यह वही पचिया है, ग़रीब भिखारिन। लगता है, वह किसी नाटक में अभिनय कर रही है और अपने संवाद बोल रही है। बड़ी असरदार, दिल में सीधे उतर जानेवाली आवाज़! दर्द में डूबी हुई लेकिन उपहास का आभास देती हुई। सचाई के सीधे साक्षात्कार से पैदा होनेवाली तल्ख़ी और कड़ुवाहट कूट-कूटकर भरी हुई।

महम्दू ख़लीफ़ा भी उसे सुनकर क्षण-भर के लिए सन्नाटे में आ जाता है। वह गाना बन्द कर देता है जैसे अपना गाना सचमुच निरर्थक लगने लगा हो उसे। लेकिन जल्दी ही वह सँभल जाता है और पचिया को 'बौड़ाही' कहकर वह फिर गाना शुरू कर देता है—'मेरे मौला बुला लो मदीने मुझे।' पचिया के क़हक़हे बहुत देर तक गली में गूँजते रहते हैं। अम्मा कहती हैं—"यह पचिया की बच्ची हँसे कैसे है! दिल दहल जाए है इसकी हँसी से। कित्ती बार कहा, ऐसे मत हँसा कर। डायन की तरह हँसे है कमबख़्त!"

उस रोज़ रात में बिस्तर पर लेटा मैं सुबह की घटना के बारे में सोच रहा था। अम्मा का पलँग हमारे पलँग से लगा हुआ था। वह पान लगाने के लिए छालियाँ कतर रही थीं। उनके हाथ में मुरादाबादी सरौता चमक रहा था। छालियाँ कतरने की आवाज़ के साथ-ही-साथ अम्मा की चूड़ियों की खनखनाहट भी सुनाई दे जाती थी। पर जब अब्बा ज़ोर से हुक़्क़े का कश लेते तो यह आवाज़ हुक़्क़े की गड़गड़ाहट में डूब जाती थी। हमारी छत से दूर एक ताड़ का दरख़्त चाँदनी में नहाया हुआ बहुत ख़ूबसूरत लग रहा था।

एकाएक गली में किसी की कड़कदार आवाज़ गूँजी—"साहेबजान है?"

मैं ख़ौफ़ से अपने छोटे भाई से चिपक गया। अम्मा भी यह आवाज़ सुनकर घबरा गई थीं। सरौते के फलों के बीच रखी छालियाँ अम्मा की उँगलियों के काँपने की वजह से नीचे गिर गई थीं। लेकिन अब्बा उसी तरह इतमीनान से हुक़्क़े का कश लेते रहे। उनके चेहरे पर परेशानी की कोई झलक नहीं थी। हम लोगों की घबराहट को महसूस करते हुए, वह बोले—"कोई बात नहीं हैं। सिपाही है। साहेबजान को पूछने आया है। गुंडा है न! पुलिस को ऐसे लोगों पर निगाह रखनी पड़ती है।"

साहेबजान मुहल्ले-भर में तो बदनाम था ही, शहर में भी सब लोग उसे जानते थे। उसकी बदमाशी और गुंडागर्दी की धाक जमी हुई थी। वह छाको का मामा लगता था। महम्दू ख़लीफ़ा को अपने साले की आदतें और हरकतें बिलकुल पसन्द नहीं थीं। उससे बात तक करना उसे गवारा नहीं था। सिर्फ़ साहेबजान से ही नहीं, उसके घर के किसी भी आदमी से वह कोई सरोकार नहीं रखता था।

महम्दू ख़लीफ़ा ने अपने बीवी-बच्चों से कह रखा था—"ख़बरदार जो ऊ बज्जात के पास कोई जाए। ऊ ई घर पाँव रखतई कभी तो टँगडी चीर देबई।"

लेकिन पैरी अक्सर चोरी-छिपे उसके घर चली जाती थी। आख़िर को वह सगा भाई था उसका। ग़लत रास्ते पर पड़ गया है वह। यह बात वह जानती है। लेकिन क्या करे! ख़ून का रिश्ता है। कैसे छोड़ दे उसको? अम्मा से आँखों में आँसू भरकर वह कहा करती थी—"का करी मइयाँ? जिया न मान हइ। कित्ती बार हम ओकरा कहलियई। अक्कल के दुस्मनवा! कोई अच्छा काम करे के चाही। ई चोरी-बदमासी छोड़ दे रे करमजल्ला। न जाने कैसन भुतवा चढ़ गेले हे ओकरा पर मइयाँ। उतरे का नामे ना ले हई।"

साहेबजान के भी अपने ही अन्दाज़ थे। कभी यह ठाठ होते कि सिल्क की क़मीज़, सोने के बटन, रेशमी लुंगी, हाथ में खूबसूरत सुनहरी घड़ी सोने की

ज़ंजीर में बँधी हुई। गले में सोने की चेन, पैर में चमचमाते हुए बेहतरीन पम्प जूते और हाथ में कैंची की सिगरेट का पैकेट, जो उस ज़माने में बहुत उम्दा सिगरेट मानी जाती थी। जिधर से भी निकलता, बच्चों को चवन्नी-अठन्नी बाँटता हुआ गुज़र जाता। और कभी यह हाल कि फटी हुई मैली बनियाइन और लुंगी बदन पर। दाने-दाने को मुहताज! कई बार तो मेरे घर भी आ जाता आटा-चावल या पैसे माँगने को।

साहेबजान से मन-ही-मन सभी लोग नफ़रत करते थे। पर उससे डरते भी बहुत थे। पीठ-पीछे जो चाहें कह लें। उसके सामने कुछ कहने की हिम्मत नहीं होती थी किसी की। यहाँ तक कि अब्बा को भी उससे कुछ कहने का साहस नहीं होता था। वह भी शायद साहेबजान से उसी तरह डरा करते थे जिस तरह मुहल्ले के दूसरे लोग उससे डरते थे।

वह रोज़ ही रात में शराब के नशे में धुत्त गली से गुज़रता था। बुरी-बुरी, बेहद गन्दी गालियाँ बकता हुआ। पान की पीक-भरा झाग मुँह से निकलता हुआ। "सार गुंडई कर हइ! अरे हमसे बड़ा गुंडा कौन! सिर काट लेबई सरवा के! दरोग़ा, निस्पेट्टर, सिपहिया से डरे ना है साहेबजान! सार जाने ना है हमको तेरी माँ के...।" ऐसी ही बातें ज़ोर-ज़ोर से कहता हुआ वह अपने घर की तरफ़ चला जाता।

साहेबजान कई बार जेल की सज़ा काट चुका है। जेब काटते हुए, घर में सेंध लगाते हुए, वह कई बार पकड़ा गया है और कभी छह महीने की, कभी साल-भर की क़ैद भुगत चुका है।

एक बार तो मैं अपनी आँखों से उसे पुलिस की मार खाते देख चुका हूँ। फुटबॉल का मैच हो रहा था ज़िला स्कूल के मैदान में। दोनों ही टीमें टक्कर की थीं। सारा शहर बड़ी उत्सुकता से इस मैच का इन्तज़ार कर रहा था। लोग दोपहर से ही फुटबॉल मैदान में पहुँचने लगे थे। मैच शुरू होने के बहुत पहले ही मैदान खचाखच भर गया था। लोग आस-पास के दरख़्तों पर भी चढ़ गए थे और वहाँ भी तिल धरने की जगह नहीं थी।

मैं हबीब भाई के साथ सबसे अगली पंक्ति में बैठा मैच के शुरू होने का इन्तजार कर रहा था। दोनों टीमें खेल के मैदान में उतर चुकी थीं और गोल-पोस्ट के पास अपने खेल की बानगी दिखा रही थीं। इतने में पीछे से एक शोर सुनाई दिया। शायद कोई झगड़ा हो गया था। मैं और हबीब भाई दोनों घबराकर खड़े हो

गए। आस-पास अफ़रा-तफ़री-सी फैली हुई थी। शोर-शराबे और गुल-गपाड़े में कुछ पता नहीं चल रहा था कि बात क्या है। फिर एकाएक मैंने पीछे भीड़ में से साहेबजान को दो सिपाहियों के साथ निकलते देखा। दोनों सिपाहियों ने उसे पकड़ रखा था और उसके मुँह और नाक से ख़ून बह रहा था। थप्पड़ों और घूसों की मार से उसका सारा चेहरा लहूलुहान हो रहा था। उसके कपड़े चीथड़े-चीथड़े हो रहे थे।

पीछे खड़े हुए एक आदमी ने कहा—"जेब काट रहा था साला!"

यह पहला मौका था जब मैंने साहेबजान को इस तरह पिटते और लहूलुहान होते देखा था। सुना तो कई बार था कि वह आए दिन ही पुलिस को मार खाता रहा है। लेकिन अपनी आँखों से इस हालत में पहली बार ही देखा था।

मैच शुरू हो चुका था। दोनों टीमें बहुत अच्छा खेल रही थीं। तमाम लोग पूरी तल्लीनता से मैच देख रहे थे। लेकिन मुझे मैच में कुछ मज़ा नहीं आ रहा था। रह-रहकर साहेबजान का लहूलुहान चेहरा आँखों के सामने आ जाता और मन में एक बेचैनी-सी महसूस होने लगती। पुलिसवाले भी कितनी बेरहमी से मारते हैं! यह सोच कर पुलिसवालों के लिए दिल में बड़ी नफ़रत पैदा होने लगती।

अक्सर साहेबजान जब घर लौटता तो बहुत देर तक ज़ोर-ज़ोर से उसके कराहने की आवाज़ हम लोगों को सुनाई देती रहती।

अम्मा ठंडी साँस लेकर कहतीं—"आज फिर मार खाइस है कमबख्त! काहे को ऐसा काम करे है ई। कैसा ढीठ है ई भी। इत्ता मार खाए है तो भी ना छोड़े है चोरी करे को।"

पुलिस के आदमी को गए हुए थोड़ी ही देर हुई थी कि नीचे गली में साहेबजान की आवाज़ सुनाई दी। रोज़ की तरह आज भी वह नशे में चूर था और अपनी आदत के मुताबिक़ बहुत गन्दी गालियाँ बक रहा था—ऐसी-ऐसी गालियाँ जिनका मैं तब मतलब भी नहीं समझता था।

थोड़ी देर के बाद ही साहेबजान के कराहने की आवाज़ सुनाई देने लगी। अब्बा उसी तरह ख़ामोश लेटे हुक़्क़े का कश ले रहे थे। साहेबजान के कराहने की आवाज़ सुनकर अम्मा बोलीं—"लगे है आज फिर मारिस है कोई बेचारे को!"

"जैसा काम करेगा वैसा नतीजा भुगतेगा।" अब्बा ने हुक़्क़े का एक लम्बा कश खींचते हुए कहा।

अम्मा एक ठंडी साँस लेकर ख़ामोश हो गईं।

साहेबजान के कराहने की आवाज़ सुनकर मेरा मन भी विचलित होने लगा

था। मुझे बार-बार साहेबजान का लहूलुहान चेहरा याद आ जाता था जिसे मैंने कुछ दिनों पहले ही देखा था।

अब्बा शायद लेटे-लेटे कुछ सोच रहे थे। एकाएक जैसे कोई ज़रूरी बात याद हो आई हो, उन्होंने मुझे आवाज़ दी—"यहाँ आओ!"

मैं अब्बा के पलँग पर पहुँचा तो उन्होंने बड़े प्यार से मेरे सिर पर हाथ फेरते हुए कहा—"बेटा! यों तो ख़ुदा की निगाह में सभी इनसान बराबर हैं लेकिन ख़ानदान और ख़ून भी बड़ी चीज़ हैं। हमारे ख़ानदान में कोई शराबी नहीं हुआ। किसी ने जुआ नहीं खेला। छाको का मामूँ ही तो है साहेबजान। माना कि साहेबजान और छाको के बाप की आदतें एक-सी नहीं हैं। लेकिन हैं तो एक ही ख़ानदान के। हम लोगों को इनकी सुहबत से बचना चाहिए ताकि इनकी बुराइयाँ हममें न घुस सकें...।"

इस तरह की और बहुत-सी बातें अब्बा मुझसे कहते रहे। फिर फ़ारसी का एक शेर सुनाया—

कुनद हम जिन्स बा हम जिन्स परवाज़,
कबूतर बा कबूतर बाज़ बा बाज़।

इस शेर का मतलब समझाते हुए उन्होंने कहा था—"एक नस्ल और एक तबक़े के लोग आपस में ही उठते-बैठते हैं। शरीफ़ शरीफ़ों के साथ मिलते हैं, कमीने कमीनों के साथ। कबूतर कबूतर के साथ उड़ता है, बाज़ बाज़ के साथ। जब से दुनिया बनी है यही होता आया है और ऐसा ही होता रहेगा। हमें यह बात कभी नहीं भूलनी चाहिए। बुरी संगत से हमेशा बचना चाहिए।"

जब अब्बा यह नसीहत कर रहे थे तो मैंने महसूस किया था कि वह जो कुछ कह रहे हैं उसमें पूरी सचाई न सही पर कुछ-न-कुछ सचाई ज़रूर है।

अगले रोज़ जब अब्बा कचहरी से लौट रहे थे तो उनके हाथ में एक बड़ा-सा पैकेट था। पैकेट मुझे देते हुए, उन्होंने कहा था—"तुम लोगों के लिए ऐसी चीज़ ला दी है कि खेलने के लिए बाहर जाने की ज़रूरत नहीं है।"

और जब पैकेट खुला था और कैरम बोर्ड पर नज़र पड़ी थी तो कितनी ख़ुशी हुई थी मुझे! लगता था दोनों जहान की नियामत मिल गई है।

इसके बाद जाने कैरम बोर्ड का असर था या अब्बा की नसीहत का कि दोपहर में छाको के साथ खेलने का सिलसिला ही बन्द हो गया। मैं छोटे भाई के साथ कैरम खेलता रहता। बाहर बरामदे में कंकड़ी के गिरने की आवाज़ होती, हल्के से ताली बजती, पैरों के धम-धम करने की आवाज़ होती, उँगली को मुँह में डालकर सीटी की आवाज़ पैदा की जाती, पर ये तमाम आवाज़ें कमरे में पहुँचकर कैरम की गोटों की खट-खट में गुम हो जातीं।

छाको को यक़ीनन बहुत ताज्जुब होता होगा मेरे रवैए पर। मन-ही-मन बहुत कुढ़ता होगा। एक-दो दिन पहले तक मैं उसके पीछे भाग रहा था। उसके साथ खेलने-कूदने को बेचैन रहा करता था। और अब यह हालत थी कि वह मेरे साथ खेलने को तरस रहा था और मैं उसे इसका मौक़ा नहीं दे रहा था।

लेकिन कभी-कभी मन में यह इच्छा सिर उठाने लगती थी कि छाको को भी कैरम के खेल में शामिल करूँ। लेकिन दूसरे ही क्षण यह इच्छा बड़ी बेतुकी लगने लगती थी। छाको के साथ गुल्ली-डंडा तो खेला जा सकता है। अंटा खेलने में भी कोई बुराई नहीं है। लेकिन कैरम छाको के साथ कैसे खेल सकता हूँ। अब्बा की नाराज़गी के अलावा भी कैरम का छाको के साथ कोई जोड़ नहीं बैठता था। यह तो वैसी ही बात हुई कि और मेहमानों की तरह छाको और महम्दू ख़लीफ़ा को भी अपने घर में दस्तरख़ान पर खाना खिलाया जाए।

ऐसी बात सोची भी नहीं जा सकती थी। जब छोटे भाई का ख़तना हुआ था तो अब्बा ने बड़ी शानदार दावत का इन्तज़ाम किया था। शहर के सारे आदमियों को खाना खिलाया गया था। कई तोड़ में लोगों ने खाना खाया था। महम्दू ख़लीफ़ा जैसे लोगों को भी खाने का न्योता दिया गया था, लेकिन इनका खाना इनके घरों पर ही भेज दिया गया था। इन्हें शरीफ़ मेहमानों के साथ बैठाकर कैसे खिलाया जा सकता था? किसी को भी इस इन्तज़ाम पर कोई एतराज नहीं था। यहाँ तक कि महम्दू ख़लीफ़ा को भी यह बात अपमानजनक या बेतुकी नहीं लगी थी। ऐसा ही होता आया था और ऐसा ही होना चाहिए। ताज्जुब की बात तो तब थी जब इस क़ायदे के ख़िलाफ़ काम किया जाता।

छाको कई दिनों तक खेलने के लिए बुलाने की कोशिश करता रहा। सीटी की आवाज़ें और पैरों की धम-धम सुनाई देती रहीं। लेकिन छाको और उसके खेलों के लिए मेरे मन में अब जैसे कोई ललक नहीं रह गई थी। आज यह सब सोचकर, मुझे बड़ा ताज्जुब होता है। एकाएक ही मैं इतना कैसे बदल गया था!

अब छाको और हमारे बीच पहले-जैसी नज़दीकी नहीं रही थी, लेकिन उससे कोई झगड़ा भी नहीं था। आते-जाते एक-दूसरे को देख लेते तो कभी-कभार बातचीत भी हो जाती थी! उसे भी एहसास हो गया था कि हम दोनों के बीच एक नया रिश्ता क़ायम हो चुका है। हम दोनों के बीच जैसे कोई दीवार आ गई थी—ऐसी दीवार जिसे तोड़ने की कल्पना न तो वह कर सकता था और न मैं।

मैं जैसे-जैसे ऊँची जमातों में चढ़ता गया, पढ़ाई का बोझ भी बढ़ता गया। खेल में दिलचस्पी अब भी बनी हुई थी। लेकिन अंटा और गुल्ली-डंडा खेलने का शौक ख़त्म हो चुका था। उनकी जगह फुटबॉल, रिंग-बॉल और हॉकी ने ले ली थी। मैं स्कूल से घर आता। स्कूल में जो होम-वर्क दिया जाता उसे पूरा करता। फिर शाम को स्कूल के मैदान में खेलने चला जाता।

स्कूल मेरे घर से कुछ ज़्यादा दूर नहीं था। खेलकर वापस आता तो मास्टर साहब पढ़ाने आ जाते। सुबह से रात गए तक व्यस्त रहता। मुहल्ले में रहते हुए भी मैं मुहल्ले की ज़िन्दगी से कुछ कट-सा गया था।

आज बचपन की इन छोटी-छोटी बातों के बारे में सोचता हूँ तो अजीब-सा लगता है। क्या रखा है इन छोटी-मोटी यादों में! बार-बार पीछे मुड़ कर आज मैं क्यों देख रहा हूँ? क्या आगे देखने को अब कुछ नहीं रह गया है? मैं अपने दिमाग़ से इन फ़िज़ूल-निरर्थक यादों को झटकने की कोशिश करता हूँ। लेकिन ये स्मृतियाँ

भी कितनी ढीठ होती हैं! इन्हें भगाने की लाख कोशिश कीजिए, ये किसी-न-किसी चोर दरवाज़े से आपके दिमाग़ में दाख़िल हो जाएँगी। भूतों की तरह चिपक जाती हैं ये कमबख़्त यादें भी! कहाँ साथ छोड़ती हैं ये आसानी से!

महम्दू ख़लीफ़ा गली में आगे-आगे जा रहा है। पीछे-पीछे छाको चल रहा है—आहिस्ता-आहिस्ता। गले में कपड़े नापने का फ़ीता लटक रहा है। हाथ में क़ैंची और बग़ल में एक छोटी गठरी। चुपचाप चल रहा है वह अपने बाप के पीछे, जैसे क़ैदी सिपाही के पीछे-पीछे चल रहा हो। बिलकुल सपाट चेहरा जैसे मन में कोई भी विचार-तरंग न हो!

और तब एकाएक सपाट चेहरे पर जैसे ज़िन्दगी की लहर दौड़ गई है। महम्दू ख़लीफ़ा ग़ुस्से में उसे गालियाँ दे रहा है—माँ की, बहन की।

"सुराथराम, सार! चोरी करबे तू! ममुआ का आदत सीखे है तू!"

बात बहुत मामूली थी। शहर में 'पुकार' फ़िल्म चल रही थी। बहुत लम्बे इन्तज़ार के बाद यह फ़िल्म शहर में आई थी। कलकत्ते में तो बहुत पहले दिखाई जा चुकी थी। बहुत से लोग तो इस फ़िल्म को देखने की ख़ातिर ही कलकत्ते गए थे। उन्होंने लौटकर इतनी तारीफ़ की थी कि लोगों के मुँह में पानी भर आया था। सब बेचैन हो उठे थे। 'भारत टाकीज' को गालियाँ दे रहे थे—'साले बोगस फ़िल्में दिखाते रहते हैं। यह नहीं कि 'पुकार' दिखाएँ।'

लोग भारत टाकीज जा-जाकर पूछ रहे थे—'पुकार' फ़िल्म कब आ रही है? हमारे मुहल्ले के भी बहुत-से लोग कलकत्ते में काम करते थे। इनमें से कई लोग 'पुकार' देखकर आए थे और फ़िल्म की एक-एक बात लोगों को बता रहे थे।

"का फिलम बनाइले है सोहराब मोदी! गजब करले है यार! आउ नसीम? सारी केत्ते खूबसूरत! जान ही तो ले ले ऊ!"

"कित्ता बड़ा पार्ट करे है सोहराब मोदी! का फिलम है! जादू है जादू!"

लोग सुन-सुनकर पागल हो रहे थे। आख़िर बहुत दिनों के इन्तज़ार के बाद 'पुकार' पहुँची थी शहर में। सारा शहर पोस्टरों से पटा हुआ था। 'भारत टाकीज़' के आदमी बग्घी पर बैठे भोंपू से ऐलान कर रहे थे—"आ गई! आ गई! 'पुकार' फ़िल्म आ गई! परी-चेहरा नसीम को देखिए! बेहतरीन एक्टिंग! बेहतरीन गाने! बेहतरीन डायलाग! हर चीज़ बेहतरीन! फ़िल्म की दुनिया में एक अजूबा!"

हफ़्तों 'भारत टाकीज' में दर्शकों की यह भीड़ रही थी कि सिनेमा वालों के

लिए भीड़ को क़ाबू में रखना नामुमकिन हो गया था। लोग चार-पाँच घंटे पहले से ही टिकट-घर की खिड़की के पास जमा होने लगते। सारी सड़क दूर-दूर तक आदमियों से पटी रहती। जब टिकट मिलना शुरू होता तो भगदड़-सी मच जाती। लोग एक-दूसरे पर टूट पड़ते। पुलिस का इन्तज़ाम होते हुए भी अफ़रा-तफ़री फैल जाती। कितने ही लोग घायल हो जाते। बहुत-से लोग टिकट ख़रीदकर तिगुने-चौगुने दामों पर बेच रहे थे और ख़ूब पैसे कमा रहे थे।

रात में अक्सर गली से कोई आदमी गाता हुआ गुज़र जाता—

ज़िन्दगी का साज़ भी क्या साज़ है,
बज रहा है और बेआवाज़ है।

पोस्टरों पर परी-चेहरा नसीम की तस्वीर मैं देखता था और फ़िल्म देखने की इच्छा मन में उबलने लगती थी। लोगों की बातें सुनकर यह आग और भड़क उठती थी।

कोई कहता—"सचमुच कमाल कर दिया है सोहराब मोदी ने। क्या शानदार फ़िल्म बनाई है!"

दूसरा कहता—"लाजवाब पार्ट किया है नसीम ने। एकदम मलका लगती है मलका। मलका नूरजहाँ भी इससे ज़्यादा क्या ख़ूबसूरत होगी!"

ये बातें सुनकर मेरा मन कुढ़ने लगता था। यह भी कोई ज़िन्दगी है! अपनी मरज़ी से कोई काम नहीं कर सकता। अब्बा के सामने फ़िल्म का नाम लेना ही मुसीबत मोल लेना है। जब पहले से ही मालूम है कि इजाज़त नहीं मिलेगी तो कहने का क्या फ़ायदा? हाँ अम्मा से ज़रूर कह दिया था। हालाँकि मैं जानता था कि वह अब्बा से मेरी सिफ़ारिश नहीं कर सकेंगी। उनकी तो ख़ुद ही हालत ख़राब रहती है अब्बा के सामने। अब्बा कितनी बेरहमी से पीटते रहते हैं और छुड़ाने की हिम्मत नहीं कर सकतीं वह। एक बार जब वह ख़ुद को काबू में न रख सकी थीं और मुझे बचाने की ख़ातिर मेरे और अब्बा के बीच आ गई थीं तो कितनी क्रूरता के साथ अब्बा ने उनको एक तरफ़ धकेल दिया था। कैसी ख़ून-भरी आँखों से उन्होंने देखा था अम्मा को! अम्मा के चेहरे का रंग कैसा सफेद पड़ गया था! पत्थर के बुत की तरह खड़ी-की-खड़ी रह गई थीं।

अम्मा ने मेरी बात सुनते ही कानों पर हाथ धर लिए थे—"ना बाबा! ई तो ना होगा हमसे। तुम जानो ना हो अपने अब्बा का मिज़ाज।"

इसके आगे अब बात ही क्या की जा सकती थी! मैं ख़ून के घूँट पीकर चुप रह गया था।

लंच की छुट्टी में मैं स्कूल के गेट के पास खड़ा हुआ था। छाको घर से बाप का खाना लेकर बाज़ार की तरफ़ जा रहा था। मुझे देखकर मेरे पास आ गया और कहने लगा—"एक बात कहें! बड़ी बढ़िया फिलम है 'पुकार'।"

"होगी बढ़िया! मुझे क्या!" मैंने रुखाई से जवाब दिया।

"चलो देखें चल के। सच्चे बहुत बढ़िया फिलम है। नसीम मलका नूरजहाँ का पार्ट कीहिस है। बहुत बढ़िया पार्ट है।" छाको ने मुझे उकसाने की कोशिश की।

"नहीं छाको! अब्बा को मालूम होगा तो बहुत नाराज़ होंगे।" मैंने कहा।

"कैसे जानिएँ ऊ। कौन कहिए जाके उनको। चुपके-चुपके देख आएँगे। हबीब बाबू गए थे। हम देखा, अपनी आँख से!"

क्षण-भर को जी में आया कि कह दूँ, हाँ चलेंगे। लेकिन फ़ौरन ही दिल जैसे डूबने लगा। फ़िल्म देखने के बाद जो सज़ा भुगतनी पड़ेगी उसका ख़याल करके ही दिल काँप उठा।

"नहीं छाको! ऐसा काम क्यों किया जाए जिससे अब्बा नाराज़ हों। मैं नहीं जाऊँगा।" मैंने निश्चयात्मक स्वर में कहा।

"बहुत डरपोक हो खाजे बाबू तुम?" छाको घृणा-भरी दृष्टि से मुझे देखकर आगे बढ़ गया।

छाको के जाने के फ़ौरन बाद ही एक बग्घी गुज़री जिसके पीछे एक बहुत बड़े तख़्ते पर 'पुकार' फ़िल्म का नाम छपा हुआ था। साथ ही नसीम का फ़ोटो भी—महारानी के लिबास में हँसती हुई सचमुच वह महारानी लग रही थी। फ़िल्म देखने की ख़्वाहिश पूरी शिद्दत से उभरने लगी थी। जी में आया, लपककर छाको तक पहुँच जाऊँ और कह दूँ कि फ़िल्म देखने चलूँगा। लेकिन इस बार भी मन जैसे डूबने लगा और बढ़ते हुए क़दम ख़ुद-ब-ख़ुद रुक गए।

उन दिनों 'पुकार' फ़िल्म देखने के लिए दिल किस तरह तड़पता था! लगता था, फ़िल्म न देख सका तो ज़िन्दगी का मज़ा ही क्या है। ऐसी ज़िन्दगी से तो मौत बेहतर है। अब्बा ने भी जाने कैसा दिमाग़ पाया है! मैं अगर फ़िल्म देख लूँगा तो ऐसी क्या आफ़त आ जाएगी। मज़े की बात यह थी कि ख़ुद देख आए थे। ख़ुद तो शौक से देखें लेकिन मेरे लिए हुक्म है कि फ़िल्म न देखो। बुरी आदत है। यह अच्छा इंसाफ़ है! उनके लिए फ़िल्म देखना जायज़ है, मैं देखूँ तो ग़लत काम है।

हबीब भाई भी तो गए थे फ़िल्म देखने को। ज़रूर गए होंगे। छाको झूठ क्यों बोलता? छोटे अब्बा फिर भी अच्छे हैं। वह बच्चों से कसाई की तरह तो पेश नहीं आते।

छाको ने बाप की जेब में से सोते में पैसे निकाल लिए थे और चुपके से दुकान से खिसक गया था। महम्दू ख़लीफ़ा को जब पता चला तो वह बुरी तरह बरस पड़ा था उस पर। खड़ाऊँ से छाको के चूतड़ों पर दो-चार हाथ लगाते हुए उसने ख़ूब गालियाँ दी थीं उसे। मुझे बड़ी ख़ुशी हुई थी छाको को पिटते देखकर। लेकिन एक तरह की खिसियाहट भी हुई थी। उसमें हिम्मत थी, कुछ कर गुज़रने का साहस था। वह मेरी तरह डरपोक नहीं था। मैंने फिर अब्बा के लिए, दिल में बड़ी शदीद नफ़रत महसूस की थी। उन्होंने ही मुझे इतना दब्बू बना दिया है। कोई भी काम, अपनी मरज़ी से नहीं कर सकता। जब कभी किसी चीज़ की ख़्वाहिश होती है तो सबसे पहले अब्बा का ही ख़याल आता है। वह क्या सोचेंगे? उनका क्या रुख़ होगा? उनकी क्या प्रतिक्रिया होगी? मैं ख़ुद कुछ भी नहीं हूँ। मेरा अपना कोई अस्तित्व नहीं है। मैं महज़ एक कठपुतली हूँ और अब्बा के इशारे पर नाचता रहता हूँ। मुझसे कहीं अच्छा तो छाको है। डाँट सुन ली तो क्या हुआ? थोड़ी मार खा ली तो क्या हुआ! फ़िल्म तो देख आया न!

...गली में बड़ी चहल-पहल है। सुक्खी मियाँ, ज़ोर-ज़ोर ने शहनाई बजा रहे हैं। बहुत-सी औरतें एक साथ मिलकर गा रही हैं। कभी गीतों की आवाज़ इतनी ऊँची हो जाती है कि शहनाई की आवाज़ उसमें डूब जाती है। अनगिनत बच्चे गली में शोर मचा रहे हैं। छाको बहुत-सी औरतों की भीड़ में घिरा गीत और बाजे के शोर के बीच अपने घर से निकलता है। दरवाज़े के सामने खड़ी घोड़ी पर बैठ जाता है। सफेद क़मीज़ पर बादामी रंग का जाकेट। घोड़ी पर शान से तनकर बैठा हुआ है। मुँह पर लाल रेशमी रूमाल। पीछे उसकी कमर को पकड़े बेंगा बैठा है। बंसी नाई हाथ में छतर लिये खड़ा है। मैं बरामदे में खड़ा सब कुछ देख रहा हूँ। घोड़ी आगे बढ़ती है। शहनाई और गीतों का शोर पूरे वेग पर है। फिर एकाएक गली में ऐसा सन्नाटा छा गया है कि जी घबराता है।

बरात जा चुकी है। पर हमारे यहाँ से कोई भी नहीं गया है। दुनिया में हर बात के लिए क़ायदे बने हुए हैं। छाको की बरात में हमारे घर का कोई आदमी नहीं जा सकता। यह बात सबको उसी तरह मालूम है जिस तरह यह बात कि सूरज पूरब में निकलता है। किसी को कोई शिकायत नहीं है। किसी को कोई दुख नहीं है। अब्बा

ने तो ठीक ही कहा था—कबूतर कबूतर के साथ उड़ता है, बाज़ बाज़ के साथ। मैं भी अब ऐसा बच्चा नहीं रहा कि इतनी-सी बात न समझ सकूँ।

पर एक ख़याल मन में ज़रूर पैदा हुआ है। छाको फिर मुझसे बाजी ले गया है...।

और जब पाकिस्तान से आया हुआ छाको का ख़त मैंने पढ़ा है तो न जाने क्यों मुझे महसूस हुआ है कि वह दीवार जो उस चाँदनी-भरी रात में अब्बा की नसीहत ने या शायद कैरम-बोर्ड की गोटों ने खड़ी कर दी थी, एक ही झटके में टूट गई है और छाको मेरे बहुत क़रीब आ गया है—शायद उससे भी ज़्यादा क़रीब जब हम दोनों गर्मी की दुपहरी में अब्बा और अम्मा की नज़रों से बचकर ईंट के टुकड़ों से बरामदे के फ़र्श पर लाल रेखाएँ खींचते थे और अजीब-अजीब तरह के खेल खेलते थे—बेमायने, बेमतलब, बस यूँ ही।

महम्दू ख़लीफ़ा बग़ल में कपड़ों की गठरी दबाए घर से निकलता है। पीछे बेंगा है। हाथ में बड़ी-सी क़ैंची। गले में कपड़ा नापने का फ़ीता। मुझे याद आता है, कभी छाको भी इसी तरह महम्दू ख़लीफ़ा के पीछे-पीछे चलता था। महम्दू ख़लीफ़ा मुझे बरामदे में देखकर रुक जाता है।

"सलाम ख्वाजे बाबू!"

"सलाम ख़लीफ़ा!" मैं जवाब देता हूँ।

"सुन ली बाबू! छाको पाकिस्तान चल गेलई। हमसे पूछिस-मातिस भी ना! बाप को कभी कुछ समझिस है बाबू सो आज समझतई ऊ!"

मैं ख़ामोश रहता हूँ। समझ में नहीं आता ख़लीफ़ा से क्या कहूँ।

"पाकिस्तान में हमनी सबका का काम बाबू? पेट भरे को दु मुट्ठी चावल हियाँ ना मिलतई का? दुसरा देस के जाए के जरूरत? ऊतो सुरू से बेकहना है बाबू!"

महम्दू ख़लीफ़ा ठंडी साँस भरकर आगे बढ़ जाता है।

महम्दू ख़लीफ़ा अब बहुत बूढ़ा हो चुका है। काम-धन्धा भी ठीक-ठाक नहीं चल रहा है। गोदाम रोड पर एक छोटी-सी दुकान है। शुरू से अब तक उसकी दुकान का नक़्शा एक-सा ही रहा है। ज़रा भी परिवर्तन नहीं हुआ उसमें। एक छोटी-सी कोठरी। बाहर छोटा-सा बरामदा। बरामदे में पुराना टाट बिछा रहता है। कोठरी

में दो मशीनें। एक अलगनी जिस पर सिले हुए कपड़े लटकते रहते हैं।

महम्दू ख़लीफ़ा का धन्धा अब बहुत मन्दा चल रहा है। थोड़े-से पुराने ग्राहक रह गए हैं उसके पास। छाको का झगड़ा उससे इसी बात को तो लेकर होता था अक्सर। छाको कहता था—"कहीं और दुकान खोलो। बज़ाज़ा रोड पर या कचहरी रोड पर। कैसी अच्छी-अच्छी दुकानें हैं!"

लेकिन महम्दू ख़लीफ़ा की समझ में यह बात नहीं आती थी। उसका ख़याल था कि शो और दिखावे में क्या रखा है। सिलाई अच्छी होगी, सस्ती होगी तो ग्राहक क्यों नहीं आएँगे। छाको मुझसे बाप की शिकायत करते हुए कहता था—"बुढ़िया गेलई है बाबू! ऐसन खराब दुकनियाँ में कौन अइए। आप ही कहिए बाबू! हम कोई खराब बात कहे हैं।"

छाको का कहना ग़लत नहीं था। वह ख़ुद बड़ा अच्छा कारीगर था। इलाही मास्टर ने ही उसे काम सिखाया था। उन दिनों इलाही मास्टर की दुकान गया में होती थी। इलाही मास्टर ख़ुद भी बहुत अच्छा दर्ज़ी था। कलकत्ते की एक मशहूर टेलरिंग शाप में वह कारीगर रह चुका था। साहेब लोगों के कोट-पैंट सीने का उसे तजुरबा था। उसके हाथ में बड़ी सफ़ाई थी।

जब छाको ने इलाही मास्टर से काम सीखने का इरादा ज़ाहिर किया था तो महम्दू ख़लीफ़ा भड़क उठा था—"ई सरवा बौरा गेलई है। अप्पन दुकान छोड़ दूसर दुकनवा में काम करे के चाह हइ बच्चोद! जा सार अपनी मैया के फलान में। हम कुछ न बोलबई सरवा के मामले में।"

छाको ने महम्दू ख़लीफ़ा की नाराज़गी की कोई परवाह नहीं की और इलाही मास्टर की दुकान में काम सीखने लगा। पाजामा, क़मीज़, कुरता, मिरज़ई, नीम आस्तीन वग़ैरह सीना तो वह जानता था। लेकिन कोट-पैंट वग़ैरह की सिलाई वह नहीं जानता था। महम्दू ख़लीफ़ा ख़ुद भी ये कपड़े सीना नहीं जानता था। छाको को कैसे सिखा सकता था?

थोड़े दिनों में ही छाको इलाही मास्टर की ट्रेनिंग की वजह से बहुत अच्छा कारीगर बन गया था। फिर वह इलाही मास्टर की दुकान में ही काम करने लगा था। इलाही मास्टर गया का ही रहने वाला था। उसकी दुकान ख़ूब अच्छी चल रही थी लेकिन एकाएक उसने कलकत्ते जाने का फ़ैसला कर लिया। सब कारीगरों से भी साथ चलने को कहा। कुछ कारीगर उसके साथ चले भी गए। लेकिन छाको नहीं गया। गया छोड़कर जाने का मन नहीं हुआ।

इलाही मास्टर के चले जाने के बाद छाको फिर बाप की दुकान में ही काम करने लगा। लेकिन यह सिलसिला ज़्यादा दिनों तक नहीं चल सका। छाको की वही रट कि दुकान कहीं और खोलो। अच्छा साइनबोर्ड, ग्राहकों के बैठने के लिए कुर्सियाँ। शो के बग़ैर दुकान क्या ख़ाक चलेगी! छाको नए फैशन के तमाम कपड़े सीना जानता था। लेकिन महम्दू ख़लीफ़ा की दुकान में ऐसे कपड़े सिलवाने आता ही कौन था? वहाँ तो कुरता-पाजामा और मिरज़ई सिलवानेवाले लोग ही पहुँचते थे। इन कपड़ों को सीने में छाको का मन बिलकुल नहीं लगता था। वह बहुत चिड़चिड़ा हो गया था और बात-बात पर बाप से झगड़ता रहता था।

महम्दू ख़लीफ़ा की एक ही ज़िद थी। छाको उसकी दुकान में काम करे या न करे, वह अपनी दुकान नहीं छोड़ेगा। बीस साल से वह इसी दुकान में है। इसे छोड़ने का ख़याल ही, उसके लिए असह्य है। इसी दुकान से वह अब तक अपनी घर-गृहस्थी चलाता आया है। ज़िन्दगी के तमाम उतार-चढ़ाव में यह दुकान उसके साथ रही है। इसे वह कैसे छोड़ सकता है! इस दुकान से उसे एक लगाव-सा हो गया था।

शायद इसी लगाव का असर था कि एक बार जब गया में छोटा-मोटा दंगा हो गया था और महम्दू ख़लीफ़ा को उसकी दुकान के सामने ही किसी ने घायल कर दिया था तो भी अपनी दुकान छोड़ने का ख़याल उसके मन में नहीं आया था। महम्दू ख़लीफ़ा दुकान में अकेला था। शाम का समय था। छाको कहीं गया हुआ था। एकाएक लोगों की एक भगदड़-सी मच गई। दुकानें धड़ाधड़ बन्द होने लगीं। शहर में कहीं दंगा हो गया था और लोग बेतहाशा भाग रहे थे।

महम्दू ख़लीफ़ा ने भी घबराहट में जल्दी-जल्दी दुकान बन्द की और बाहर आ गया। दुकान से दो-चार क़दम ही आगे गया होगा कि किसी ने लाठी उसके सिर पर दे मारी। महम्दू ख़लीफ़ा लड़खड़ाकर गिर पड़ा और बहुत देर तक वह बेहोश पड़ा रहा था। फिर पुलिस वाले उसे अस्पताल में पहुँचा आए थे। महम्दू ख़लीफ़ा से बहुत से लोगों ने कहा था कि वह अपनी दुकान वहाँ से हटा ले। लेकिन वह राज़ी नहीं हुआ था। उसने जवाब दिया था—"अल्लाह मारे है, वही जिलावे है। दुकान काहे छोड़बई?"

शहर का यह दंगा मुझे दु:स्वप्न की तरह याद आता है। इस वजह से नहीं कि इस दंगे में महम्दू ख़लीफ़ा घायल हुआ था। इस दंगे ने हमारे घर को भी अपनी लपेट में ले लिया था।

अब्बा रोज़ शाम को साइकिल पर बाज़ार चले जाते थे। सौदा-सुलुफ़ ख़रीदकर किसी जाने-पहचाने आदमी की दुकान पर घंटे-आध घंटे तक गप-शप करते और आठ-साढ़े आठ बजे रात तक घर लौट आते। यह उनकी पुरानी आदत थी और शायद ही कभी इसमें कोई तबदीली होती हो। उस रोज़ भी वह बाज़ार गए हुए थे। मुश्किल से घंटा-भर हुआ होगा उनको गए हुए जब मुहल्ले के बहुत-से लोग घबराए हुए पहुँचने लगे थे।

शहर में दंगा हो गया है!

कैसी दहशत फैल गई थी मुहल्ले में! हमारे घर में और छाको के यहाँ तो लोग और भी ज़्यादा आतंकित हो गए थे। छाको और महम्दू ख़लीफ़ा दोनों हो नहीं लौटे थे। जाने क्या बीत रही है उन पर? पैरी भागी-भागी अम्मा के पास आई थी। लेकिन उनकी घबराहट और परेशानी देखकर वह अपना दुख जैसे भूल गई थी और अम्मा को दिलासा देने लगी थी। छोटे अब्बा उसी वक़्त साइकिल लेकर बाहर निकल पड़े थे। अब्बा की तलाश में उन्होंने शहर का कोना-कोना छान मारा था। थाना, अस्पताल, बाज़ार—कोई भी जगह नहीं छोड़ी थी। बहुत-से लोग घायल हुए थे और कई मारे भी गए थे—हिन्दू भी, मुसलमान भी। छोटे अब्बा ने सब लाशें भी देख ली थीं। कुछ लाशें धोती-कुरते में थीं और कुछ कुरते-पाजामे में। एक-एक लाश को उन्होंने ग़ौर से देखा था। उन लाशों को भी जो धोती-कुरते में थीं। क्या पता किसी ने मारकर धोती-कुरता ही पहना दिया हो! जो आदमी किसी की जान ले सकता है वह ऐसा मज़ाक भी तो कर सकता है।

लेकिन कुछ भी पता नहीं चल सका था। छोटे अब्बा रात-भर पागलों की तरह शहर में मारे-मारे फिरे थे। तमाम सड़कें वीरान पड़ी थीं। पुलिस के अलावा कोई भी दिखाई नहीं देता था। बड़ा ही ख़ौफ़नाक सन्नाटा हर तरफ़ फैला हुआ था। लेकिन वह हर चीज़ से बेख़बर अब्बा को ढूँढ़ते फिर रहे थे।

भोर में जब वह निराश होकर हमारे घर में दाख़िल हुए थे तो अम्मा ने उनके चेहरे पर अब्बा की मौत की ख़बर पढ़ ली थी। वह धाड़ें मारकर रोने लगी थीं और अपने हाथ की चूड़ियों को चारपाई की पट्टी पर तोड़ना चाहती थीं कि छोटी अम्मा ने बढ़कर उनके दोनों हाथ थाम लिए थे—"दीवानी हो गई हो का! पहले बात तो सुन लो हबीब के अब्बा से!" अम्मा के बढ़े हुए हाथ एकाएक रुक गए थे और वह छोटे अब्बा को बहुत वहशतनाक आँखों से देखने लगी थीं।

अम्मा की वे वहशतनाक और भयभीत आँखें आज भी अनायास मेरी आँखों

के सामने आ जाती हैं तो मैं क्षण-भर के लिए विचलित हो जाता हूँ। शदीद ख़ौफ़, गहरी मायूसी और असीम पीड़ा के साथ-साथ उम्मीद की एक झलक लिए हुए इन आँखों में अजीब कैफ़ियत थी। छोटे अब्बा के चेहरे पर ये आँखें इस तरह गड़ी हुई थीं जैसे वे उसमें अब्बा की ज़िन्दगी को ढूँढ़ रही हों।

छोटे अब्बा जो अब तक अम्मा की ख़ातिर अपना संयम बनाए हुए थे एकाएक फूट पड़े थे। वह बच्चों की तरह बिलख-बिलखकर रोने लगे थे और बड़ी मुश्किल से वह सिर्फ़ इतना कह सके थे—"कुछ भी पता नहीं चला। हर जगह देख लिया।"

"मार के डाल दिहिस होगा कोई कुएँ में!" अम्मा चीख़ मारकर रोने लगी थीं।

छोटी अम्मा ने अम्मा के मुँह पर अपना हाथ रखते हुए कहा था—"ऐसा बुरा मत निकालो मुँह से भाभी! हमारा दिल कहे है भैया अभी जिए हैं। ज़रूर कहीं छिप गए हैं।"

रात से ही घर में कुहराम मचा हुआ था। अम्मा रोते-रोते एकदम निढाल हो गई थीं। अम्मा की आँखों के सब आँसू बह चुके थे। अब वह सिर्फ़ कराह रही थीं जैसे कोई बहुत तीव्र पीड़ा होने पर कराहता है। घर में मुहल्ले की बहुत-सी औरतें जमा हो गई थीं और अम्मा को दिलासा देने की कोशिश कर रही थीं। छोटे अब्बा बैठक में पास-पड़ोस से आए हुए लोगों के साथ बैठे हुए थे। इतने में छाको दौड़ता-भागता हुआ बरामदे में पहुँचा और बोला—"तुमरे अब्बा आ गए खाजे बाबू! तुमरे अब्बा आ गए।"

मैं और छोटे अब्बा नंगे पाँव बाहर बरामदे में भागकर पहुँचे। सचमुच अब्बा ही थे। लेकिन कैसी शक्ल बना ली थी। कहीं और दिखाई देते तो पहचानना नामुमकिन हो जाता। मलमल का कुरता, सफ़ेद नाख़ूनी धोती। माथे पर चन्दन पुता हुआ। तिलक लगाए हुए। अजीब हुलिया! एकदम पंडित दिखाई दे रहे थे। छोटे अब्बा की छाती से लिपटकर रोने लगे।

अब्बा को जीवित देखकर हम सब ख़ुशी से पागल हो गए थे। लेकिन उनके हुलिए और लिबास को देखकर ताज्जुब भी कुछ कम नहीं हुआ था। अब्बा ने जब पूरी कहानी सुनाई तभी यह गुत्थी सुलझ सकी थी—

अब्बा बज़ाज़ा रोड पर एक पंसारी की दुकान से कोई चीज़ खरीद रहे थे। अभी वह चीज़ें खरीद भी नहीं पाए थे कि लोग इधर-उधर भागते दिखाई दिए। साथ ही आसपास की दुकानें भी बन्द होने लगीं। ज़रूर कोई बात हो गई है। तभी तो लोग

इस तरह बदहवास होकर भाग रहे हैं। लेकिन उन्हें यह ख़याल तक नहीं हुआ कि शहर में दंगा हो गया है। वह दुकान के बरामदे में भौचक्के खड़े इधर-उधर देख रहे थे और क्या करना चाहिए कुछ सोच नहीं पा रहे थे कि छत्ता मस्जिद की तरफ़ से एक आदमी ख़ून में नहाया हुआ सड़क पर दौड़ता दिखाई दिया। यह आदनी धोती और क़मीज़ पहने हुए था और पागलों की तरह भाग रहा था। उसकी धोती और क़मीज़ ख़ून में तरबतर हो रही थी और सड़क पर ख़ून की धारियाँ-सी बनती जा रही थीं। पंसारी की दुकान के ठीक सामने पहुँचकर इस आदमी की टाँगों ने जैसे जवाब दे दिया और वह ज़मीन पर ढेर हो गया।

अब तक अब्बा सही स्थिति को समझ नहीं पा रहे थे। पंसारी भी हतप्रभ-सा दुकान में खड़ा यह सब देख रहा था। एकाएक बिजली की तरह कोई ख़याल उसके मन में आया था और वह जल्दी-जल्दी अपनी दुकान बन्द करने में लग गया था। अब्बा को अब एहसास हो चुका था कि वह ख़तरे से घिरे हुए हैं और उन्हें फ़ौरन निकल भागना चाहिए। उन्होंने बरामदे की सीढ़ियों पर क़दम रखा ही था कि पंसारी की गिरफ़्त उन्होंने अपने हाथ पर महसूस की।

"पंसारी ने मेरा हाथ क्या पकड़ा समझो मौत मेरी आँखों में नाच गई। छत्ता मस्जिद की तरफ़ से 'अल्लाहो अकबर' के नारों की आवाज़ मेरे कानों से टकरा रही थी। इतने में क्या देखता हूँ कि हिन्दुओं का एक गिरोह लाठी, भाले, गँड़ासे वग़ैरह लिए चला आ रहा है। उधर पंसारी पूरी ताक़त से मुझे अपनी तरफ़ खींच रहा था। मैंने अपना हाथ छुड़ाने की पूरी कोशिश की लेकिन उसकी गिरफ़्त इतनी मज़बूत थी कि मुझे कामयाबी नहीं हो सकी। इसी बीच पंसारी की कानाफूसी के लहज़े में आवाज़ सुनाई दी—'अन्दर आ जाइए। ये लोग जान से मार डालेंगे।' मेरा दिमाग़ जैसे सुन्न हो गया था। वह काम करने से इनकार कर रहा था। हिन्दुओं का गिरोह नारे लगाता हुआ छत्ता मस्जिद की तरफ़ बढ़ रहा था। पंसारी की दुकान से ये लोग अभी दूर थे लेकिन जल्दी ही ये वहाँ पहुँचनेवाले थे। मेरे सामने दो ही रास्ते थे। पंसारी की दुकान में चला जाऊँ या उसकी गिरफ़्त से छूटकर भाग चलूँ। दोनों ही रास्ते ख़तरनाक थे। पंसारी बहुत गिड़गिड़ाते स्वर में कह रहा था—'जल्दी कीजिए। क्यों जान देना चाहते हैं।' आख़िरकार मैंने ख़ुद को पंसारी के हवाले कर दिया और खिंचता हुआ दुकान के भीतर चला गया। पंसारी ने मुझे अन्दर घसीटते ही दुकान के दरवाज़े बन्द कर दिए।

"पंसारी का घर दुकान के ऊपर था। वह मुझे ऊपर ले गया और एक धोती

लाकर दी और उसे पहन लेने को कहा। उसने कहा—'पास-पड़ोस में कोई देख सकता है। इसलिए आपका इन कपड़ों में रहना ठीक नहीं होगा।' मैंने शेरवानी और पाजामा उतार धोती पहन ली।

"बाहर से शोर लगातार सुनाई दे रहा था। मैं वैसे तो महफ़ूज जगह पर बैठा हुआ था। पंसारी बहुत भला आदमी निकला। लेकिन भाई मौत का डर आदमी के दिल में कैसे-कैसे ख़याल पैदा कर देता है! ऐसे बहुत-से अन्देशे मन को घेर लेते हैं जो बिलकुल बेबुनियाद होते हैं। बेचारे पंसारी की ही बात लो। उसने मुझे अपने घर में पनाह दी। अपनी जान को ख़तरे में डालकर मेरी हिफ़ाज़त की। वह फ़रिश्ते से कम नहीं है। और इस फ़रिश्ते के लिए मेरे दिल में कैसे-कैसे बुरे शक पैदा हो रहे थे—कहीं यह मुझे मार न डाले! रात में लेटे-लेटे अक्सर दिल दहल उठता। लगता, पंसारी हाथ में छुरा लिए मेरी तरफ़ आ रहा है! मेरे मुँह से चीख़ निकलते-निकलते रह जाती। अब सोचता हूँ कि मेरा ख़याल और शक कितने बेबुनियाद थे। जिसने मुझ पर इतना बड़ा एहसान किया, जिसने मुझे दूसरी ज़िन्दगी दी, उसके बारे में कैसे-कैसे बुरे ख़याल दिल में आ रहे थे। यह मेरा कमीनापन नहीं तो और क्या है! लेकिन मैं भी क्या करता! मौत का डर शायद हर आदमी को इसी तरह सोचने पर मजबूर कर देता है।

"सब कुछ हालात की वजह से होता है भाई! ख़ास हालात में पड़कर ही आदमी दोस्त को दुश्मन और दुश्मन को दोस्त समझ बैठता है। उस भले आदमी को भी शायद मेरी दिमाग़ी हालत का पता चल गया था। वह बार-बार मेरे पास आता था और मुझे इतमीनान दिलाने की कोशिश करता था—'आप घबराइए मत। हालात ज़रा ठीक हो जाएँ। मैं आपको हिफ़ाज़त से घर तक छोड़ आऊँगा।' लेकिन जब-जब मैं उसे अपनी तरफ़ आता देखता था मेरे दिल में और तरह के ही ख़याल पैदा होने लगते थे और मैं ख़ौफ़ से काँपने लगता था।

"दोपहर में हम दोनों वहाँ से निकले और कई हिन्दू मुहल्लों से गुज़रते हुए अपने मुहल्ले के मोड़ तक पहुँच गए। मोड़ पर उसने मेरा साथ छोड़ दिया। रास्ते में सौ फ़ीसदी हिन्दू लिबास में होने के बावजूद मैं अन्दर से बुरी तरह काँप रहा था। लगता था, हर आदमी मुझे घूर रहा है और मेरे पहनावे को भेदता हुआ मेरी असलियत को पहचानने की कोशिश कर रहा है। किसी भी लम्हे कोई आदमी अपना तेज़ चमकता हुआ छुरा मेरे सीने में उतार सकता है। दहशत और ख़ौफ़ के इन लम्हों से गुज़रते हुए, एक अजीब-सा ख़याल मेरे दिमाग़ में उभरने लगा। लगा

कि मैं इसी लिबास में किसी मुस्लिम मुहल्ले से गुज़र रहा हूँ। एकाएक किसी ने आकर मेरे पेट में छुरा भोंक दिया है और ख़ुशी से चीख़ता हुआ भाग गया है। मैं ज़मीन पर तड़प रहा हूँ और ये लफ़्ज़ मेरे कानों से टकरा रहे हैं—'साला हिन्दू है! सीधे जहन्नुम में जाएगा।'

"यह कितनी अजीब बात है और किस क़दर बेतुकी भी कि आदमी का लिबास और पहनावा ही उसकी ज़िन्दगी का फ़ैसला कर दे। अपको ज़िन्दा छोड़ना है या आपको मौत के घाट उतार देना है, इसका फ़ैसला आपके पहनावे को देखकर किया जाए। दंगा सिर्फ़ ग़ैर-इनसानी काम ही नहीं, इसके कुछ पहलू बेहद बेतुके और मजहकाखेज (हास्यास्पद) भी हैं। यह मैंने पहली बार महसूस किया।"

बहुत छोटी बात को लेकर शहर में दंगा हो गया था और इतने सारे बेक़सूर लोग मारे गए थे या घायल हुए थे। दो गुंडों में झगड़ा हो गया था। एक हिन्दू था और दूसरा मुसलमान। इस झगड़े ने ही हिन्दू-मुस्लिम दंगे का रूप ले लिया था।

दंगा तो एक रोज़ हुआ था लेकिन उसका असर बहुत दिनों तक बाक़ी रहा था। किसी ख़ौफ़नाक और जानलेवा बीमारी की तरह इसकी दहशत लम्बे अरसे तक महसूस की जाती रही थी। महम्दू ख़लीफ़ा की दुकान कई दिनों तक बन्द पड़ी रही थी। मुहल्ले के बहुत सारे लोग कई रोज़ तक बिना काम-धन्धे के घर में बैठे रहे थे। इन लोगों का गुज़ारा तो रोज़ की कमाई के सहारे चला करता था। एक दिन भी काम-धन्धा न मिले तो भूखों मरने की नौबत आ जाती थी।

शाम का अँधेरा फैलते ही लोग काम-धन्धों से लौटने लगते थे। राज, मिस्तरी, मज़दूर! ये दिहाड़ी लाकर बीवी के हाथ में देते थे, तभी वह चावल, दाल और नून-मसाला खरीदने के लिए नन्हक साव की दुकान की तरफ़ जाती थी। नन्हक साव की दुकान पर असली भीड़ तो शाम को ही होती थी। आँचल में चावल बँधे हुए, दोनों हाथों से सूप पकड़े हुए, जिसमें दाल की पुड़िया, तेल की कटोरी और नून-मिर्च रखे होते, औरतों का एक ताँता-सा बँध जाता था शाम के समय। आज भी ऐसा ही होता है। लगता है कहानी वही है। सिर्फ़ पात्रों के नाम बदल गए हैं। वही चरित्र, वही संवाद, वही घटनाएँ! सब कुछ उसी तरह चल रहा है।

दंगे के बाद कई दिनों तक लोगों को बड़ी तंगी का सामना करना पड़ा था। पैरी चावल, दाल और कुछ पैसे भी अम्मा से माँगकर ले गई थी। और भी कई लोगों ने अब्बा से उधार लिया था। ज़रूरत के वक़्त मुहल्ले के लोगों की रुपए-पैसे से मदद करने में अब्बा को एक तरह की ख़ुशी महसूस होती थी। इसकी वजह

से मुहल्ले के लोग उनकी बहुत तारीफ़ भी किया करते थे। मेरा ख़याल है कि इस तारीफ़ की ख़ातिर ही वह लोगों की इस तरह दिल खोलकर मदद किया करते थे। मुहल्ले के लोग उनकी इज़्ज़त करें, उनका गुणगान करें—यह ख़्वाहिश उनके दिल में शायद हमेशा सिर उठाती रहती थी। उनकी दरियादिली में एक ख़ास तरह की ख़ुदग़र्ज़ी भी शामिल थी।

छाको का महम्दू ख़लीफ़ा से उस रोज़ सवेरे बहुत ज़ोर का झगड़ा हुआ था।

मैं बैठक में बैठा पढ़ रहा था। एकाएक, महम्दू ख़लीफ़ा के ज़ोर-ज़ोर से बोलने की आवाज़ सुनाई दी। मैं बैठक से निकलकर बरामदे में आ गया।

महम्दू ख़लीफ़ा छाको पर बरस रहा था—"सार! बहंचो! हमर बिलैया आउ, हमरे से म्याऊँ-म्याऊँ! तो को अच्छा न लगे है न हमर दुकनिया! भाग जा अप्पन ममुआ के घर! हरमिया को केते बार कहली कि ई सब ना करबी हम। काहे को मानतई ई सार! तोहरा मन जाहाँ लगे ऊहाँ जा! ख़बरदार जो ढुकले ई घरवा में।"

महम्दू ख़लीफ़ा का चेहरा ग़ुस्से से लाल हो रहा था। वह छाको को धकेलता हुआ घर से निकला था और गली में बहुत दूर तक उसे धक्के देता हुआ चला गया था। छाको का चेहरा भी ग़ुस्से से तमतमाया हुआ था लेकिन वह कुछ बोल नहीं रहा था। वह चुपचाप बाप के धक्के खाता हुआ भागा जा रहा था।

इस बार भी दोनों का झगड़ा दुकान को लेकर ही हुआ था। छाको की वही एक रट! दुकान गोदाम रोड से हटाकर बजाजा रोड पर ले चलो! महम्दू ख़लीफ़ा इसके लिए तैयार नहीं था। छाको ने इस बार दंगे की दलील दी थी। अगर दुकान बजाजा रोड पर होती तो किसकी हिम्मत हो सकती थी, महम्दू ख़लीफ़ा पर हमला करने की।

महम्दू ख़लीफ़ा कहता था—"बे अक्कल है ई सार! अरे बहंचो! का बजाजा रोड पर दूसर खोदा है! अक्कल-समझ काहाँ घुस गेलई है सार के! सौ दफ़ा कह देली अप्पन दुकनिया छोड़बई ना!"

दोनों में ख़ूब तू-तू मैं-मैं हुई थी। नौबत यहाँ तक पहुँची थी कि छाको घर छोड़कर चला गया था। कई दिनों तक वह शहर में ही रहा था लेकिन घर नहीं आया था। एक दिन दोपहर में घर पहुँचा था और अपने कपड़े-लत्ते गठरी में

बाँधकर बाहर निकल गया था। पैरी ने उसके पैर पकड़ लिए थे और रोते हुए कहा था—"मत जा बेटा! ईहें रह बप्पा-मैया के पास! काहेला जैबे परदेस!"

रोते-रोते पैरी की हिचकी बँध गई थी। लेकिन छाको का दिल ज़रा भी तो नहीं पसीजा था। बड़ी बेरहमी से माँ को धक्का देते हुए वह गली में भागता चला गया था। पैरी उसके पीछे दौड़ती रही थी। चीख़-चीख़कर उसे बुलाती रही थी। लेकिन छाको ने एक बार भी तो नहीं देखा था मुड़कर।

हफ़्ते-भर बाद उसका ख़त आया था कोडरमा से। बाप से वह अब भी नाराज़ था। माँ को लिखा था—

> 'अब्दुश्शकूर की तरफ़ से माँ को और भाई-बहन सबको सलाम और दुआ! आप सबको बहुत फ़िकर होगा हमारे बारे में। हम ख़ुदा की मेहरबानी से अच्छे हैं। सिलाई के दुकान में काम मिल गया। हनीफ़ मास्टर की दुकान में। हनीफ़ मास्टर इलाही मास्टर के दोस्त हैं। कारीगर सबका ख़याल-बात करते हैं। हमारा काम उनको पसन्द है। पहली दफ़ा घर छोड़ा है। मन घबराता है लेकिन आप सब कोई फ़िकर मत कीजिए।
>
> 'बाबा को अब्दुश्शकूर की तरफ़ से सलाम। बाबा मेरी बात मानते तो काहे को परदेस का मुँह देखना पड़ता। बाबा को कहिए हमारी बात मान लें। गोदाम रोड पर कोई अच्छी टेलरिंग शॉप नहीं है। अच्छा गाहक वहाँ कैसे जाएगा। बाबा को अपना नफ़ा-नुक़सान का कुछ ख़याल नहीं है। अच्छी जगह दुकान खोलने से चार पैसा ज़्यादा मिलेगा। लेकिन बाबा को यह सब बात कहाँ पसन्द है।'

कोडरमा में भी छाको बहुत दिनों तक नहीं रहा। वहाँ से झुमरीतलैया चला गया, फिर हजारीबाग़। वह कुछ घुमक्कड़-सा हो गया था। किसी एक जगह पर बहुत दिनों तक टिकता नहीं था।

महम्दू ख़लीफ़ा नाराज़ होकर कहता—"ई जागा से ऊ जागा मारा फिरै है खौराहा! कभी ई दरवज्जे कभी ऊ दरवज्जे! जनावर हो गेलई है सार!"

छाको बाप से ज़रूर नाराज़ था लेकिन वह उसे सलाम लिखना कभी न भूलता। महम्दू ख़लीफ़ा की नाराज़गी कहीं ज़्यादा थी। ख़त सुनकर कहता—"काहे वास्ते सलाम लिखे है हमको? हम से का सरोकार है ओ को?"

घर के दरवाज़े पर नारियल गुड़गड़ाते हुए वह कभी ठंडी साँस भरकर कहता सुनाई देता—"सोचली हल बेटा बड़ा होइबे, बुढ़ारी में काम ऐबे! हमरा ऐसन नसीब काहाँ?"

पैरी महम्दू ख़लीफ़ा से बहुत डरती थी। उसके सामने कुछ न बोलती। लेकिन अम्मा से आकर महम्दू ख़लीफ़ा की ख़ूब शिकायत करती—

"देखो हो मइयाँ! अभिए से बुढ़ा गेलई है। जवान बेटवा को ऐसन-वैसन बात कहे का जरूरत!"

हजारीबाग़ से छाको कलकत्ते चला गया था। उसने लिखा था—

'इलाही मास्टर बहुत दिन से लिख रहे थे, यहाँ आ जाओ। हमारी दुकान में काम करो। इलाही मास्टर हमको काम सिखाइन था। बहुत मानते हैं इलाही मास्टर हमको! उनकी बात कैसे गिराते? और भी कई कारीगर थे। यह सब भी इलाही मास्टर के शागिर्द थे। हम सब साथ ही कलकत्ता आ गए हैं। धरमतल्ला स्ट्रीट पर इलाही मास्टर की दुकान है। काम अच्छा चल रहा है। इलाही मास्टर हम सबका बहुत ख़याल-बात करते हैं।

'कलकत्ता बहुत बड़ा शहर है। घर से थोड़ा दूर है। लेकिन अपने तरफ़ का बहुत आदमी है यहाँ। हम बहुत दिन तक यहाँ नहीं रहेंगे। पैसा-कौड़ी जोड़ के आ जाएँगे। अपना दुकान करेंगे गया में बजाजा रोड पर। बाबा ने साथ नहीं दिया। वह साथ देते तो काहे को परदेस में रहना पड़ता। ख़ैर, हम रुपया लेकर आएँगे और अपनी दुकान खोलेंगे गया में।'

छाको बार-बार अपने ख़तों में गया लौट आने की बात ज़रूर लिखा करता था। लेकिन अब तो उसने अपना मुल्क ही छोड़ दिया था। वह तो और भी दूर चला गया है।

आज हबीब भाई का ख़त आया है चटगाँव से। लिखा है—

'भाई यहाँ की ज़िन्दगी काफ़ी अलग है। रहन-सहन, ज़बान, पहनावा, खाना-पीना, आबो-हवा, रस्मो-रिवाज—सब कुछ हम लोगों से

बिलकुल मुख़्तलिफ़ है। ज़्यादा-से-ज़्यादा यही कहा जा सकता है कि बंगाली भी ख़ुद को मुसलमान कहते हैं और हम दोनों एक मज़हब को मानते हैं। लेकिन इनका इस्लाम भी कुछ अजीब तरह का है। इन्हें क़ुरान की आयतें पढ़ते सुन लो तो हँसते-हँसते लोट-पोट हो जाओ। यही लगेगा कि क़ुरान शरीफ़ की आयतें नहीं पढ़ रहे हैं, बँगला की कोई किताब पढ़ रहे हैं। अजीब जाहिल और गँवार क़ौम है इन बंगाली मुसलमानों की। किसी भी लिहाज़ से इन्हें मुसलमान कहना इस्लाम को बदनाम करना है। इनमें तो उतनी तहज़ीब और नफ़ासत भी नहीं जो बिहार के बंगाली हिन्दुओं में मिलती है। इनकी हालत देखकर हम लोगों को सख़्त कुढ़न होती है। लेकिन इन्हें कोई एहसास नहीं है। उलटे कमबख़्त हम लोगों को आँखें दिखाते हैं। हम सबसे जलते हैं। यह नहीं समझते कि हम लोगों के यहाँ आ जाने से इन लोगों को कितना फ़ायदा पहुँच रहा है। लेकिन इनकी आँखों पर ऐसी पट्टी बँधी हुई है कि इन्हें हक़ीक़त दिखाई नहीं देती। इन्हें अक़्ल होती तो ये हम लोगों से बहुत-सी अच्छी बातें सीख सकते थे। लेकिन ख़ुदा ने इनकी आँखों को बेनूर कर दिया है। ये अपने फ़ायदे की बात सोच ही नहीं सकते। कीड़ों-मकोड़ों की तरह जीना ही इन्हें अच्छा लगता है।'

ख़त सुनकर अम्मा ने कहा—"हम कहते थे मत जाओ यहाँ से। कौन कहिस था अपना देस और घर-दुआर छोड़कर जाए को। हबीब ही तो बहकाइस सबको हुआँ जाए को। दुल्हिन तो हुआँ जाए के नाम से काँपती थीं।"

अम्मा के स्वर में दुख और सहानुभूति का भाव कम है, अहंकार का भाव अधिक। उनकी ही बात सही निकली न। अब पछताने से क्या होता है। और जाओ अपना घर-बार छोड़कर! अम्मा भी ख़ुद को अफ़लातून से कम नहीं समझती। जो वह सोचती हैं, वही सही है। दूसरे जो कुछ कहते हैं, ग़लत है।

लेकिन मेरे दिल में ऐसा ख़याल पैदा नहीं हुआ। आगे क्या होगा, किन परिस्थितियों का सामना करना होगा...इन सब के बारे में कोई क्या सोच सकता है।

...मुहल्ले में मुस्लिम लीग का जल्सा हो रहा था। जल्से की कार्रवाई इक़बाल के मशहूर तराना 'चीनो अरब हमारा हिन्दुस्ताँ हमारा' से शुरू की गई थी और यह तराना हबीब भाई ने गाया था। हबीब भाई ने बहुत अच्छा गला पाया था। बड़ी ईर्ष्या होती थी मुझे उनसे। तनहाई में अक्सर मैं भी उनकी तरह गाने की कोशिश किया करता था। लेकिन अजीब बेसुरी आवाज़ निकलने लगती थी गले से। लगता था अपनी आवाज़ पर मेरा कोई काबू नहीं है। मैं झुँझला उठता था। आख़िर हबीब भाई, इतना अच्छा किस तरह गा लेते हैं? उनकी आवाज़ कभी बेसुरी नहीं होती। कई बार तो हबीब भाई ने भी मुझे गाते सुन लिया था और हँसी के मारे बुरा हाल हो गया था उनका।

"अरे भाई! इस तरह न गाया करो। कहीं धोबी अपने गधे को ढूँढ़ता हुआ न आ जाए।" हबीब भाई ने उपहास करते हुए कहा था।

मैं जल-भुनकर रह गया था। बड़ा घमंड है गाने पर! इनसे अच्छा गाकर न दिखा दिया तो मेरा नाम नहीं। मैं पूरे जोश और उत्साह के साथ गाने का रियाज़ शुरू कर देता। लेकिन मेरी सारी मेहनत बेकार साबित हो रही थी। हमेशा अपनी आवाज़ पर मुझे ख़ुद ही झेंप महसूस होने लगती। आख़िरकार मैंने अपने दिल को समझा दिया था कि यह काम तुम्हारे बस का नहीं है।

हबीब भाई ने इक़बाल का तराना अपनी पाटदार आवाज़ में इस तरह डूबकर गाया था कि जलसे में एक समाँ बाँध दिया था। सब लोगों ने बहुत तारीफ़ की थी और शहर के कई मशहूर नेताओं ने उनकी पीठ ठोंकी थी। हबीब भाई ने जलसे में तक़रीर भी की थी और उनकी तक़रीर के दौरान लोगों ने कई बार ज़ोर-ज़ोर से तालियाँ भी बजाई थीं। हबीब भाई मुझे बिलकुल हीरो की तरह लगे थे! लोग मुझे भी इसी तरह सराहते! मेरी तारीफ़ में भी तालियाँ पीटते!

जलसे के बाद हबीब भाई हमारे घर आ गए थे। उनके चेहरे से ख़ुशी फटी पड़ रही थी। इस तरह खिले जाते थे जैसे कोई बहुत बड़ा मैदान मारकर आए हों। घर पहुँचते ही उनकी मुठभेड़ गांधी भाई से हो गई।

गांधी भाई हमारे मुहल्ले में ही रहते थे और बहुत कट्टर क़िस्म के कांग्रेसी थे। हम लोगों से उनकी दूर की रिश्तेदारी थी। असली नाम तो वली अहमद था लेकिन कांग्रेसी होने की वजह से कई लोगों ने उन्हें 'गांधी' कहना शुरू कर दिया था। उनका यह नाम उपहास करने की ख़ातिर ही रखा गया था। लेकिन वक़्त के साथ उनका यह नाम इतना चल पड़ा कि सब लोग उन्हें गांधीजी ही कहने लगे।

हमारे घर और मुहल्ले में भी सब लोग उन्हें 'गांधी' ही कहा करते थे।

दुबला-पतला शरीर, गोरा रंग और तेज़ चमकी हुई आँखें। खादी का कुरता और खादी का ही तंग मुहरी का पाजामा। सिर पर गांधी टोपी। हबीब भाई से अक्सर उनकी चोंचें चला करती थीं। हबीब भाई तो सीधे उन्हें ग़द्दार और क़ौम-फरोश कह दिया करते थे। यह बात मुझे भी अक्सर खल जाती थी। आख़िर को वह उम्र में बड़े हैं। हबीब भाई को कम-से-कम उनकी तौहीन तो नहीं करनी चाहिए। लेकिन गांधी भाई भी बड़े शान्त और स्थिर स्वभाव के इनसान थे। हबीब भाई की सख़्त-से-सख़्त बात को भी सुनकर वह मुस्करा देते थे। कभी भी मैंने उन्हें नाराज़ होते या ग़ुस्से में बेक़ाबू होते नहीं देखा। शायद उनकी इस सहनशीलता की वजह से हबीब भाई और भी निडर हो गए थे और गांधी भाई की मलामत करने में ज़रा भी संकोच नहीं करते थे।

गांधी भाई अक्सर राजनीतिक बहसों में अकेले पड़ जाते थे। उन्हें कई लोगों के वार सहने पड़ते थे। लेकिन इतने विरोध के बावजूद उनके क़दमों में कभी कोई लड़खड़ाहट मैंने नहीं देखी। अपनी ज़मीन पर वह हमेशा जमे रहते। राजनीति की न तो मुझे कोई समझ थी और न ही राजनीतिक मसलों से मुझे कोई दिलचस्पी थी। लेकिन गांधी भाई तने-तनहा जिस तरह अपने विरोधियों का मुक़ाबला करते थे और उनकी दलीलों को जिस तरह गाजर-मूली की तरह काटकर फेंक देते थे, उसका मेरे दिल पर असर ज़रूर होता था। जहाँ और लोग लीक पर चल रहे थे वहाँ गांधी भाई लीक से हटकर चल रहे थे और इसकी क़ीमत भी वह चुका रहे थे। तमाम लोग हाथ धोकर उनके पीछे पड़ गए थे लेकिन उनका धीरज भी कमाल का था। सख़्त-से-सख़्त ताने और गालियाँ सुनकर भी उनके माथे पर कोई शिकन पैदा नहीं होती थी। गालियों का जवाब भी हमेशा मुस्कराहट से दिया करते थे।

गांधी भाई ने कभी ज़माने के रुख़ का साथ दिया था और उन दिनों वह अपने सहधर्मियों में हाथों-हाथ लिए जाते थे। वक़्त-वक़्त की बात है। ख़िलाफ़त के दिनों में मुसलमानों के लिए कांग्रेसी होना वैसी ही आम बात थी जैसे अब मुस्लिम लीगी होना। तब 'मुस्लिम लीग ज़िन्दाबाद', 'क़ायदे आज़म ज़िन्दाबाद' और 'ले के रहेंगे पाकिस्तान' के नारे लोग नहीं लगाते थे। उन दिनों ख़िलाफ़त ज़िन्दाबाद', 'महात्मा गांधी ज़िन्दाबाद' और 'मुहम्मद अली ज़िन्दाबाद' के नारे फ़ज़ा में गूँजते रहते थे। इन्हीं नारों ने गांधी भाई को भी अपने जादुई जाल में क़ैद कर लिया था और वह पढ़ाई छोड़कर ख़िलाफ़त आन्दोलन में कूद पड़े थे।

आज़ादी के जोश ने लोगों को जैसे पागल बना दिया था। हज़ारों-लाखों की तादाद में लोग सड़कों पर निकल आए थे और जान हथेली पर रखकर ब्रिटिश सरकार से लोहा ले रहे थे। जेलख़ाने क़ैदियों से भर गए थे। पुलिस लारी में भर-भरकर लोगों को ले जाती थी और कुछ दूर जाकर उन्हें छोड़ देती थी। जेल में इतने सारे क़ैदियों के लिए जगह नहीं थी। गांधी भाई उन दिनों कलकत्ते में 'मदरसा-ए-आलिया' में पढ़ रहे थे। कलकत्ता के मैदान में मौलाना आज़ाद की तक़रीर क्या सुनी कि ज़िन्दगी का सारा ढाँचा ही बदल गया। अंग्रेज़ी, अंग्रेज़ी-तालीम, अंग्रेज़ी-ज़बान, अंग्रेज़ी-लिबास—हर चीज़ से नफ़रत हो गई। बस एक ही धुन सिर पर सवार हो गई—अंग्रेज़ों को मुल्क से भगाना है।

गांधी भाई के अब्बा शहर के एक मामूली वकील के ताईद थे। मुश्किल से ही घर का ख़र्च चला पाते थे। बेटे को अपने छोटे भाई के पास भेज दिया था। सोचा था कलकत्ते में अच्छी शिक्षा मिलेगी। ग्रेजुएट बनेगा और वकालत का इम्तिहान पास करके गया में प्रैक्टिस करेगा। लड़का पढ़ने-लिखने में होशियार था। जाने क्या-क्या सपने मन में सँजोए बैठे थे! एकाएक ख़बर मिली कि बेटे ने पढ़ना-लिखना छोड़ दिया है और ख़िलाफ़त आन्दोलन में शामिल हो गया है। गांधी भाई के अब्बा ने अपना सिर पीट लिया। आँधी का एक तेज़ झोंका आया था जिसने उनके ख्वाबों के महल को तहस-नहस करके रख दिया था। गांधी भाई न तो ग्रेजुएट बन सके और न ही वकील बनने की अपने अब्बा की ख़्वाहिश ही पूरी कर सके। हाँ, जेल में चक्की पीसने और मशक़्क़त सहने का तजुरबा उन्होंने ज़रूर हासिल कर लिया।

अम्मा उन दिनों का ज़िक्र अक्सर करती हैं। हमारे शहर में कांग्रेस और ख़िलाफ़त कमेटी का बहुत बड़ा जलसा हुआ था रमना मैदान में। लाखों का मज़मा था। कई दिनों तक शहर में मेला-सा लग रहा था। गांधीजी, मौलाना मुहम्मद अली, बी अम्माँ, हकीम अजमल खाँ जैसे नेता आए थे। ख़िलाफ़त कमेटी के वालंटियर घर-घर से मुठिया और रुपया इकट्ठा कर रहे थे। औरतें अपने ज़ेवर उतार-उतारकर दे रही थीं। बेइंतिहा जोश था लोगों में। हिन्दू और मुसलमान एक-दूसरे में घुल-मिल गए थे। दिलों का मैल साफ़ हो चुका था। ऐसी मुहब्बत से दोनों एक-दूसरे को गले लगा रहे थे कि लगता था दोनों सगे भाई हैं और बहुत दिनों तक एक-दूसरे से जुदा रहने के बाद मिले हैं।

अब्बा भी इस तूफ़ान में बहते-बहते रह गए थे। कई रिश्तेदारों ने नौकरियाँ छोड़कर खद्दर का कुरता-पाजामा पहनना शुरू कर दिया था। अब्बा भी अक्सर

जोश में आकर अम्मा से कहने लगते—"बड़ी शर्म महसूस होती है नौकरी करते हुए। जो अंग्रेज़ मुसलमानों पर इतना ज़ुल्म कर रहा है, उसकी ग़ुलामी करना और उसकी हुकूमत का एक पुर्ज़ा बने रहना, ऐसी ज़िल्लत है जो मुझसे अब बरदाश्त नहीं होती।"

लेकिन अब्बा में इतना साहस शायद नहीं था कि नौकरी पर लात मारकर अलग हो जाते। वह यह सब अपनी बुज़दिली को छिपाने के लिए ही कहते थे। वह बहुत ग़रीबी से उठे थे और इस छोटी-मोटी नौकरी ने भी उन्हें जो सुरक्षा और निश्चिन्तता दी थी, वह उनके लिए बहुत बड़ी दौलत थी। इससे हाथ धोने की हिम्मत उनमें नहीं थी।

अब्बा के रिश्ते के एक चचा थे फ़रज़न्द अहमद। वह उन दिनों डिप्टी कलक्टर थे और गया में ही उनकी पोस्टिंग थी। खाते-पीते ज़मींदार घराने के थे और बड़े ठाठ की ज़िन्दगी गुज़ार रहे थे। उनकी शान-शौकत के बारे में बहुत-से क़िस्से मशहूर थे। कहते हैं कि उनके पास कुछ नहीं तो साठ-सत्तर सूट और इतने ही जोड़े जूते थे। एक सूट पहनते थे तो उसे दुबारा पहनने की नौबत महीनों के बाद ही आती थी। उनके अंग्रेज़ अफ़सर भी उनके ठाठ-बाट देखकर उनसे अन्दर-ही-अन्दर बहुत जला करते थे। उन्हें ताज्जुब होता था कि यह देसी आदमी इतनी शान से कैसे रहता है। फ़रज़न्द दादा को भी उन्हें जलाने में एक तरह का मज़ा आता था और उनकी जलन की आग को भड़काने के लिए वह और भी क़ीमती और भड़कीले कपड़े पहनकर इजलास पर बैठते थे। फ़रज़न्द दादा के दोस्त उन्हें यह सब करने से रोकते थे लेकिन वह भी एक ही जिद्दी थे। "साले जलते हैं तो जला करें। मैं तो उनकी छाती पर मूँग दलूँगा"—वह कहा करते।

हैलेट गया का डिस्ट्रिक्ट मजिस्ट्रेट था। एक बार फ़रज़न्द दादा हैलेट साहब के बँगले पर किसी काम से गए तो अपनी आदत के मुताबिक़ बहुत क़ीमती सूट पहने हुए थे। हैलेट की बीवी पति से फ़रज़न्द दादा के सूट की तारीफ़ करते हुए कहने लगी—'मिस्टर अहमद कितना ओम्दा ड्रेस पहनता है। वंडरफुल!'

हैलेट यह सुनकर जल ही तो गया। वह अपने लिबास पर कोई ध्यान नहीं दिया करता था और इसकी वजह से अपनी बीवी की डाँट-फटकार अक्सर उसे सुननी पड़ती थी। लेकिन उसकी मौजूदगी में ही उसकी बीवी उसके मातहत के कपड़ों की तारीफ़ करे, यह बात वह बरदाश्त न कर सका। उस वक़्त तो वह ज़हर का घूँट पीकर रह गया लेकिन एक-दो दिन के बाद ही उसने फ़रज़न्द दादा को

किसी बहाने से अपने चैम्बर में बुलवाया। हैलेट उनको देखने के बाद भी सामने रखे हुए काग़ज़ों को पढ़ने में लगा रहा और फ़रज़न्द दादा को कुर्सी पर बैठने तक के लिए नहीं कहा।

फरज़न्द दादा कुछ देर तक तो चुपचाप खड़े रहे। लेकिन ज़्यादा देर तक इस तरह खड़े रहना उन्हें बहुत अपमानजनक लग रहा था। वह हैलेट की इजाज़त के बग़ैर ही कुर्सी खींचकर बैठ गए। उनके बैठते ही हैलेट ने काग़ज़ों से आँखें हटाकर फ़रज़न्द दादा को घूरकर देखा। उसके चेहरे पर नाराज़गी का भाव था। फ़रज़न्द दादा सब कुछ समझ रहे थे लेकिन वह ज़रा भी विचलित नहीं हुए। हैलेट की गुस्से-भरी निगाह का सामना वह हल्की व्यंग्य-मिश्रित मुस्कराहट से कर रहे थे। इसने हैलेट के ग़ुस्से के पारे को और चढ़ा दिया।

फ़रज़न्द दादा उसके लाल उत्तेजित चेहरे को देख रहे थे और अन्दर-ही-अन्दर इस हमले के मुक़ाबले के लिए तैयार हो रहे थे। लेकिन एकाएक हैलेट का चेहरा ग़ुस्से को दबा लेने की वजह से जैसे शान्त हो गया। उसने बहुत संयम, मगर व्यंग्यपूर्ण स्वर में कहा—"टुम एटना आच्छा ड्रेस कौन माफ़िक पहनता है। ब्राइब तो नाहीं लेता टुम?"

फ़रज़न्द दादा शायद इस तरह के हमले के लिए बिलकुल तैयार नहीं थे। ग़ुस्से से बेक़ाबू होते हुए उन्होंने जवाब दिया—"मुझे ब्राइब लेने की क्या ज़रूरत है? तुम जैसे टुच्चों को मैं अपने यहाँ मुलाज़िम रख सकता हूँ। रास्कल! यू सन ऑफ ए स्वाइन!" फ़रज़न्द दादा यह कहकर हैलेट के चैम्बर से बाहर निकल आए और उसी रोज़ नौकरी से इस्तीफ़ा दे दिया।

इस घटना के बाद से फ़रज़न्द दादा को अंग्रेज़ों से ऐसी नफ़रत हो गई कि अंग्रेज़ी लिबास और अंग्रेज़ी ढंग से रहना-सहना भी उन्होंने छोड़ दिया। अपने तमाम क़ीमती सूटों के ढेर में मिट्टी का तेल छिड़ककर आग लगा दी। कहाँ तो यह हाल था कि मेज़-कुर्सी और छुरी-काँटे के बग़ैर खाना नहीं खाते थे और अब यह हाल हो गया कि हमेशा दस्तरख़्वान पर ही खाने लगे। ख़िलाफ़त कमेटी को हज़ारों रुपए चन्दे के तौर पर दिए और मरते दम तक खद्दर के लिबास को छोड़कर कोई और कपड़ा नहीं पहना।

फ़रज़न्द दादा का सिर्फ़ बुढ़ापा ही मैंने देखा है। वह भी इस हालत में कि अपने फ़ालिज के मारे शरीर के साथ पलंग पर लेटे रहते थे। लेकिन इस खंडहर को देखकर भी उनकी भव्य जवानी का अन्दाज़ा लगाना दुश्वार नहीं था। बीमारी

के बावजूद चेहरा अब भी सफेद नज़र आता था। हाँ, पीलेपन की एक तह उस पर ज़रूर चढ़ी रहती थी। भारी-भरकम जिस्म, चौड़ा-चकला चेहरा। इस बुढ़ापे में भी वह बहुत रोबदार दिखाई देते थे।

अब्बा फ़रज़न्द दादा से भी कई बार नौकरी छोड़ने का ज़िक्र कर चुके थे। वह अब्बा की बात सुनकर सिर्फ़ मुस्करा देते। लेकिन एक बार जब अब्बा बहुत चढ़-चढ़कर डींग हाँकते हुए नौकरी छोड़ने के इरादे का ज़िक्र कर रहे थे तो फ़रज़न्द दादा ने काग़ज़ का एक पन्ना उनके सामने रख दिया था और कहा था—"यह काग़ज़ लो और इस्तीफ़ा लिख दो। देखूँ तुममें हिम्मत है भी या नहीं?"

अब्बा खिसियाकर रह गए।

"बस डर गए न! मैं जानता था, तुम सिर्फ़ क़ालीन के शेर हो। अरे भाई, जिन्हें यह करना होता है वे पहले से ऐलान नहीं करते। वे तो कर गुज़रते हैं और तब लोगों को इसके बारे में मालूम होता है। वैसे मैं भी तुम्हें नौकरी छोड़ने की सलाह नहीं दूँगा। मैं अंग्रेज़ों से नफ़रत ज़रूर करता हूँ। अंग्रेज़ी सरकार को मैं पूरे मुल्क के लिए एक लानत समझता हूँ। लेकिन इसके बावजूद मैं तुम्हें नौकरी छोड़ने का मशविरा कभी नहीं दूँगा। मेरी बात और है। नौकरी मेरे लिए रोज़ी का ज़रिया नहीं थी। नौकरी से जो आमदनी होती थी उससे ज़्यादा तो कपड़ों और रख-रखाव पर ख़र्च हो जाता था। अब न तो मैं उतने ठाठ-बाट से रहता हूँ और न वैसे क़ीमती कपड़े पहनता हूँ। गाँव में रहता हूँ। सादा खाता हूँ, मोटा पहनता हूँ। लेकिन रूह को बहुत सुकून मिलता है। ज़लील अंग्रेज़ों की ग़ुलामी का पट्टा तो गर्दन में नहीं है।"

फ़रज़न्द दादा का कहना ग़लत नहीं था। अब्बा का आतंक घर पर चाहे जितना भी छाया रहता हो, हम लोग उनसे चाहे जितना भी काँपते रहते हों, लेकिन उनके मन में बहुत गहरे में कोई डर बैठा हुआ था। यह सब जो उन्होंने हासिल किया है कहीं उनसे छिन न जाए। कहीं पिछले दिनों की ग़रीबी उन्हें फिर अपने शिकंजे में कस न ले!

अब्बा अक्सर अपने बचपन की मुसीबत और ग़रीबी की दास्तान छेड़ देते थे और बड़े फ़ख़्र से कहते थे कि इन मुश्किल हालात में रहकर भी उन्होंने हिम्मत नहीं हारी और पढ़ाई जारी रखी। अपने अहं को तुष्ट करने के अलावा शायद उनका मक़सद यह भी रहता था कि इन कहानियों का मुझ पर अच्छा असर पड़ेगा और मैं ज़्यादा दिल लगाकर पढ़ूँगा। हालाँकि मुझ पर अब्बा की इन कहानियों का उल्टा ही असर होता था। कम-से-कम वैसा असर तो बिलकुल ही नहीं होता था जैसा

अब्बा चाहते थे। अब्बा की हिम्मत और बहादुरी की ज़रा भी धाक मेरे दिल पर नहीं बैठती थी। उल्टे मुझे उनकी हालत पर तरस आता था और यह सोचकर शर्म भी महसूस होती थी कि उन्होंने कभी ऐसी लीचड़ और वाहियात ज़िन्दगी भी गुज़ारी है। मुझे तो उनकी मौजूदा हालत भी गई-गुज़री और ख़स्ता ही दिखाई देती थी।

मुझे यह सोचकर बड़ी शर्मिन्दगी होती थी कि अब्बा कभी ट्यूशनों पर गुज़र करते थे और दूसरों के घरों में रहकर बच्चों को पढ़ाते थे और गुस्सा इस बात पर आता था कि वह ये सब बातें इतने गर्व से कहा करते थे जैसे सचमुच उन्होंने बहुत बड़ा तीर मारा हो। वह कभी ऐसी ज़लील ज़िन्दगी भी गुज़ार चुके हैं, इसकी कल्पना से ही मुझे ज़िल्लत और अपमान का एहसास होने लगता था। ऐसी ज़िन्दगी से तो मौत अच्छी है। भला यह भी कोई ज़िन्दगी हुई कि आप ट्यूटर बनकर दूसरे के घर पड़े रहें और नौकरों की तरह आपको वहाँ खाना मिले!

अब्बा की इस ज़िन्दगी के बारे में जब कभी सोचता था अनायास ही अपने मौलवी साहब की तरफ़ ख़याल चला जाता था। अब्बा के साथ भी आख़िर को ऐसा ही सुलूक किया जाता होगा न! हमारे घर में मौलवी साहब की क्या हैसियत थी! सुबह जब हम लोग नाश्ता कर लेते तो अम्मा दो प्लेटों में अलग से नाश्ता निकालकर रखतीं—एक में मौलवी साहब के लिए और दूसरी में बुलाक़न बुआ के लिए जो हमारे यहाँ नौकरानी थी। अम्मा बुलाक़न बुआ से कहतीं—"बुलाक़न, यह तुम्हारा नाश्ता है और यह मोली साहब का है। जाकर दे आओ। कहते होंगे, अब तक नाश्ता नहीं मिला।"

दोपहर और रात के खाने में भी ऐसा ही किया जाता था। सब लोगों के खा लेने के बाद ही मौलवी साहब और बुलाक़न बुआ की याद आती थी। कभी खाना या नाश्ता भेजने में देर हो जाती और मौलवी साहब भूख से बेक़ाबू होकर दरवाज़े पर आवाज़ देते तो अम्मा झुँझलाकर कहने लगती थीं—"मोली साहब नाक में दम कर दे हैं। ज़रा देर होवे है तो चीख़-पुकार मचावे लगे हैं। कभी देर-सवेर हो ही जा है। अद्दी का पेट अल्लाह मियाँ इन्हीं को दीहिन हैं!" फिर बुलाक़न बुआ से कहतीं—"जा बुलाक़न, जल्दी से दे आ नाश्ता मोली साहब को। खाए को दम निकला जा है उनका।"

बुलाक़न बुआ भी अम्मा की हाँ में हाँ मिलाते हुए कहतीं—"हाँ मैया! सच्चे कहो हो। मोली साहब ज़रा चैन ना लेवे दे हैं। लड़के-बाले का घर है! कुछ ना समझे हैं ऊ।"

यक़ीनन अब्बा के साथ भी ऐसा ही बरताव होता होगा। जिस घर में वह ट्यूशन करते होंगे वहाँ की नौकरानी भी उसी तरह उनके सामने खाना लाकर रखती होगी जिस तरह बुलाकन बुआ मौलवी साहब के सामने रखती हैं। घर की मालकिन अब्बा के लिए भी वैसे ही अपमानजनक शब्दों का प्रयोग करती होगी जिस तरह अम्मा अक्सर मौलवी साहब के लिए करती हैं। ताज्जुब है, अब्बा को इन बातों का ज़रा भी एहसास नहीं है। अपनी ज़िल्लत-भरी ज़िन्दगी को याद करके लज्जित और शर्मिन्दा होने की बजाय वह एक तरह का फ़ख़्र महसूस करते हैं। लानत है ऐसी ज़िन्दगी पर जिसमें आदमी ख़ुद्दारी और आत्मसम्मान की रक्षा न कर सके!

उस रोज़ हबीब भाई और गांधी भाई में बहुत देर तक बहस होती रही थी। हबीब भाई अपनी आदत के मुताबिक़ बहुत आक्रामक स्वर में बोल रहे थे। गांधी भाई का लहज़ा हमेशा की तरह नपा-तुला और संयत था। उसमें कटुता और तल्ख़ी नाम मात्र को न थी। गांधी भाई के धीरज और संयम की सचमुच दाद देनी पड़ती है। ताज्जुब होता था कि इतना ज़हर पीने के बाद भी उनके लहज़े में कोई कड़ुवाहट और तल्ख़ी क्यों नहीं आती थी?

हमला हबीब भाई की तरफ़ से ही शुरू हुआ था। जलसे के बाद वह हमारे यहाँ आए थे और गांधी भाई को बैठक में बैठा देखकर व्यंग्य-भरे स्वर में उनसे बोले थे—"अच्छा तो महात्मा गांधी यहाँ तशरीफ़ रखते हैं! हाँ भाई, आप क्यों मुसलमानों के जलसे में शरीक होंगे? हिन्दुओं की सभा होती तो सिर के बल चलकर वहाँ पहुँचते।"

"यही सही! लेकिन यह तो बताओ कि तुमने इक़बाल का तराना क्यों गाया था?" गांधी भाई ने मुस्कराते हुए कहा।

"तो क्या वन्देमातरम् गाता! हिन्दुओं का तराना गाना आपको मुबारक हो!" हबीब भाई ने बिफर कर कहा था।

"वंदेमातरम् न सही, इक़बाल का वह तराना भी तो गा सकते थे—सारे जहाँ से अच्छा हिन्दोस्ताँ हमारा। क्या वह भी हिन्दुओं का तराना है?" गांधी भाई ने हबीब भाई को छेड़ते हुए कहा था।

हबीब भाई लम्हे-भर को निरुत्तर-से गांधी भाई को देखते रहे थे, फिर सँभलकर बोले थे—"माफ़ कीजिए वह इक़बाल के शुरू के ख़यालात थे, जब उनको हिन्दू-मुस्लिम एकता मुमकिन दिखाई देती थी। जल्दी ही उन्हें मालूम हो गया कि यह ऐसा ख़्वाब है जो कभी पूरा नहीं हो सकता। हिन्दू कभी मुसलमानों के साथ घुल-मिल नहीं सकता। हिन्दुस्तान की सैकड़ों साल की तारीख़ गवाह है कि हिन्दू

और मुसलमान कभी एक नहीं हो सकते। मजहब, कल्चर, लिबास, ज़बान—कोई भी तो नुक़्ता नहीं जहाँ दोनों एक-दूसरे से मिलते हों।"

गांधी भाई ने हँसते हुए कहा था—"तुम्हें तारीख़ का कुछ भी पता नहीं है। हिन्दुस्तान की तारीख़ में ही हिन्दुओं और मुसलमानों ने एक-दूसरे का जितना ख़ून बहाया है उससे कहीं ज़्यादा ख़ून तो मुसलमानों ने आपस में लड़कर बहाया है और अगर दुनिया-भर के मुसलमानों की तारीख़ पर एक सरसरी निगाह डाल लो तो मालूम होगा कि इस्लाम की तारीख़ आपसी खानाजंगी और ख़ून-ख़राबे की कभी न ख़त्म होनेवाली एक दास्तान है। बनी उमैया और बनी हाशिम की लड़ाई को ही ले लो। दोनों ने एक-दूसरे का ख़ून इतनी बेरहमी से बहाया है कि उसके बारे में सोचकर ही रोंगटे खड़े हो जाते हैं।"

"आपको तो मुसलमानों में सौ बुराइयाँ दिखाई देती हैं। आपकी तरह मैं हिन्दुओं का पिट्ठू नहीं हूँ जो इस तरह सोचूँ।" हबीब भाई ने बातचीत का रुख़ इतिहास की तरफ़ से मोड़ने की कोशिश करते हुए कहा था।

गांधी भाई को हबीब भाई ने हिन्दुओं का पिट्ठू कहा था। लेकिन इस ख़िताब से नवाजे जाने के बावजूद उनके चेहरे पर नाराज़गी का कोई भाव नहीं था। एक ज़ोरदार ठहाका लगाकर उन्होंने कहा—"अच्छा भाई, मैं तो हिन्दुओं का पिटठू हूँ। चलो मैं मान लेता हूँ तुम्हारी बात। लेकिन यह तो बताओ कि हिन्दुस्तान के सब मुसलमानों का कल्चर और ज़बान एक किस तरह हैं। क्या बिहार और यू.पी. के मुसलमान और सिन्ध और बंगाल के मुसलमान एक ही ज़बान बोलते हैं?"

"हिन्दुस्तान के तमाम मुसलमानों की क़ौमी ज़बान उर्दू है।" हबीब भाई ने इस तरह कहा था जैसे कोई रटा-रटाया नारा बोल रहे हों।

"किसी बंगाली या सिन्धी मुसलमान से बात करके तो देखो। वह कभी उर्दू को अपनी ज़बान नहीं मानेगा।" गांधी भाई ने कहा था।

"आप जैसा ही कोई मुसलमान होगा जो उर्दू को अपनी ज़बान नहीं कहेगा। ग़द्दार आख़िर किसे कहते हैं!" हबीब भाई ने गांधी भाई पर भरपूर वार किया था।

लेकिन गांधी भाई इस बार भी विचलित नहीं हुए थे। हँसते हुए बोले थे—"मियाँ! भेड़चाल चलने की कोशिश न करो। ख़ुदा ने अक़्ल और आँखें दी हैं। ख़ुद सचाई तक पहुँचने की कोशिश करो। नारों में कुछ नहीं रखा है। पाकिस्तान का ख़याल बहुत बड़ा फ़रेब है, हसन बिन सब्बाह की जन्नत की तरह। उसकी नक़ली जन्नत ने कितने ही लोगों को अपने फन्दे में जकड़ लिया था।"

"महात्मा जी, आप कान खोलकर सुन लें। पाकिस्तान बनकर रहेगा। आप जैसे क़ौम के दुश्मन भी इसे नहीं रोक सकते। डूब मरने की बात है आप लोगों के लिए। सारी क़ौम एक तरफ़ है और आप एक तरफ़। मक्के के काफ़िर भी आप लोगों से बेहतर होंगे।" हबीब भाई बहुत जोश में और ऊँची आवाज़ में बोल रहे थे। लेकिन गांधी भाई के होंठों पर सिर्फ़ मुस्कराहट दिखाई दे रही थी।

हबीब भाई की आवाज़ सुनकर एकाएक अब्बा बैठक में आ गए थे और उन्होंने हबीब भाई को डाँटते हुए कहा था—"क्या फ़िज़ूल बहस कर रहे हो?"

हबीब भाई ख़ामोशी से वहाँ से खिसक गए थे।

गांधी भाई बड़ा ही अभिशप्त जीवन बिता रहे थे। कांग्रेसी विचारधारा की वजह से मुसलमान उनकी शक्ल से नफ़रत करते थे। सगे-सम्बन्धी भी उनसे फूटे मुँह बात करना पसन्द नहीं करते थे। छोटे अब्बा ने तो उनका नाम ही वलीसिंह रख दिया था। व्यंग्य-भरे स्वर में उनसे कहते—"कहिए, वलीसिंह जी! आपको हिन्दुओं की ग़ुलामी से जब दो वक़्त की रोटी भी नहीं मिलती तो क़ौम-फ़रोशी का फ़ायदा! ख़ुदा की फटकार है ऐसे लोगों पर। तुम्हारा नाम वली किसने रख दिया? तुम्हारा नाम तो शैतान रखा जाना चाहिए था। वली के घर में शैतान है यह। अबू जेहल भी तो रसूल के ख़ानदान में ही था।"

अपने घर में भी गांधी भाई की कोई इज़्ज़त नहीं थी। घर क्या था, हर तरफ़ ग़रीबी मुँह फाड़े दिखाई देती थी। गांधी भाई की बीवी और चार-पाँच बच्चे, माँ-बाप और भाई-बहन। दर्जन-भर से कम का कुनबा नहीं था। गांधी भाई के अब्बा की अकेली कमाई से क्या हो सकता था? वह भी अब बहुत बूढ़े हो चुके थे और आमदनी दिन-ब-दिन घटती जाती थी। गांधी भाई कमाने के लिए हाथ-पैर मारते तो थे लेकिन कोई ख़ास नतीजा नहीं निकलता था। रोज़गार के नाम पर बीमा कम्पनी की एजेंसी ले रखी थी। लेकिन बीमा एजेंट के लिए जो ख़ूबियाँ ज़रूरी हैं वह उनमें नहीं थीं। उन्हें ख़ुद भी इस काम में कोई ख़ास दिलचस्पी नहीं थी।

किसी के पास पालिसी के लिए जाते तो ज़्यादा बातचीत राजनीति पर ही हुआ करती थी। बीमा-एजेंट से वैसे ही लोग कतराने की कोशिश करते हैं। भूत की तरह चिपट जाते हैं ये लोग। लेकिन गांधी भाई इतने ढीले-ढाले थे कि कनवेसिंग भी ठीक से नहीं कर पाते थे। फिर लोगों को उनकी कमज़ोरी का पता था। वे बड़ी आसानी से बातचीत का रुख़ राजनीति की तरफ मोड़ देते। बस फिर क्या था! गांधी भाई अपनी एजेंटी भूलकर राजनीतिक बहस में जुट जाते।

गांधी भाई का भी अजीब हाल था। राजनीतिक बहस और समझ-बूझ में उनका दिमाग़ जितना तेज़ था, व्यावहारिक जीवन में वह उतने ही ठस्स नज़र आते थे। बीवी-बच्चों के पास पहनने को कपड़े नहीं हैं। बच्चे के इलाज के लिए पैसा नहीं है। घर में फ़ाक़ों की नौबत है। लेकिन उन पर इन सबका जैसे कोई असर ही नहीं है। ऐसी तमाम स्थितियों में एक तरह की जड़ता उन पर हमेशा हावी रहती थी।

गांधी भाई के व्यक्तित्व के दो परस्पर-विरोधी पहलू थे जो मुझे अक्सर हैरत में डाल देते थे। मैं सोचता था, जाने किस ढंग का दिमाग़ पाया है इन्होंने। मुल्क की चिन्ता इन्हें दिन-रात सताती रहती है। राजनीतिक मसलों पर इनकी ज़बान क़ैंची की तरह चलती है। दुनिया-भर की किताबें ये पढ़ते रहते हैं। हर आदमी को मशविरा देने के लिए तैयार रहते हैं। कोई भी समस्या रखिए, उसका कोई-न-कोई हल जरूर सुझा देंगे। किसी भी लिहाज़ से ये कूढ़-मग़ज़ नहीं कहे जा सकते। लेकिन घर और बाल-बच्चों की तरफ़ से इतने लापरवाह हैं कि उनके अस्तित्व तक से बेख़बर दिखाई देते हैं। राजनीति में जिस तरह सिर खपाते रहते हैं, क्या उसी तरह बीवी-बच्चों की ख़ातिर मेहनत नहीं कर सकते?

अब्बा भी अक्सर नसीहत के अन्दाज़ में उनसे कहते थे—"वली, कुछ घर का भी फ़िक्र करना चाहिए। सियासत बीवी-बच्चों का पेट तो नहीं भर सकती।"

गांधी भाई अब्बा की यह नसीहत एक कान से सुनते थे और दूसरे कान से निकाल देते थे। शायद अब्बा ही सिर्फ़ ऐसे रिश्तेदार थे जो उनसे तानों की ज़बान में बात नहीं करते थे। अब्बा ने उनको हमेशा 'वली' कह कर ही पुकारा और कभी भी उनसे राजनीतिक विचारों की वजह से नफ़रत नहीं की। अब्बा बहुत सँभल-सँभलकर और फूँक-फूँककर क़दम रखनेवाले लोगों में थे। बातचीत में, व्यवहार में, अपने तमाम तौर-तरीक़ों में वह हमेशा मध्यम मार्ग पर ही चलने के आदमी थे। इधर-उधर बहकना या कोई ख़तरा मोल लेना उनके स्वभाव में नहीं था।

ख़िलाफ़त आन्दोलन के दिनों में उन्हें थोड़ा जोश ज़रूर आया था लेकिन उससे भी वह दामन बचाकर निकल गए थे। वह तो कब का ठंडा पड़ चुका था। अब राजनीतिक उतार-चढ़ाव का उन पर कोई असर नहीं होता था। उन्होंने यह मान लिया था कि आदमी को राजनीति से अलग ही रहना चाहिए—ख़ास तौर से ऐसे आदमी को जिसे एक कुनबे की परवरिश भी करनी है। उनका कहना था—"सियासत उन लोगों के लिए ठीक हो सकती है जिनका पेट भरा हुआ है। हम लोगों के लिए तो यह सरासर घाटे का सौदा है।" ऐसे मौक़ों पर वह फ़रज़न्द

दादा की मिसाल देना कभी न भूलते थे—"उनके पास तो सैकड़ों बीघा ज़मीन थी। वह नौकरी छोड़कर सियासत में हिस्सा ले सकते थे। लेकिन उन्हें भी नौकरी छोड़ कर क्या मिला? माना कि भूखों मरने की नौबत नहीं आई। लेकिन जो इज़्ज़त और रुतबा मिला हुआ था, वह फिर कभी नसीब नहीं हुआ।"

गांधी भाई को भी जब समझाते तो फ़रज़न्द दादा की ही मिसाल देते हुए कहते—"कहाँ फ़रज़न्द चचा, कहाँ तुम! कोई मुक़ाबला है, तुम दोनों का? यह फिज़ूल का शौक़ है। इसे छोड़ो और किसी अच्छे काम-धन्धे में लगो। बच्चों की ज़िन्दगी तुम नहीं सँवारोगे तो क्या कोई दूसरा सँवारेगा?"

ऐसे मौक़ों पर अब्बा का लहजा बहुत सहानुभूतिपूर्ण हुआ करता था। उसमें न तो कोई व्यंग्य होता था और न कोई कटुता। छोटे अब्बा की तरह ताने कसने और लानत-मलामत करने की आदत नहीं थी उनकी।

गांधी भाई के अब्बा को देखकर हम सबको तरस आने लगता था। फटा-पुराना कुरता-पाजामा पहने, बग़ल में कचहरी के काग़ज़ों का बस्ता दबाए वह तड़के ही घर से निकल जाते थे। शाम को कचहरी से लौटकर घंटे-आध घंटे हो घर पर ठहरते थे और फिर वकील के यहाँ चल देते थे। कमर से काफी झुक गए थे और जब निढाल क़दमों से वह गली से गुज़रते थे तो मेरे दिल में हमदर्दी के साथ-साथ गांधी भाई के लिए नफ़रत का तेज़ एहसास उभरने लगता था। अम्मा भी ठंडी साँस लेकर कहतीं—"अलीम भैया की क़िस्मत! लड़का कुछ कीहिस-धरिस ना। एही वास्ते ई हाल है ना इसका। अब बेचारे की उमर कोई कमावे-कजात्रे की है! बुढ़ियारी में आराम का मिलता कि बेटे के बाल-बच्चे भी इनके सर पर आ गए। लेकिन सब किया-धरा अलीम भैया का ही है। जानते थे कि छोटा कमासुत ना है। काम-काज में जी भी ना लगे है उसका। काहे को शादी-ब्याह कर दीहिन उसका।"

बुलाक़न बुआ की आदत थी, अम्मा की बात में अपनी बात ज़रूर जोड़ देतीं। कहतीं—"हाँ मैया! सो तो ठीक कहो हो। अलीम बाबू सोचिन होगा ब्याह करे से अकल होस हो जइए। ऊ का जानिन था निखट्टू के निखट्टू रहिएँ।"

गांधी भाई की बीवी बहुत तेज़-तर्रार औरत थी। मुँहफट ऐसी कि एक कहो तो चार सुना दे। हबीब भाई ने तो उनका नाम ही पटाख़ा भाभी रख दिया था। गांधी भाई की ज़बान भी अगर किसी के सामने चलने से इनकार कर देती थी तो बीवी के सामने ही। ऐसी खरी-खरी सुनाती थी वह कि क्या कोई औरत अपने शौहर को सुनाएगी। और गांधी भाई सब कुछ भीगी बिल्ली की तरह सहमे हुए

सुनते रहते। एक लफ़्ज़ भी उनके मुँह से न निकलता। पैसे की कमी और परेशानी ने उन्हें बेहद बदमिज़ाज बना दिया था। बच्चा खाने को माँगता तो उसे दुहत्थड़ मारते हुए कहतीं—"जा अपने बाप से माँग खाए को। सोने का डला लाकर दे है ना तेरा बाप! मनहूस कहीं का! हर वक़्त खाए को माँगे है। हमको खा लिए तभी चैन मिलिए इसको।"

गांधी भाई के घर जाने के ख़याल से ही मुझे कैसी दहशत होती थी! बड़ा ही मनहूस नक़्शा था घर का। गांधी भाई की अम्मा मैले-कुचले बिस्तर पर लेटी खाँसती रहतीं। दमे की पुरानी मरीज़ थीं। उस पर से भी बुढ़ापा। दवा-दारू का सवाल ही नहीं था। उनकी खों-खों से घर की फ़ज़ा और भी बोझिल हो जाती थी। गांधी भाई के बच्चे लावारिस बच्चों की तरह मारे-मारे फिरते। फटे-पुराने कपड़े, बहती हुई नाक। इन्हें देखकर ही घिन महसूस होती थी।

उधर गांधी भाई का यह हाल था कि सवेरे-सवेरे ही घर से निकल जाते और कहीं रात में लौटते। अक्सर नाश्ता किए बग़ैर ही घर से निकल जाते थे। अब्बा की नज़र उन पर पड़ जाती तो बुला लेते और अपने साथ नाश्ते में उन्हें शरीक कर लेते। अक्सर रात में भी वह गांधी भाई को खाने पर रोक लेते थे और आमतौर पर वह हल्के रस्मी इनकार के बाद अब्बा की दावत क़बूल कर लेते थे।

अब्बा का यह सुलूक महज़ इस वजह से था कि उन्हें गांधी भाई की हालत पर रहम आता था। अम्मा को जब मालूम होता कि बाहर अब्बा ने गांधी भाई को खाने या नाश्ते पर रोक लिया है तो वह भी दया की भावना में बहते हुए कहतीं—"अच्छा किहिन जो रोक लीहिन वली को खाय वास्ते। बेचारे को अच्छा खाना कहाँ नसीब होवे है।"

लेकिन मुझे गांधी भाई की यह बात कभी अच्छी नहीं लगी। बड़ा गुस्सा आता था उनकी हालत को देखकर। कैसे बेग़ैरत इनसान हैं! एक तरफ़ तो सारी दुनिया से लड़ने-मरने को तैयार हैं, दूसरी तरफ़ थोड़े अच्छे खाने के लोभ को झटक नहीं सकते। ऐसा भी बेशर्म होता है कोई आदमी!

जब कभी गांधी भाई के इस पक्ष के बारे में सोचता था तो एक शदीद नफ़रत का एहसास दिल में उभरने लगता था। अनायास ही इक़बाल का यह शेर मेरे दिमाग़ में गूँजने लगता—

ऐ ताइरे लाहूती उस रिज़्क़ से मौत अच्छी,
जिस रिज़्क़ से आती हो परवाज़ में कोताही।

इस शेर में जो सचाई भरी हुई थी उसे मैं अपनी रूह की गहराई में महसूस करने लगता। सचमुच ज़िल्लत की ज़िन्दगी से मौत बेहतर है। गांधी भाई का सारा आदर्शवाद, उनकी साहसिकता, तेज़ आँधी में भी अपना दीया जलाए रखने की उनकी हिम्मत—सब कुछ फीकी और बेजान दिखाई देने लगती।

इक़बाल का यह शेर सबसे पहले मैंने हबीब भाई से सुना था। इक़बाल की बहुत-सी कविताएँ उन्हें ज़बानी याद थीं और वह अक्सर उन्हें गाया करते थे। मुझे उन दिनों शायरी की ज़्यादा समझ नहीं थी और इक़बाल के बहुत से मुश्किल शेर मेरी समझ में नहीं आए थे। लेकिन यह शेर मुझे बहुत अच्छा लगता था और अक्सर अकेले में मैं इसे गुनगुनाया करता था। यह जानते हुए भी कि मेरी आवाज़ बिलकुल बेसुरी है।

...ईद का दिन था। नमाज़ पढ़ कर घर लौटा तो हबीब भाई ने कहा—"चलो गांधी भाई के यहाँ से हो लें।" वहाँ पहुँचे तो लगा कि ईद इस घर में दाख़िल ही नहीं हुई है। गांधी भाई की अम्मा रोज़ की तरह ही चारपाई पर लेटी ज़ोर-ज़ोर से खाँस रही थीं। भाभी ने भी कपड़े नहीं बदले थे और कई दिनों के मैले कपड़े पहने और मुँह फुलाए चारपाई पर बैठी थीं। बच्चे नहाए-धोए भी नहीं थे और उदास चेहरे लिए घर में इधर-उधर घूम रहे थे। गांधी भाई घर में नहीं थे। अपनी आदत के मुताबिक़ वह आज भी सवेरे ही घर से निकल गए थे।

"क्यों भाभी! गांधी भाई से झगड़ा तो नहीं हुआ आपका? कपड़े भी नहीं बदले आपने?" हबीब भाई ने पूछा।

"हम जैसी राँड़-बेवा की ईद क्या बाबू!" भाभी ने जवाब दिया। उनके स्वर में बड़ी गहरी पीड़ा थी। हबीब भाई भी थोड़े बेचैन हो गए।

"ऐसा बुरा लफ़्ज़ क्यों निकालती हैं? ख़ुदा न करे आप क्यों बेवा होने लगीं। छोटी-छोटी बातों का इतना ख़याल नहीं करना चाहिए आपको।" हबीब भाई ने समझाने और दिलासा देने की कोशिश की।

लौटते हुए हबीब भाई ने कहा—"समझ में नहीं आता, गांधी भाई उल्टे दिमाग़ के क्यों हो गए! क़ौम-फ़रोशी भी करते हैं और उसकी कोई क़ीमत भी वसूल नहीं करते। गुनाहे-बे-लज़्ज़त इसे ही तो कहते हैं। महमूद आलम भी तो कांग्रेसी है। उसके कैसे ठाठ-बाट हैं! डिस्ट्रिक्ट बोर्ड का वाइस-चेयरमैन बना ऐश कर रहा है। एक साल भी नहीं हुआ वाइस-चेयरमैन बने। कितना शानदार मकान बना लिया

है! सारा पैसा डिस्ट्रिक्ट बोर्ड का ही तो लगा है उसमें। लेकिन हमारे गांधी भाई से तो यह भी नहीं हो सकता। कांग्रेसियों के पास रुपए की क्या कमी है? लेकिन इन्हें कोई घास नहीं डालता है। ख्वाजा ग़यास का लड़का मेरे साथ पढ़ता है। उनकी कई बसें चलती हैं। उससे नौकरी के लिए कह सकता हूँ। लेकिन वह भी ऐसे क़ौम-फ़रोश को क्यों नौकर रखना चाहेंगे? वह ख़ुद मुस्लिम लीग के लीडर हैं। वह तरस खाकर नौकरी देने को तैयार भी हो जाएँ तो लोग उँगली नहीं उठाएँगे! मुसलमानों से तो कहते हैं कि मुस्लिम लीग में आओ और नौकरी देते हैं कांग्रेसी मुसलमान को, ऐसे क़ौम-फ़रोश को जिसे सारा शहर जानता है।"

गांधी भाई जो कुछ कहते थे वह मुझे भी अक्सर तसवीर का एक रुख़ जैसा ही नज़र आता था। तसवीर का दूसरा रुख़ भी था जो हबीब भाई की बातों में झलकता था। मेरे सामने मुहल्ले की ज़िन्दगी थी जो यक़ीनन दो हिस्सों में बँटी हुई थी। ये हिस्से अक्सर एक-दूसरे से टकराते रहते थे। लगता था दोनों दो परस्पर विरोधी दिशाओं में ही चलते रहे हैं। यही दोनों की सहज गति है। दोनों के मिलने का सवाल ही नहीं उठता।

शायद कभी दोनों में इतना अलगाव न रहा हो। समय के साथ अनेक कारणों से यह अलगाव बढ़ता गया हो। बड़ा ही उलझा हुआ और पेचीदा नक़्शा लगता था जिसे देखकर कभी तो यह एहसास होता था कि दोनों हिस्से एक-दूसरे से बिलकुल अलग हैं। लेकिन फिर यह एहसास भी उभरने लगता था कि अलगाव बड़ी हद तक सतही है। अलगाव के इस बाहरी रूप के भीतर, गहराई में कहीं जाकर, दोनों हिस्से एक-दूसरे से अविभाज्य रूप से जुड़े हुए हैं।

दोनों हिस्से एक-दूसरे से विमुख होने के बावजूद बहुत-सी बातों में एक-दूसरे पर आश्रित थे। मुहल्ले की बनावट ही ऐसी थी कि दोनों हिस्से लाख एक-दूसरे के ख़िलाफ़ जाने की कोशिश करें, पूरी तरह से एक-दूसरे से अलग नहीं हो सकते थे।

फलगू नदी थी जिसकी ज़रूरत दोनों हिस्सों को पड़ती थी। यह हिन्दू इलाके में थी लेकिन मुसलमानों के लिए भी यह उतनी ही ज़रूरी थी जितनी हिन्दुओं के लिए। दोनों हिस्सों के लोग नहाने-धोने के लिए इसी नदी पर जाते थे। मुसलमान ख़्वाजा ख़िज़र का बेड़ा इसी नदी में बहाते थे। तोग मिलाने के लिए भी मुसलमानों को इसी इलाक़े में जाना पड़ता था और कब्रिस्तान का रास्ता भी इसी नदी से होकर था।

दूसरी तरफ़ हिन्दुओं को भी मुसलमानी इलाक़े की ज़रूरत पड़ती ही रहती थी। बहुत-सी जगहों का छोटा रास्ता इसी हिस्से से होकर था। राज, दर्ज़ी और

इसी तरह के दूसरे कारीगर ज़्यादातर मुसलमानों के इलाके में ही रहते थे। इनकी ज़रूरत हिन्दुओं को आए दिन पड़ती ही रहती थी।

अब नदी पर दो घाट हैं। एक घाट मुसलमानों का कहलाता है, दूसरा हिन्दुओं का। दरअसल यह कभी एक ही घाट था। एक दीवार खींचकर इसे दो हिस्सों में बाँट दिया गया है। वह पुराना अविभाजित घाट किसी भूली-बिसरी घटना की तरह धुँधलाहट में डूब चुका है।

किसी को पता नहीं कि यह घाट कब बना था। बहुत लम्बा समय गुज़र चुका होगा इसे बने हुए। जाने कितनी पीढ़ियाँ इस पुराने घाट को इस्तेमाल कर चुकी थीं। कभी भी इसे दो हिस्सों में बाँटने की ज़रूरत महसूस नहीं की गई थी। मुहल्ले के तमाम लोग नहाने-धोने के लिए इसी घाट का उपयोग करते थे। मुसलमानों का जनाज़ा भी इसी घाट की सीढ़ियों से उतरकर जाता था और हिन्दुओं की अरथी भी इसी घाट से होकर जाती थी। मुहल्ले के तमाम नशेबाज़ भी चाहे हिन्दू हों या मुसलमान इसी घाट से नदी को पार करके पासीख़ाने पहुँचते थे।

फिर जाने क्या हुआ कि घाट को लेकर मुहल्ले के हिन्दू और मुसलमान दो हिस्सों में बँटने लगे। एक-बार तो सिर-फुटौवल तक की नौबत आ गई थी। ढल्लनसिंह अपनी जान हथेली पर रखकर दोनों गिरोहों के बीच न आ गया होता तो यक़ीनन उस रोज़ अच्छा-ख़ासा फ़साद हो गया होता। जाने कितना ख़ून-खराबा हो जाता। ढल्लनसिंह की क़िस्मत अच्छी थी जो बच गया उस दिन। वरना दोनों तरफ़ की तनी हुई लाठियों ने सबसे पहले उसका ही सफ़ाया कर दिया होता। मामला उस वक़्त तो रफ़ा-दफ़ा हो गया था और लाठियाँ चलते-चलते रुक गई थीं, लेकिन आग ठंडी नहीं पड़ी थी। किसी भी समय यह भड़क सकती थी। आख़िरकार यही ज़रूरी समझा गया था कि घाट के दो हिस्से कर दिए जाएँ। एक हिस्सा मुसलमानों का हो और दूसरा हिस्सा हिन्दुओं का।

ढल्लनसिंह इस घटना के बाद कई बरस तक जीवित रहा। उसे बड़ा मलाल था इस बात का कि घाट को दो हिस्सों में फ़िज़ूल ही बाँट दिया गया है। जब एक घाट से लोगों की ज़रूरतें पूरी हो रही थीं तो उसे दो हिस्सों में बाँटना सरासर बेवक़ूफ़ी नहीं तो और क्या थी? ढल्लनसिंह का कहना था कि अब मुहल्ले में हिन्दू-मुसलमान दोनों में ही कुछ ऐसे दुष्ट लोग हो गए हैं जो लोगों को बहकाते-भड़काते रहते हैं। वह कहा करता था—"इन्हीं हरामजादों ने इतने अच्छे और ख़ूबसूरत घाट को बँटवाकर उसका सत्यानाश करवा दिया है।"

वह अक्सर घाट की सीढ़ियों पर बैठा अपने-आप ही बका करता—"सालो! घाट को बाँटे हो तो नदी को भी बाँटो ना! उसके बीच भी एक दीवार खड़ी कर दो। हवा को भी बाँट दो एक दीवार खींचकर। देखें कितना गूदा है तुम्हारी गाँड़ में!"

लोग ढल्लनसिंह की बातों को पागल का प्रलाप समझकर हँस दिया करते थे। लेकिन उसकी झुँझलाहट और ग़ुस्से को बिलकुल बेमानी और अकारण भी तो नहीं कहा जा सकता। उसके दिमाग़ में घाट का वही पुराना नक़्शा जमा हुआ था। बचपन से वह घाट को जिस शक्ल में देखता आया था, उसी शक्ल में उसे आज भी देखना चाहता था। लेकिन बीच में खिंची हुई दीवार ने उस नक़्शे को बिगाड़ कर रख दिया था। यह दीवार उसकी आँखों में काँटे की तरह खटकती थी। उसका बस चलता तो वह ज़रूर ही इस दीवार को जड़ से उखाड़ फेंकता।

लेकिन मुझ जैसे बहुत से लोगों के लिए जिनके दिमाग़ में पुराने घाट का कोई नक़्शा नहीं है, विभाजित घाट ही एक सीधी-सादी हक़ीक़त है। घाट पर खिंची हुई दीवार मुझे असहज या बेतुकी नहीं लगती। लेकिन ढल्लनसिंह जैसे लोगों को यक़ीनन यह बेतुकी लगती होगी।

लेकिन यह भी तो नहीं कहा जा सकता कि इस दीवार ने पुराने, अविभाजित घाट के अस्तित्व को ही ख़त्म कर दिया था। दीवार यह एहसास जगाए बग़ैर नहीं रहती थी कि कभी एक ही घाट था जो अब दीवार की वजह से दो हिस्सों में बँटा नज़र आता है।

घाट दो हिस्सों में बँट ज़रूर गया था लेकिन अक्सर यह विभाजन अपना असर खोने लगता था। एक घाट के लोग नदी के लम्बे-चौड़े सीने पर तैरते हुए अक्सर दूसरे घाट पर पहुँच जाते थे। लेकिन जब झगड़े-फ़साद का डर होता तो लोग अपने-अपने घाट पर ही जमे रहते, दूसरे घाट पर क़दम न रखते। ऐसी स्थितियों में घाट को बाँटनेवाली दीवार सचमुच बहुत कारगर और सार्थक साबित होने लगती थी।

हालाँकि घाट का बँट जाना कोई ऐसे ताज्जुब की बात भी नहीं थी। जब मुहल्ला ही दो हिस्सों में बँटा हुआ था तो घाट का दो हिस्सों में बँटा होना ही स्वाभाविक लगना चाहिए था। ज़्यादा ताज्जुब तब होता जब दोनों हिस्सों के लिए एक ही घाट बना रहता। जिन लोगों ने एक घाट वाला ज़माना नहीं देखा, उनको दो घाटों की मौजूदगी पर कोई आश्चर्य नहीं होता।

ढल्लनसिंह का कहना था कि सिर्फ़ घाट ही नहीं बँटा था और बहुत सारी चीज़ें भी बँटती रही थीं। घाट की तो फिर भी एक ठोस शक्ल थी और उसका विभाजन

आँखों से देखा जा सकता था। बहुत-सी चीज़ें भी बँट गई थीं जो आँखों से देखी नहीं जा सकतीं, सिर्फ़ महसूस की जा सकती हैं।

जब कभी ढल्लनसिंह के बारे में सोचने लगता हूँ, एक बड़ा ही बेतुका, मूर्खतापूर्ण होने की हद तक बेतुका विचार, मेरे दिमाग़ को जकड़ लेता है। जाने कितनी बार मुहल्ले के दोनों हिस्से एक-दूसरे के ख़ून के प्यासे होकर आमने-सामने खड़े हो चुके हैं, दो दुश्मन देशों की भंगिमा लिए हुए...युद्ध के लिए तत्पर।...दोनों हिस्से लाठी, भाले, तलवारें लिए एक-दूसरे पर टूट पड़ने को तैयार हैं। ढल्लनसिंह किस तरफ़ से लड़ेगा? अर्जुन जैसा धर्म-संकट! कौन उबार सकेगा ढल्लनसिंह को इस धर्म-संकट से?...ढल्लनसिंह क्या था? हिन्दू या मुसलमान? शायद न हिन्दू था, न मुसलमान। शायद दोनों ही था वह। हिन्दू भी, मुसलमान भी। मरते समय कैसी मुसीबत खड़ी कर दी थी उसने! सारा मुहल्ला जमा हो गया था उसके चारों तरफ़। बेहोशी की हालत में औल-फ़ौल बकने लगा था। कभी नियज़नी को पुकारता था तो कभी अपनी माँ को। कभी रोने लगता था तो कभी बहुत डरावने अन्दाज़ में हँसना शुरू कर देता था। लोग चीख़-चीख़ कर कह रहे थे—"अल्लाह का नाम लो ढल्लनसिह, अल्लाह का नाम।" लेकिन उसे कुछ सुनाई नहीं दे रहा था।

कोई दौड़कर मस्जिद के पेश-इमाम को बुला लाया था। पेश-इमाम ज़ोर-ज़ोर से सूराए-यासीन पढ़ रहा था और ढल्लनसिंह से कहता जाता था—"अपने गुनाहों के लिए माफ़ी माँगो ख़ुदा से। तोबा करो सच्चे दिल से। जान आसानी से निकल जाएगी। तुम्हारी रूह गुनाहों के बोझ से दबी हुई है ढल्लनसिह! इसीलिए इतनी तकलीफ़ हो रही है आख़िरी वक़्त में।"

लेकिन पेश-इमाम की नसीहतें भी अपना काम नहीं कर रही थीं। ढल्लनसिंह के मुँह से अल्लाह का लफ़्ज़ एक बार भी नहीं निकला था। ...और तब एकाएक जैसे गोला फट गया हो। तमाम लोग सकते में आ गए थे। पेश-इमाम भी सूराए-यासीन पढ़ते-पढ़ते रुक गया था और ढल्लनसिंह के चेहरे को भयभीत निगाहों से देखने लगा था। ढल्लनसिंह ज़ोर-ज़ोर से 'राम! राम!' कह रहा था। उसके गले से घर्र-घर्र की आवाज़ के साथ-साथ 'राम-राम' की ध्वनि निरन्तर फूट रही थी।

थोड़ी देर तक हैरत से सुनते रहने के बाद कुछ लोगों ने ढल्लनसिंह से कहना शुरू कर दिया—"अल्ला का नाम ले ढल्लन। दोजख में जैबे का? मरे बखत अल्ला का नाम लेवे को चाहे ना।"

ख़ुदाबख़्श भी रो-रोकर बाप से कहने लगा—"गुनाह हो गया बप्पा, अल्ला-अल्ला कहे को चाहे ई बखत।"

लेकिन ढल्लनसिंह होश में तो था नहीं जो यह सब सुन-समझ सकता। उसके दिमाग़ का वह हिस्सा जो विवेक के तक़ाज़ों को पूरा कर सकता था शायद निष्क्रिय हो चुका था और अब सिर्फ़ वह हिस्सा ही सक्रिय था जो बेतुकी और अजीबोग़रीब बातें ही सोच सकता है।

लोग कहते-कहते थक गए। ढल्लनसिंह की ज़बान पर अल्लाह का नाम न आना था, न आया। 'राम-राम' कहते ही उसने आख़िरी हिचकी ली।

अजीब मसला पैदा कर दिया था ढल्लनसिंह की मौत ने। लोगों का कहना था कि वह मुसलमान नहीं मरा। जो आदमी 'राम-राम' कहते जान दे उसे मुसलमान कैसे मान लिया जाए? और अगर वह मुसलमान नहीं था तो उसकी जनाज़े की नमाज़ कैसे पढ़ी जाए, उसे दफ़न भी कैसे किया जाए? काफी बहसा-बहसी के बाद तय हुआ था कि कलमा पढ़कर मुसलमान तो हुआ ही था वह कभी। क्या पता बेहोशी की वजह से अल्लाह का नाम न ले सका हो। असली भेद तो ख़ुदा ही जानता है। अच्छा है कि उसे मुसलमानी क़ायदे से दफ़न ही कर दिया जाए।

कोई पन्द्रह दिन हुए जब छाको का ख़त आया था पाकिस्तान से। आज फिर ख़त आया है उसका। जनवा मेरे हाथ में ख़त थमा देती है और ख़ुद देहलीज़ पर बैठ जाती है। मैं ख़त पढ़कर सुनाने लगता हूँ—

"अब्दुश्शकूर की तरफ से उसके बाबा को और जैनब बुआ को सलाम। मालूम हो कि हम अच्छी तरह हैं। आप लोग लिखा है कि हमको आप सब को छोड़ के नहीं आना चाहिए था। हम क्या बताएँ! हम नहीं चाहते थे कि आएँ। लेकिन इलाही मास्टर ऐसी बात कह दीहिन कि हमको आना पड़ा। कहिन कि अच्छे वक़्त में तो साथ दिया लेकिन जब तकलीफ का डर है तो साथ छोड़ रहे हैं। हम बोले कि मास्टर हम ऐसे नहीं हैं। आप ऐसा सोचते हैं तो हम ज़रूर चलेंगे। नहीं जाएँ तो बाप का पेशाब पिएँ। एही सब वजह से हमको आना पड़ा। क्या करते, जबान दे चुके थे।

"घर बहुत याद आता है। यहाँ का आदमी सब हम लोग के माफिक नहीं है। बंगला बोली बोलता है। हम लोग को देखकर बहुत कुड़कुड़ाता है। आज मुहर्रम का चार है। सात मुहर्रम को अखाड़ा निकलेगा। दस को ताजिया उठेगा। हम रहते तो पैक बनते। हमारी किस्मत अच्छी नहीं है। मुहल्ले के सब लोग मुहर्रम वास्ते आ गए होंगे। हम परदेस में पड़े हुए हैं। कलकत्ता रहते तो जरूर आ जाते। यह जगह बहुत दूर है। पैसा-कौड़ी भी नहीं है।

"बेंगा मशक उठाएगा। बड़ी दाहा के इमामबाड़े पर हमारी तरफ से मिठाई और शरबत नियाज करा दिया जाए। दाहू भैया से कहियो हमारे

वास्ते इमाम साहब से दुआ करे। चाँद-रात पीर मन्सूर गए होंगे मिट्टी लाने। रामधनी चाचा गए होंगे मिट्टी लाने के वास्ते।

"मुहर्रम का अखाड़ा कैसा निकला, लिखियो। कै मेर बाजा था। इब्राहीम उस्ताद आ गए होंगे मुहर्रम करने वास्ते। बत्तीवाले कित्ते थे? रोशनी का फाटक था या नहीं? शहर में हमारे अखाड़े का पहला नम्बर रहा या नहीं? सब बात लिखिएगा। हमारी तरफ से मुहर्रम का चन्दा दे दिया होगा। हमारा दिल तड़पता है। हम भी आते। अखाड़े के साथ रहते। लेकिन मजबूर हैं। अल्लाह को मंजूर नहीं कि हम आएँ। सबको सलाम दुआ।"

जनवा की आँखों में आँसू भरे हैं। आँसुओं की कुछ बूँदें उसके गालों पर ढलक आई हैं। वह आँचल के एक कोने से आँखों को पोंछती है और ठंडी साँस लेकर कहती है—"छाको और मुहर्रम में ना आवे। ऐसा कभी ना हुआ था बाबू! का करे बेचारा। इमाम साहेब की जैसन मरजी। छाको पर रहम करियो इमाम साहेब!" जनवा ठंडी साँसें भरती हुई चली गई।

शाम का धुँधलका कमरे में घुस आया है। बाहर गली में लड़के लाल-पीले-हरे चमकदार नारे-बद्धी पहने आ-जा रहे हैं। दाहा पर से डंका बजने की आवाज़ आ रही है। मुहर्रम की सातवीं तारीख़ है। घंटियों की आवाज़ के साथ लड़कों का एक झुंड अभी-अभी गली से गुज़रा है। पैकों की टोली!

...छाको भी इसी तरह पैक बना फुदकता फिरता था। सफ़ेद चूड़ीदार पाजामे पर हरा कुरता। कमरबन्द बाँधे हुए जिसमें तीन-चार घंटियाँ और एक मूर्छल लटकती रहती। घर-दाहा एक किए रहता था वह। रात-भर उसकी घंटियों की आवाज़ गली में गूँजती रहती। अखाड़ा निकलता तो उसके साथ-साथ जाता और कहीं दिन के नौ-दस बजे वापस आता। कितनी ख़्वाहिश होती थी उन दिनों अखाड़े के साथ शहर-भर में घूमने की। लेकिन कहाँ इजाज़त देते थे अब्बा इसकी? कभी-कभार हबीब भाई के साथ जाने का मौक़ा मिल जाता था। लेकिन कभी-कभार ही। इसके लिए भी हबीब भाई की ख़ुशामद करनी पड़ती थी। तब कहीं वह अब्बा से सिफ़ारिश करने को राज़ी होते थे। अब्बा उनकी बात को टाल न सकते और जी पर सब्र करके मुझे हबीब भाई के साथ जाने देते। कितना ग़ुस्सा आता था इस

क़ैद-भरी ज़िन्दगी पर! जी चाहता था इन ज़ंजीरों को तोड़कर निकल भागूँ। किसी ऐसी जगह चला जाऊँ जहाँ अब्बा का ख़ौफ़ मेरे रास्ते में न आ सके, जहाँ मैं अपनी ख़्वाहिश के मुताबिक़ जी सकूँ।

लेकिन यह ऐसी ख़्वाहिश थी जो कभी पूरी नहीं हो सकती थी। हबीब भाई मेरे मुक़ाबले में कहीं ज़्यादा आज़ाद ज़िन्दगी गुज़ार रहे थे। उनके लिए वे बन्धन नहीं थे जो मेरे लिए अब्बा ज़रूरी समझते थे। बड़ी जलन होती थी मुझे उनसे। छोटे अब्बा ने उनको कितनी आज़ादी दे रखी है! माना कि वह उम्र में मुझ से बड़े हैं। लेकिन इतना ज़्यादा फ़र्क़ भी तो नहीं। कोई पाँच-छह साल ही तो बड़े हैं। और कभी वह मेरी उम्र के भी तो रहे होंगे। उन दिनों भी उन पर वैसे पहरे कहाँ बिठाए गए थे जैसे मेरे लिए बिठा दिए गए हैं।

छोटे अब्बा का हबीब भाई पर ज़रा भी जोर नहीं चलता था। छोटी अम्मा का तो ज़िक्र ही क्या है! क्या मजाल जो कोई बात हबीब भाई की मरज़ी के ख़िलाफ़ हो जाए? तूफ़ान ही तो खड़ा कर देते थे वह। छोटे अब्बा की औक़ात ही क्या थी घर में! छोटी अम्मा और हबीब भाई दोनों के सामने उनकी एक न चलती। रुपए कमाने वाली मशीन से ज़्यादा हैसियत नहीं थी उनकी। घर में हुकूमत या तो छोटी अम्मा की चलती या हबीब भाई की।

अम्मा जल-भुनकर कहा करती थीं—"हबीब की माए जादू कर दीहिस है अपने मरद पर। का मजाल जो जोरू के सामने मुँह खोल सके। जाने का घोल के पिला दीहिस है ऊ।" अम्मा चाहे सब ईर्ष्यावश कहती हों लेकिन उनका कहना ग़लत भी नहीं था। छोटे अब्बा छोटी अम्मा के सामने सचमुच बिलकुल भीगी बिल्ली बन जाते थे। हमारे घर से बिलकुल उल्टी स्थिति थी वहाँ की।

अब्बा का ख़ौफ़ अम्मा को हमेशा दहलाए रखता था। शायद उनकी वजह से ही मैं भी अब्बा से इतना आतंकित रहा करता था। जब अम्मा ही उनके सामने थर-थर काँपती रहती हैं तो मैं किस खेत की मूली हूँ! कैसे दहशत-भरे माहौल में रहते थे हम सब! हर वक़्त एक ही डर लगा रहता था—अब्बा किस बात पर नाराज़ हो जाएँ।

छोटे अब्बा के घर की फ़ज़ा मुझे कहीं ज़्यादा अच्छी लगती थी। बड़ा खुला-खुला माहौल था वहाँ का। सब कुछ बहुत सहज और सामान्य तरीक़े से होता था। हमारे घर की तरह नहीं कि अब्बा के क़दम रखते ही घर में सबको साँप सूँघ जाता। एक हौलनाक सन्नाटा हर तरफ़ छा जाता। छोटे अब्बा भी तो आख़िर दफ़्तर में ही

काम करते हैं। छोटी अम्मा हों या हबीब भाई या शामो बाजी—किसी को भी छोटे अब्बा से इस तरह ख़ौफ़ खाते नहीं देखा।

बड़ी उलझन होती थी इस माहौल में। अब्बा पर ग़ुस्सा आने के साथ-साथ अम्मा से भी कुछ कम कोफ़्त नहीं होती थी। अब्बा का मिज़ाज जो ऐसा हो गया है तो इसमें अम्मा का क़सूर भी कुछ कम नहीं है। छोटी अम्मा की तरह वह भी अब्बा को क़ाबू में रख सकतीं, उनकी बदमिज़ाजी पर रोक लगा सकतीं तो हमारे घर का नक़्शा भी कुछ और होता।

लेकिन अम्मा में अब्बा का हल्का विरोध करने की भी हिम्मत नहीं थी। उनकी हर डाँट-फटकार को वह ख़ामोशी से बरदाश्त कर लेती थीं। बहुत हुआ तो दो-चार आँसू बहा दिए या मेरे सामने दिल की भड़ास निकाल ली। छोटे अब्बा करके तो देखें ऐसा बरताव छोटी अम्मा के साथ! नाकों चने चबवा दें वह। हालाँकि छोटे अब्बा भी कुछ कम बदमिज़ाज नहीं हैं। दफ़्तर में कइयों से झगड़ा हो चुका है। अब्बा से भी कई बार ऐसी बदतमीज़ी से बात की है कि मैं चौंक गया हूँ। लेकिन अब्बा को मैंने कभी छोटे अब्बा से नाराज़ होते नहीं देखा। उनकी सख़्त-सुस्त बातें सुनकर भी वह ख़ामोश रह जाते थे। दोनों भाई बदमिज़ाज कहे जा सकते हैं। लेकिन अब्बा की बदमिज़ाजी जहाँ सिर्फ़ घर में गुल खिलाती थी और घर के ही लोगों पर आफ़त ढाती थी वहाँ छोटे अब्बा की बदमिज़ाजी घर में बिलकुल भोंथरी और बेअसर हो जाती थी।

अम्मा को शायद अपनी दयनीय स्थिति का दुख उतना नहीं सालता था जितना कि छोटी अम्मा को अच्छी हालत में देखकर उन्हें कुढ़न का एहसास होता था। छोटी अम्मा को हमेशा 'टेढ़-मुँही' कहा करती थीं। उनका मुँह सचमुच कुछ टेढ़ा था और उनकी इस शारीरिक विकृति को मज़ाक़ का निशाना बनाना अम्मा की क्रूर मनोवृत्ति का पता देता था।

लेकिन जिस तरह जल-भुनकर वह उन्हें 'टेढ़-मुँही' कहती थीं, उस पर मुझे बेइख़्तियार हँसी आ जाती थी। अम्मा मुझे हँसता देखकर कहतीं—"हँसो हो बाबू तुम! कौन-कौन तरह से ना सताइस है ई हमको। जीना मुश्किल कर दीहिस थी ई! कबीर का हाल तो जानो ही हो। जोरू का ग़ुलाम है। बीबी जैसा काम करे वैसा आके कह दे तुमरे अब्बा से। और तुमरे अब्बा तो भाई-भतीजे के सामने किसी को कुछ समझें ही ना हैं। कौन नतीजा ना कीहिस है ई टेढ़-मुँही हमरा।"

छोटी अम्मा और अम्मा में तो जन्म-जन्मान्तर का बैर था। हालाँकि शादी से

पहले दोनों मेल-मुहब्बत के एक सुनहरे दौर से गुज़र चुकी थीं। छोटी अम्मा और अम्मा बहुत क़रीब के रिश्ते से बहनें थीं। एक ही ख़ानदान की थीं दोनों। एक ही ख़ून था दोनों का। सगी बहनों की तरह कभी रह चुकी थीं घुल-मिलकर। दोनों एक-दूसरे की फूल थीं और इसी नाम से दोनों एक-दूसरे को पुकारा करती थीं। लेकिन दोनों गोतनी क्या बनीं कि पुराने सम्बन्धों पर पानी ही फिरता चला गया। ऐसी नफ़रत हो गई एक-दूसरे से कि बस चलता तो एक-दूसरे की जान लेकर ही चैन मिलता दोनों को।

अम्मा और छोटी अम्मा के झगड़ों और शिकवे-शिकायतों की वजह से नाक में दम रहा करता था। और दोनों का झगड़ा उस तरह का तो था नहीं जिस तरह कोई दो आदमी खुले तौर पर झगड़ लेते हैं और फिर मामला ठंडा पड़ जाता है। दोनों बड़ी होशियारी और चालाकी से एक-दूसरे के ख़िलाफ़ ज़हर उगलती रहती थीं। इस अन्दाज़ से कि साँप भी मर जाए और लाठी भी न टूटे। एक तरह का शीत-युद्ध चलता रहता था दोनों के बीच। आमने-सामने तू-तू मैं-मैं की नौबत कम ही आती थी। लेकिन एक तनाव हमेशा बना रहता था। दोनों एक-दूसरे से हमेशा चौकन्ना रहा करती थीं। सीधे-सादे मामूली जुमलों और शब्दों में भी दोनों ही ऐसे-ऐसे अर्थ ढूँढ़ निकालती थीं कि मुझे अचम्भा होता था दोनों की कल्पना-शक्ति पर। क़सूर जुमलों और शब्दों का ही नहीं था। असली दोष दोनों की दिमाग़ी बनावट का था जो पूरी सहजता और मासूमियत से कहे गए जुमलों और शब्दों में भी अजीबोग़रीब मामले खोज निकालता था।

अक्सर अम्मा से मेरा इस बात पर झगड़ा भी हो जाता था। मैं झुँझलाकर उनसे कहता—"आपको तो कोई काम ही नहीं रह गया है सिवाय बेसिर-पैर की बातें सोचने के। छोटी अम्मा की हर बात में आप को सिर्फ़ बुराई ही दिखाई देती है।" अम्मा आहत स्वर में जवाब देतीं—"तुम ना समझो हो बेटा इस टेढ़-मुँही को। इसका तो कलेजा फटा जा है हम सबको देख के। हम सब मर जाएँ तो दिल की मुराद पूरी हो डायन की। तुमरे अब्बा का सब रुपया-पैसा उसको मिल जइए ना।"

अम्मा की ऐसी बातें सुनकर मुझे और भी हँसी आ जाती और मैं वहाँ से खिसक जाता।

उधर छोटी अम्मा भी कुछ इसी तरह की बातें हबीब भाई से कहती रहती थीं। यह कहना ग़लत होगा कि ये बातें जो रोज़ ही हमारे कानों में डाली जाती थीं हम पर कोई असर नहीं छोड़ती थीं। पत्थर से लगातार टकराते हुए पानी के रेले की तरह

ये बातें अपनी कुछ छाप हम दोनों के दिमाग़ पर छोड़ जाती थीं। एक लम्बे अरसे तक ऐसी बातें सुनते रहने के कारण मैं छोटी अम्मा को और हबीब भाई अम्मा को सचमुच चुड़ैल और डायन ही समझने लगे थे। घर में मिली तालीम और बुज़ुर्गों के डर से न तो मैं छोटी अम्मा के ख़िलाफ़ कोई लफ़्ज़ मुँह से निकाल सकता था और न हबीब भाई ही अम्मा को उनके मुँह पर बुरा कह सकते थे। लेकिन आपसी बातचीत में कभी-कभार हम एक-दूसरे के सामने अपने दिल का ग़ुबार निकाल फेंकते ही थे और ऐसे मौक़ों पर हम दोनों एक-दूसरे के लिए शदीद नफ़रत भी महसूस करने लगते थे।

पैक बने लड़कों की एक और टोली गली से गुज़री है। घंटियों की आवाज़ ने फिर छाको को मेरे सामने ला खड़ा किया है।

कितनी पुरानी बात हो गई। लेकिन लगता है, सब कुछ अभी-अभी घटा है। कुछ चीज़ें दिमाग़ की गहराई में कितनी मज़बूत और पायदार जगह बना लेती हैं। वहाँ से हटने का नाम नहीं लेतीं। मुहर्रम की सातवीं तारीख़ थी। छाको पैक बना घंटियों की आवाज़ बिखेरता गली में आ-जा रहा था। मैं ईर्ष्या से उसे देख रहा था। कितना ख़ुश था वह! बोटी-बोटी थिरक रही थी उसकी ख़ुशी के मारे। और मैं अन्दर-ही-अन्दर सुलग रहा था। अब्बा ने आज फिर डाँट पिलाई थी। बेहद मामूली-सी बात पर। मैंने ऐसी कौन-सी अनुचित बात की थी! भला यह भी कोई वजह हो सकती थी बिगड़ने की। अब्बा की तो आदत थी बात-बात पर नाराज़ होने की। ज़रा कुछ मिज़ाज के ख़िलाफ़ हुआ और वह हत्थे से उखड़ गए। अजीब मुसीबत थी! आख़िर मैं भी इनसान हूँ। मेरे तन में भी कोई ख़्वाहिश हो सकती है। लेकिन अब्बा को इन बातों का कोई एहसास ही नहीं था।

छाको को पैक बना देखकर अनायास ही मेरे मन में एक इच्छा उभरने लगी थी। काश! मैं भी पैक बनता और गली में घंटियों का शोर उछालता मारा-मारा फिरता। लम्हे-भर को भी यह ख़याल नहीं हुआ था कि मेरी यह ख़्वाहिश बेतुकी या ग़लत हो सकती है। बड़ी मासूम और सीधी-सादी ख़्वाहिश थी। इसमें भी कोई बुरा पहलू ढूँढ़ा जा सकता है, यह मैं सोच भी नहीं सकता था।

मैंने अम्मा से धीरे से कहा था—"हम भी पैक बनेंगे।"

अम्मा फ़ातिहा का इन्तज़ाम कर रही थीं। मेरी बात सुनकर हँस दीं और कहने लगीं—"बुद्धू कहीं का! हम लोगों के यहाँ कोई पैक बने है जो तू बनेगा।"

अब्बा आँगन में वज़ू कर रहे थे। अम्मा अपने ख़याल में अब्बा को ख़ुश करने की ख़ातिर उनसे बोलीं—"सुनिए है का कहे है ई। कहे है कि पैक बनेंगे।"

अब्बा वज़ू कर चुके थे और रूमाल से हाथ-मुँह पोंछ रहे थे। या तो पहले से ही भरे बैठे थे या अम्मा की बात सुनकर ही उन्हें ग़ुस्सा आ गया था। बरस ही तो पड़े थे मुझ पर—"बेहूदा! बदतमीज़! शरीफ़ों का ढंग ही नहीं है इसका। कमीने लड़कों के साथ खेलकर ख़ुद भी कमीना हो गया है।"

अम्मा सकपका ही तो गई थीं। उन्होंने कब सोचा था कि अब्बा इस तरह आपे से बाहर हो जाएँगे। मुँह-ही-मुँह बुदबुदाती हुई बोली थीं—"कैसा मिज़ाज दीहिन है अल्लाह मियाँ! त्योहार-परब भी ना देखे हैं। जो मुँह में आवे है कह दे हैं।"

मैं भी ग़ुस्से और अपमान के एहसास से पागल हो रहा था। अब्बा का वह गम्भीर ग़ुस्से भरा चेहरा! कैसी नफ़रत महसूस हो रही थी उस चेहरे को देखकर। जी चाहता था कि मुँह नोच लूँ अब्बा का। हैरत होती है अब सोचकर। कितना क्रोध आता था अब्बा पर उन दिनों। एक नपुंसक, निष्क्रिय आक्रोश मुझे उद्वेलित करता रहता था।

दस्तूर के मुताबिक़ अम्मा ने मेरे गले में तौक़ डाल दिया था। चाँदी का बना हुआ तौक़ जिसमें हर साल एक कड़ी जोड़ दी जाती थी। यह तौक़ मुझे ग़ुलामी का पट्टा लगा था। मुझे किसी भी बात की आज़ादी नहीं है। मैं महज़ एक कठपुतली हूँ। अब्बा के इशारों पर नाचते रहना ही मेरा काम है। मेरी अपनी ख़्वाहिश और मरज़ी की ज़रा भी अहमियत नहीं है। मैं गले में पड़े हुए तौक़ को देखता था और मन में उथल-पुथल-सी मचने लगती थी। एक अदम्य इच्छा मुझ पर हावी हो रही थी। तौक़ को गले से उतारकर ज़मीन पर दे मारूँ। उसे चकनाचूर कर दूँ। लेकिन अब्बा सामने मौजूद थे और मैं यह सब नहीं कर सकता था।

अम्मा जब शरबत का प्याला और रेवड़ियाँ लेकर मेरे पास आई थीं तो मैंने लेने से इनकार कर दिया था। लेकिन अम्मा ने जैसे ही अब्बा से कह देने की धमकी दी थी, मैं अपना सारा आक्रोश भूलकर शरबत पीने लग गया था। थोड़ी देर के बाद जब अब्बा बाहर चले गए थे तो मैंने तौक़ को गले से उतार फेंका था और अम्मा के लाख कहने के बावजूद मैंने उसे दोबारा गले में नहीं डाला था।

दिमाग़ कई रोज़ तक इसके बारे में सोचता रहा था। पैक बनने में क्या बुराई है! छाको अगर पैक बन सकता है तो मैं क्यों नहीं बन सकता! 'हमारे ख़ानदान में इसका रिवाज़ नहीं है'—अब्बा और अम्मा की यह दलील बहुत बेतुकी लगती

थी। रिवाज नहीं है तो क्या हुआ! रिवाजों की भी अपनी एक सत्ता होती है, एक अहमियत होती है, जिससे इनकार नहीं किया जा सकता। यह बात उन दिनों मेरी समझ में नहीं आती थी।

कैसी-कैसी वाहियात ख़्वाहिशें थीं जो उन दिनों परेशान करती रहती थीं मुझे। अखाड़े के साथ शहर-भर में घूमने के लिए कितना बेचैन रहता था! लेकिन अब्बा कहाँ इजाज़त देते थे इसकी! वही एक दलील कि 'शरीफ़ घराने के लड़के इस तरह शहर में अखाड़े के साथ नहीं घूमते।' हुँह! शरीफ़ घराना! इस नाम से ही चिढ़ हो गई थी मुझे। क्या शरीफ़ लड़कों का यही काम रह गया है कि घर की चहारदीवारी में घुट-घुटकर मर जाएँ? क्या आज़ादी की साँस लेना उनके लिए मना है? क्या खुली फ़ज़ा में घूमने-फिरने से उनकी शराफ़त में बट्टा लग जाएगा? अच्छी शराफ़त है यह, जिसमें आदमी अपनी मरज़ी के मुताबिक़ कुछ भी नहीं कर सकता। अगर शराफ़त का यही मतलब है तो इससे तो कमीने ही भले।

एक बार मुहर्रम में जब अब्बा दफ़्तर के काम से जहानाबाद गए हुए थे तो छाको के साथ अखाड़े में शामिल हो गया था। रात-भर शहर में अखाड़े के साथ घूमते रहने में कितना मज़ा आया था! भीड़ का एक हिस्सा बनकर अखाड़ा देखने में जो बात है वह दूर से खड़े होकर देखने में कहाँ!

लेकिन अब्बा यह सब कहाँ महसूस करते थे? उन्हें कहाँ फ़ुरसत थी कि मेरे दिल में झाँक सकें और मेरी ख़्वाहिशों और आरज़ुओं की कद्र कर सके। उन्हें तो अपनी मरज़ी को ही मुझ पर थोपने में लुत्फ़ मिलता था। सचमुच अब्बा उन दिनों मुझे बहुत ज़ालिम और बेरहम इनसान नज़र आते थे।

मुहल्ले का अखाड़ा जब निकलता तो सबसे पहले मेरे घर के क़रीब गली के नुक्कड़ पर एक बड़े मैदान में जमता। फिर वहाँ से उखड़कर नकफोफा गयावाल की हवेली की तरफ़ चला जाता। वहाँ से उखड़ने के बाद अखाड़ा बाज़ार की तरफ़ हो लेता।

बाजों की आवाज़ करीब होते ही हम लोग गली के नुक्कड़ पर आकर खड़े हो जाते। सामने के हिस्से में आदमियों की भीड़ नहीं रखी जाती थी ताकि हम लोग आराम से अखाड़ा देख सकें। बहुत बड़े गंगाल में शरबत भरकर रखा जाता। अखाड़े के साथ आए हुए लोगों को शरबत पिलाया जाता। फिर कभी बीस, कभी तीस रुपए, अब्बा इब्राहीम उस्ताद के हाथ में रख देते। इसके बाद अखाड़ा नकफोफा गयावाल की तरफ़ चला जाता।

जाने कितनी बार मैं छाको को अखाड़ा खेलते देख चुका हूँ। याद नहीं आता कि कभी मुहर्रम में वह मौजूद न रहा हो। और किसी त्योहार में चाहे न आए लेकिन मुहर्रम में ज़रूर ही आता। आमतौर पर चाँद-रात को ही पहुँच जाता था। सात तारीख़ से पहले-पहले तो हर हाल में पहुँच जाता।

अखाड़े का कौन-सा खेल था जो वह न जानता हो। बना, पटा, गदका—सब कुछ ही तो खेलता था वह। और हर खेल में माहिर। बना खेलने लगता तो रह-रहकर लगता था जैसे बिजली चमक रही है। इब्राहीम उस्ताद उसे इतना मानते थे तो यह बेवजह नहीं था। अपने तमाम शागिर्दों में उन्हें छाको से ही सबसे ज़्यादा उम्मीद थी।

चाँद-रात को जब अखाड़े का मैदान ख़ूब सजाया जाता और शहर के जाने-माने लोग बुलाए जाते तो छाको को ही सबसे ज़्यादा देर तक खेल दिखाने का मौक़ा देते थे इब्राहीम उस्ताद। बहुत छुटपन में हरे कुर्ते और सफ़ेद पायजामे में जब वह पटा खेलने लगता तो यही लगता जैसे कोई मोर झूमकर नाच रहा है। सब लोग उसका खेल देखकर खिल उठते और इब्राहीम उस्ताद से कहते—"छाको नाम करबे इब्राहीम उस्ताद का। का बढ़िया खेल खेले है ई।" इब्राहीम उस्ताद सुनते तो उनकी छाती गर्व से फूल जाती।

इब्राहीम उस्ताद का लड़का तो बिलकुल फिसड्डी था छाको के सामने। इब्राहीम उस्ताद का तो सिर झुक जाता था शर्म से। जिसका बाप अखाड़े का माना हुआ उस्ताद हो उसका बेटा ऐसा नालायक निकल जाए। डूब मरने की बात है दोनों के लिए। इब्राहीम उस्ताद बहुत दुखी हो जाते थे अपने बेटे के बारे में सोचकर। जब अखाड़े के खेल में यह ख़ुद अनाड़ी है तो अपने शागिर्दों को क्या सिखा सकता है? और इसके पास कोई सीखने को आएगा भी क्यों? इब्राहीम के बाद इसे मुहल्लेवालों ने उस्ताद बना भी दिया तो मुहर्रम के अखाड़े की शान ही क्या रह जाएगी? आज मुहल्ले का अखाड़ा किस शान से निकलता है! शहर-भर में लोग लोहा मानते हैं उसका! किसी और मुहल्ले का अखाड़ा इसके सामने जम नहीं सकता। यह सब इसी वजह से है न कि उन्होंने अपने बाप के हुनर को ज़िन्दा रखा। लेकिन उनके बाद तो अखाड़े की सारी रौनक़ ही ख़त्म हो जाएगी।

छाको का खेल देखकर इब्राहीम उस्ताद ख़ुशी से खिल उठते थे। लेकिन जब अपने बेटे को अखाड़े में खेलते देखते थे तो उनके चेहरे पर दुख की रेखाएँ उभर आती थीं। वह उधर से आँखें फेर लेते और ठंडी साँस लेकर कहते—"ई सार खेले है काहे जब खेल आवे न।"

छाको सचमुच दायाँ हाथ था इब्राहीम उस्ताद का। बत्ती-बाजे के इन्तज़ाम से लेकर चन्दा उगाहने और खेल सिखाने तक के सभी कामों में वह उनकी जी-जान से मदद करता था। इब्राहीम उस्ताद अब बूढ़े हो चुके हैं। इस बार छाको भी नहीं है। अखाड़े के इन्तज़ाम में यक़ीनन उनको बहुत दिक़्क़त होगी।

छाको के ख़त ने कितनी ही दबी हुई यादों को उभार दिया है। छोटी-मोटी, हल्की-फुल्की यादें...बीते हुए क्षणों की कोई धार नहीं रह गई है इनमें अब। बचपन के दिनों की ये बातें अब कितनी महत्त्वहीन दिखाई देती हैं। यह सोचकर ही हैरत होती है कि बचपन में इन मामूली बातों को मैं कितनी अहमियत दिया करता था।

मुहर्रम का अखाड़ा अब भी हमारे घर के पास जमता है। इब्राहीम उस्ताद को उसी तरह रुपए दिए जाते हैं। अखाड़े में आए हुए लोगों को शरबत पिलाया जाता है, लेकिन मैं यह सब महज़ एक रस्म पूरी करने के तौर पर करता हूँ। वह उमंग और जोश अब नहीं रहा जो बचपन के दिनों में महसूस करता था। अखाड़े के साथ शहर में घूमने की अब ज़रा भी इच्छा नहीं होती। यह ख़याल ही बड़ा बचकाना और बेतुका लगता है। ताज्जुब है, मैं कभी इसके लिए कितना पागल बना फिरता था!

अब्बा मुहर्रम में तमाशा देखने के लिए मुझे रिश्ते के एक मामूँ के यहाँ भेज दिया करते थे जिनका मकान बाज़ार के नुक्कड़ पर था। उनकी छत से शहर के तमाम अखाड़ों और ताज़ियों को मैं देख सकता था। लेकिन इस तरह भीड़ से अलग-अलग होकर इतनी ऊँचाई से अखाड़ा देखने में मुझे ज़रा भी लुत्फ़ नहीं आता था। जो मज़ा सड़कों पर घूम-घूमकर तमाशा देखने में है वह क़ैदी की तरह एक जगह बन्द होकर देखने में कहाँ?

लेकिन अब ऐसा कुछ भी तो महसूस नहीं होता। मेरा दिमाग़ भी जैसे उसी साँचे में ढलता जा रहा है जिसमें अब्बा का दिमाग़ ढला था।

लेकिन छाको आज भी कितने चाव और हसरत से मुहर्रम का ज़िक्र करता है जैसे इससे उसका रूहानी लगाव हो। मुहर्रम की याद उसे आज भी तड़पा रही है। और मैं मुहर्रम के धूम-धड़ाके से घिरा होने के बावजूद ख़ुद को उससे बिलकुल बेताल्लुक़ महसूस कर रहा हूँ। बड़ी दाहा पर से डंके की आवाज़ लगातार मेरे कानों में पहुँच रही है, लेकिन वह मेरी रगों में कोई जोश पैदा नहीं करती। वह महज़ एक सपाट-सी आवाज़ है जिसका मेरे लिए कोई अर्थ नहीं है। और छाको सैकड़ों

मील की दूरी पर बैठा हुआ भी इस आवाज़ को सुन रहा है और एक शदीद बेचैनी उसकी रूह में फैलती जा रही है।

मुझे लगता है, मैं और छाको दो अलग-अलग जगहों पर खड़े हुए हैं। हम दोनों के बीच सैकड़ों मील की दूरी ही नहीं खड़ी है, हम दोनों के बीच इससे भी बड़ी दूरी है जो मीलों और कोसों में नहीं नापी जा सकती। हम दोनों की ख़ुशियों की सतहें अब बदल चुकी हैं। छाको मुहर्रम के धूम-धड़ाके में आज भी वैसी ही ख़ुशी महसूस करता है जैसी मैंने कभी नया कैरम-बोर्ड मिलने पर महसूस की थी।

रात में महम्दू ख़लीफ़ा की आवाज़ अब भी सुनाई देती है—'मेरे मौला बुला लो मदीने मुझे।' लेकिन इस आवाज़ में पहले जैसा दमख़म नहीं रहा। इस वक़्त भी यह आवाज़ मेरे कानों से टकरा रही है। पचिया भिखारिन कुछ देर पहले भीख माँगती हुई गली से गुज़र चुकी है। वह अब हड्डियों का ढाँचा बनकर रह गई है। गले से आवाज़ रुक-रुककर निकलती है जैसे वह थकान से चूर-चूर हो गई हो और बोलने की ताक़त उसमें न रह गई हो।

मुहल्ले का अखाड़ा अब दूर चला गया है। बाजों की आवाज़ भी अब सुनाई नहीं दे रही है। सिर्फ़ महम्दू ख़लीफ़ा के गाने की आवाज़ सन्नाटे को तोड़ती है या फिर कुत्तों के भूँक-भूँककर रोने की आवाज़। पास के पलंग पर अम्मा लेटी करवटें बदल रही हैं। मेरी ही तरह उनकी नींद भी जाने कहाँ भाग गई है।

"पाकिस्तान जाके चैन ना पाइस बेचारा?" अम्मा हमदर्दी के लहज़े में कहती हैं। मैं कोई जवाब नहीं देता। अम्मा छोटे अब्बा के बारे में कह रही हैं। आज ही हबीब भाई का ख़त आया है। छोटे अब्बा बहुत बीमार हैं। वहाँ जाने के बाद से ही सेहत गिरने लगी थी। मलेरिया ने शरीर को तोड़ कर रख दिया था। दो-तीन बार तो कई-कई महीने तक बिस्तर पकड़े रहे थे।

"कौन कहिस था करम फूटे को जाए को। छोटी दुल्हिन पर बड़ा तरस आवे है!" अम्मा के दिल में हमदर्दी का तूफ़ान फूट पड़ा है। वह उसे रोक नहीं पा रही हैं।

मैं ख़ामोश रहता हूँ। मेरे दिमाग़ में दूसरे ही नक़्शे उभर रहे हैं। अम्मा और छोटी अम्मा की दुश्मनी और नफ़रत की एक-एक बात याद आ रही है। दिमाग़ बहुत पीछे की तरफ़ खिसक रहा है।

...अम्मा जानमाज़ पर बैठी हुईं दोनों हाथ ऊपर उठाए छोटी अम्मा और उनके

बच्चों को बद्दुआएँ दे रही हैं। शायद छोटी अम्मा भी यही सब करती होंगी। वह भी हम लोगों की बरबादी की दुआएँ माँगती होंगी।

बड़ा ताज्जुब भी होता था दोनों को एक-दूसरे के ख़ून का प्यासा देखकर। मुहब्बत भी ऐसी भयानक नफ़रत और दुश्मनी में बदल सकती है! गोतिया डाह के बारे में बहुत सारे क़िस्से सुनता था। लेकिन अम्मा और छोटी अम्मा तो प्रेम और स्नेह के एक दौर से गुज़र चुकी थीं। वह सारा दौर एकाएक बिलकुल बेअसर किस तरह हो गया? क्या दोनों की पिछली मुहब्बत बिलकुल बनावटी थी, महज़ दिखने की थी!

ये सवाल बहुत पहले भी दिमाग़ में उठते थे जब दोनों को लड़ते-झगड़ते देखा करता था। लेकिन आज ये सवाल कुछ ज़्यादा साफ़ होकर सामने आ रहे हैं। अम्मा और छोटी अम्मा के वैमनस्य ने मेरे और हबीब भाई के बीच भी एक दीवार खड़ी कर दी थी। अब्बा और छोटे अब्बा के रिश्तों पर भी उसका असर पड़ा था।

अम्मा कहती थीं कि उनकी कोशिश से ही छोटी अम्मा की शादी छोटे अब्बा से हुई थी। कौन शादी करता ऐसी बदसूरत, टेढ़े मुँहवाली से? कहाँ छोटे अब्बा की शक्ल-सूरत और कहाँ छोटी अम्मा का तवे जैसा रंग! कोई मुक़ाबला था दोनों का? अम्मा ने ही दादी अम्मा को कह-सुनकर तैयार किया था और जब छोटी अम्मा ब्याहकर घर में आई थीं तो एक अच्छा तूफ़ान उठ खड़ा हुआ था। दादी अम्मा छाती ही तो कूटने लगी थीं अपनी छोटी बहू को देखकर!

"मेरे चाँद जैसे बेटे के लिए ऐसी कलमुँही! अल्लाह मियाँ कौन गुनाह की सज़ा दीहिन हैं हमको?" दादी अम्मा ने विलाप करते हुए कहा था।

तमाम औरतों ने दाँतों तले उँगली दबा ली थी। कोई जोड़ है दोनों का! सबके चेहरों पर यही लिखा था। दादी अम्मा की अक़्ल पर सबको हैरानी थी। जानते-बूझते बेटे को डुबा दिया।

दादी अम्मा बहुत दिनों तक अम्मा से नाराज़ रही थीं इस बात को लेकर। छोटे अब्बा तो बीवी की सूरत तक देखने के रवादार नहीं थे। मातमी फ़ज़ा-सी छाई रही थी घर पर एक लम्बे अरसे तक।

"हम जो किया उसी का बदला दे है ई टेढ़-मुँही!" अम्मा जल-भुनकर कहती थीं।

...छोटी अम्मा की बड़ी दयनीय स्थिति रही थी शुरू में। कोई उनसे सीधे

मुँह बात करने को तैयार नहीं था। दादी अम्मा तो दिन-रात उन्हें उल्लू-धुतू करती रहतीं। हर वक़्त अपनी क़िस्मत की शिकायत करती रहतीं। ऐसी बदसूरत बहू से किस सास का दिल ख़ुश होगा?

अम्मा ने ही उस बुरे समय में छोटी अम्मा के ज़ख़्म पर फाहा रखा था। उनकी वजह से ही उनको थोड़ा सहारा मिला था।

लेकिन देखते-ही-देखते हालत बदलने लगी थी। छोटी अम्मा ने धीरे-धीरे छोटे अब्बा पर अपनी गिरफ़्त मज़बूत कर ली थी और साल-भर के अन्दर-अन्दर ही छोटे अब्बा पर उनका जादू कुछ ऐसा चला था कि वह छोटी अम्मा की आँखों से ही देखने और उनके कानों से ही सुनने लगे थे।

बस यहीं से अम्मा और छोटी अम्मा के बीच दीवार खड़ी होने लगी। मेरा ख़याल है कि अम्मा को यह सब अच्छा नहीं लगा होगा। छोटी अम्मा छोटे अब्बा को इस तरह क़ाबू में कर लें इसे वह सहन नहीं कर सकी होंगी। अब छोटी अम्मा को उनकी हमदर्दी और सहारे की कोई ज़रूरत नहीं थी। इसे बरदाश्त करना उनके लिए मुश्किल रहा होगा। उनके अहंकार को यक़ीनन इससे चोट पहुँची होगी और वह छोटी अम्मा से जलने लगी होंगी।

छोटी अम्मा को अब अम्मा की दया की ज़रूरत नहीं थी। उनकी हालत तो अम्मा से भी ज़्यादा अच्छी थी—अम्मा का अब्बा पर इतना ज़ोर नहीं चलता था जितना छोटी अम्मा का अब्बा पर। यक़ीनन यह सब देखकर उन्हें ईर्ष्या होती होगी।

"छोटी दुल्हिन का का हाल होइए!" अम्मा ठंडी साँस लेकर कहती हैं। मैं फिर ख़ामोश रहता हूँ। समझ में नहीं आता उनसे क्या कहूँ?

उस रात का दृश्य आँखों के सामने आ गया है, जब छोटी अम्मा आई थीं अम्मा से मिलने के लिए। अगले रोज़ सवेरे वह जा रही थीं। चलते वक़्त दोनों गले मिलकर फूट-फूटकर रोने लगी थीं जैसे दोनों सगी बहनें हों और हमेशा-हमेशा के लिए बिछड़ रही हों।

"एक बार भी नहीं आया कबीर! दुख-बीमारी से छुट्टी मिले तो आवे ग़रीब!" अम्मा का स्वर और ज़्यादा गीला हो गया है।

इस बार भी मैं चुप रह जाता हूँ। लेकिन ताज्जुब होता है, अम्मा छोटे अब्बा और छोटी अम्मा के लिए इतनी दुखी क्यों हो रही हैं! उन्हें तो कभी हमदर्दी रही नहीं इन लोगों से।

छोटे अब्बा को कैसा दुख हुआ था उस रोज़ जब अम्मा ने उनके लाए हुए कपड़े लौटाते हुए रुखाई से कहा था—"ना बाबू! ई हमसे ना होगा कि तुमसे रुपया-पैसा और कपड़ा-लत्ता लें। हमको एहसान ना चाहिए किसी का।"

छोटे अब्बा के चेहरे का रंग कितना फीका पड़ गया था! कितने उत्साह और चाव के साथ उन्होंने कपड़े खरीदे थे हम लोगों के लिए! अब्बा को मरे हुए चन्द महीने ही गुज़रे थे। ईद के लिए छोटे अब्बा कपड़े ख़रीदकर लाए थे। अम्मा ने उनका सारा जोश ही ठंडा कर दिया था कपड़े लौटा कर। छोटे अब्बा ने बड़ी मुश्किल से साहस बटोरकर कहा था—"आपको तो नहीं दे रहा हूँ कुछ। भतीजों के लिए कपड़े लाया हूँ। क्या ये मेरे बच्चे नहीं हैं?"

लेकिन अम्मा भी कहाँ पिघलनेवाली थीं? टका-सा जवाब देते हुए कहा था—"ई काहे ना कहो हो कि यतीम-टुअर समझ के मदद करना चाहो हो! ना भाई। ई सब हमसे ना होगा। जो ख़ुदा बाप को उठा लीहिस है ऊ रोज़ी-कपड़ा भी देगा।"

छोटे अब्बा उदास चेहरा लिए लौट गए थे।

मुझे भी बहुत बुरा लगा था। अम्मा को छोटे अब्बा से ऐसा नहीं कहना चाहिए था। आख़िर को वह हम लोगों के चाचा हैं। उनको भी हम लोगों से मुहब्बत हो सकती है। अम्मा तो इस तरह से बात कर रही थीं जैसे वह हम लोगों के दुश्मन हों। भला कोई किसी से इस तरह कहता है!

लेकिन अम्मा को ज़रा भी पछतावा नहीं था। उन्होंने फ़ैसला कर लिया था कि चाहे जो हो जाए छोटे अब्बा से एक पैसे की भी मदद नहीं लेंगी। अब्बा के मरने के बाद घर की आर्थिक स्थिति बहुत ख़राब हो गई थी। जैसे-जैसे समय बीत रहा था हालत और भी नाज़ुक होती जा रही थी। लेकिन अम्मा ने अपनी ज़िद नहीं छोड़ी।

कैसे-कैसे ख़राब दिनों का सामना करना पड़ा! दो वक़्त की रोटी चलाना मुश्किल हो गया था। लेकिन छोटे अब्बा से कभी कोई मदद क़बूल नहीं की। छोटे अब्बा को सचमुच इसका बड़ा सदमा था। वह हम लोगों की मदद करना चाहते थे। हम लोगों को परेशानी में देखकर वह बेचैन हो जाते थे। लेकिन अम्मा की वजह से वह कुछ भी नहीं कर पाते थे।

इम्तिहान की फ़ीस देने के लिए रुपए नहीं थे। अब्बा ने जो रक़म छोड़ी थी वह ख़त्म हो चुकी थी। खेतों से थोड़ा-बहुत अनाज मिल जाता था। लेकिन उससे हम लोगों की ज़रूरत पूरी नहीं होती थी। अम्मा ने सोने की दो बालियाँ मेरे हाथ में लाकर रख दीं और कहा—"इनको बेच के फ़ीस दे दो।"

छोटे अब्बा को मालूम हुआ तो वह कलेजा मसोस कर रह गए। भागे-भागे अम्मा के पास पहुँचे। क्रोध और पीड़ा से उनका चेहरा तमतमाया हुआ था। आते ही अम्मा पर बरस पड़े—"ग़ज़ब करती हैं आप भाभी। मैं ग़ैरों से भी बदतर हो गया न! इम्तिहान की फ़ीस देने के लिए आप गहना बेच दें! मेरे रहते हुए आप ऐसा करें! किस क़सूर की सज़ा देना चाहती हैं आप मुझे? क्या इस घर की इज़्ज़त मेरी इज़्ज़त नहीं?"

छोटे अब्बा बहुत भावुक हो रहे थे। उन्हें यह जानकर बहुत आघात पहुँचा था कि अम्मा ने मेरे इम्तिहान की फ़ीस देने के लिए गहना बेच दिया है।

लेकिन अम्मा अपनी आदत के मुताबिक़ हल्के-से मुस्करा दी थीं और बोली थीं—"गहना हम रख के भी का करेंगे! एही सबके वास्ते है ना। हमको गहना पहनना है का!"

मुझे भी कम सदमा नहीं था इसका। अम्मा को मेरी फ़ीस देने के लिए गहना बेचना पड़े! कितने दुख की बात थी यह! अब्बा ज़िन्दा होते तो क्यों नौबत आती इसकी? बालियाँ मेरे हाथ में देते समय अम्मा का चेहरा कैसा उदास-उदास लग रहा था हालाँकि ऊपर से वह मुस्करा रही थीं। मुझ पर यही ज़ाहिर करना चाहती थीं कि इन बालियों को खोने का उन्हें ज़रा भी दुख नहीं है। लेकिन दुख की परछाईं उनका हँसता हुआ चेहरा भी छिपा नहीं पा रहा था। साथ ही मुझे बड़ा अपमान भी महसूस हो रहा था। हम लोगों की अब यह हालत हो गई है कि माँ के गहने बेचने पड़ रहे हैं। गहनों के बाद बरतन-बासन की बारी आएगी, फिर घर की दूसरी चीज़ें भी बेचनी पड़ेंगी। ग़रीबी का रूप इतना भयानक हो सकता है, यह मैंने कभी नहीं सोचा था।

मैं अम्मा की कानों की बालियाँ लेकर सुनार टोली में पहुँचा था। रास्ते में बार-बार यही शक होता था कि कोई मुझे देख रहा है और उसकी निगाहें मेरी जेब में रखी हुई बालियों तक पहुँच रही हैं। सुनार की दुकान में घुसते हुए मुझे ख़ौफ़-सा महसूस हो रहा था। ज़िल्लत और अपमान का एहसास मुझ पर इस तरह हावी हो गया था कि सड़क पर चलते तमाम लोग मुझे व्यंग्य-भरे क़हक़हे लगाते महसूस हो रहे थे। लगता था, मेरी जेब में सोने की दो बालियाँ नहीं हैं बल्कि मेरे घर और ख़ानदान की इज़्ज़त और मर्यादा हैं जिन्हें मैं खुले बाज़ार में बेचने के लिए निकल पड़ा हूँ।

जैसे ही किसी सुनार की दुकान में घुसने लगता था पाँव जवाब दे जाते थे!

लगता था, दुकान में घुसते ही बहुत बड़ा अनर्थ हो जाएगा, ख़ानदान की सारी इज़्ज़त ख़ाक में मिल जाएगी। दो-तीन दुकानों में घुसने की कोशिश कर चुका था। लेकिन हर बार बढ़ा हुआ क़दम पीछे हटा लेना पड़ा था।

आख़िरकार बड़ी हिम्मत करके मैं एक दुकान में दाख़िल हो गया था। दुकानदार किसी ग्राहक से बात कर रहा था। मैं चुपचाप एक कोने में बैठ गया। दो चार ही मिनट हुए थे कि एक जानी-पहचानी आवाज़ मुझे सुनाई दी—"यार! तुम कैसे आए?" मैंने नज़र उठाकर देखा तो सामने मेरे स्कूल का साथी गोपाल खड़ा था। गोपाल को देखते ही मेरे होश-हवास उड़ गए। अब यहाँ कोई बात नहीं हो सकती। यह तो मुझसे न होगा कि गोपाल के सामने ही अम्मा की बालियाँ सुनार को दिखाऊँ और उससे पूछूँ कि इनके कितने पैसे मिलेंगे? वह क्या सोचेगा! यही ख़याल करेगा न कि मैं किसी फटीचर ख़ानदान का हूँ जिसकी गुज़र-बसर घर की चीज़ों को बेचकर होती है। मैं शर्म से पानी-पानी हो गया था।

"कैसे आए यार? कोई गहना बनवाना है क्या? बोलो न क्या चाहिए। यह हमारी ही दुकान है।" गोपाल ने फिर सवाल कर दिया था।

मेरी समझ में नहीं आ रहा था कि क्या जवाब दूँ। एकाएक गोपाल के सवाल में ही मुझे जवाब मिल गया था और मैंने कहा था—"हाँ, बनवाना तो है। लेकिन अभी सिर्फ़ सोने का भाव पूछने आया हूँ।"

"अरे यार! तुम्हारे लिए ख़ास रियायत हो जाएगी। जितना औरों से लेते हैं उससे कम ही लेंगे तुमसे।" गोपाल ने हँसते हुए कहा था।

मैं सोने का भाव मालूम किए बग़ैर ही वहाँ से इस तरह भागा था जैसे किसी बहुत बड़ी मुसीबत से छुटकारा मिल गया हो। मैं तेज़ क़दमों से चलता हुआ सुनार टोली से बाहर निकल गया था और बहुत देर तक चौक, सराय, गोल पत्थर और पंचायती अखाड़े की सड़कों पर निरुद्देश्य घूमता फिरा था।

मेरी जेब में सोने की बालियाँ उसी तरह पड़ी हुई थीं। बहुत देर तक सड़कों की ख़ाक छानते हुए मैं सोचता रहा था कि मुझे घर लौट जाना चाहिए या सुनार टोली में पहुँचकर बालियों को बेचने की फिर कोशिश करनी चाहिए।

बहुत देर तक इस मसले पर सोचते रहने की वजह से मेरा दिमाग़ स्थिर हो चुका था। मैंने फ़ैसला किया कि सुनार टोली में पहुँच कर मुझे बालियाँ बेच देनी चाहिए। इम्तिहान की फीस कल ही तो जमा करानी है। अगर आज बालियाँ न बिकीं तो फीस भी जमा नहीं करा सकूँगा। मुझे लगा कि मैं बहुत-सी फ़ज़ूल बातों के बारे

में सोचता रहा हूँ। इज़्ज़त और मर्यादा की मेरी धारणा सतही और झूठी बुनियादों पर खड़ी है। मुझे कठिन परिस्थितियों का मुक़ाबला करना चाहिए। उनसे हार नहीं मान लेनी चाहिए। मुझे लगा था कि अम्मा में ऐसी परिस्थितियों का मुक़ाबला करने की कहीं ज़्यादा ताक़त है। वह मेरी तरह विचलित और उद्विग्न नहीं हो जातीं।

मैं सुनार टोली की पहली दुकान में घुस गया था और बालियाँ बेचकर घर की तरफ़ चल पड़ा था तो मेरा मन पूरी तरह से शान्त हो चुका था।

अब्बा के मरने के बाद अम्मा बिलकुल बदल गई थीं। मुझे बहुत हैरत होती थी उनके इस बदले हुए रूप को देखकर। अब्बा जब तक जीवित थे वह बिलकुल दबी-दबी रही थीं। अब्बा के सामने उनकी एक न चलती। सब कुछ अब्बा की मरज़ी और हुक्म के मुताबिक़ होता था। किसी भी मामले में अम्मा का कोई दख़ल था ही नहीं। रुपया-पैसा, लेना-देना, घर का इन्तज़ाम सब कुछ अब्बा के हाथ में था। अम्मा तो एक कठपुतली थीं जो अपनी मरज़ी से हिल-डुल भी नहीं सकती थीं। अब्बा ज़रा-ज़रा-सी बात पर किस तरह आपे से बाहर हो जाते थे, किस क़दर डाँट-फटकार सुननी पड़ती थी अम्मा को! लेकिन क्या मज़ाल जो एक लफ़्ज़ भी मुँह से निकाल सकें? मुझे ग़ुस्सा आ जाता था उनकी इस सहनशीलता और दब्बूपन को देखकर। बरदाश्त करने की भी कोई हद होती है! आख़िर अम्मा इतना क्यों डरती हैं अब्बा से? वह हर बात को ख़ामोशी से सह लेती हैं। इसीलिए तो अब्बा का हौसला इतना बढ़ गया है। कहीं छोटे अब्बा तो सख़्त-सुस्त कहकर देखें छोटी अम्मा को, जीना ही तो हराम कर दें वह!

मुझे लगता कि क़सूर अम्मा का ही है। वह जितना डरती हैं अब्बा की हिम्मत उतनी ही बढ़ती जाती है। दो टूक जवाब देकर तो देखें। तब अब्बा भी कुछ सोचेंगे अम्मा को डाँटने-फटकारने से पहले। अभी तो उन्हें शक भी नहीं होता कि अम्मा कोई जवाब भी दे सकती हैं।

अम्मा जब अब्बा की शिकायतें मेरे सामने लेकर बैठती थीं तो मुझे बड़ी खीझ होने लगती थी। मैं तो ख़ुद भरा हुआ था। लेकिन मुझसे शिकायत करने से क्या मिलेगा! मैं अब्बा से डरता हूँ तो इसकी वजह समझ में आ सकती है। मैं बहुत छोटा हूँ और अब्बा के सामने ज़बान नहीं खोल सकता। लेकिन अम्मा की हैसियत तो बिलकुल अलग है। वह अब्बा की बातों का टका-सा जवाब दे सकती हैं। चाहें तो छोटी अम्मा की तरह अब्बा पर हावी हो सकती हैं। लेकिन इनका तो यह हाल

है कि अब्बा के दफ़्तर से लौटने के पहले ही बदहवास होने लगती हैं। जाने घर में दाख़िल होते ही अब्बा क्या देखकर नाराज़ हो जाएँ! इसी फ़िक्र में उनकी जान घुली जाती है। अब्बा के आते ही घर में जो मनहूस सन्नाटा छा जाता है, इसकी ज़िम्मेदारी अम्मा पर ही है। उन्होंने अब्बा की बदमिज़ाजी पर रोक लगाने की कोशिश की होती तो यक़ीनन घर में दहशत का ऐसा माहौल न होता।

मुझे लगता, अम्मा को जैसे अपने अस्तित्व का, अपनी अहमियत का कोई एहसास ही नहीं है। अब्बा के सामने वह ख़ुद को कीड़े-मकोड़े से ज़्यादा नहीं समझतीं। तरस आने लगता था उनकी यह हालत देखकर। अम्मा छोटी अम्मा में सैकड़ों कीड़े निकालती हैं। लेकिन मुझे वह अम्मा से ज़्यादा दमदार लगती हैं। घर में उनकी एक हैसियत है, एक अहमियत है जो अम्मा की नहीं है। अम्मा छोटी अम्मा को चाहे जैसा समझती हों, वह मुझे अम्मा से इस लिहाज़ से ज़्यादा अच्छी लगती थीं कि उनकी वजह से छोटे अब्बा के घर में लोग ज़्यादा खुली फ़ज़ा में साँस लेते थे। हबीब भाई को जो इतनी आज़ादी मिली हुई थी तो यह छोटी अम्मा की वजह से ही था।

अब्बा मुझे डाँट पिलाते या पीट देते तो अम्मा प्यार से मेरे सिर पर अपना हाथ फेरने लगती थीं। ऐसे मौकों पर मैं उनका हाथ अक्सर झटक देता था। उनकी हमदर्दी से मुझे बड़ी कोफ़्त महसूस होने लगती थी। अब्बा से कहीं ज़्यादा गुस्सा उन पर आने लगता था। दिल में कहता—'अब आईं हैं आँसू पोंछने के लिए। जब अब्बा डाँट-फटकार रहे थे या मार रहे थे तो बिलकुल भीगी बिल्ली बनीं सब कुछ देखती रही थीं। उस वक़्त एक लफ़्ज़ भी कहने की हिम्मत नहीं हुई थी। अब आई हैं दिखावे का प्यार करने को।' ऐसे क्षणों में मैं यह भूल ही जाया करता था कि अब्बा जब मुझे पीटने लगते थे तो उनके दिल की क्या हालत होती थी। ख़ौफ़ के साथ-साथ गहरी पीड़ा उनके चेहरे पर छाई रहती थी। बस न चलता कि वह अब्बा से मुझे छुड़ा लेतीं।

आम तौर पर स्थितियों और व्यक्तियों के बारे में हमारी दृष्टि एकांगी ही रहती है। अम्मा और अब्बा के बारे में उन दिनों जो कुछ मैं सोचा करता था, वह भी शायद एकांगी दृष्टि से ही देखने का परिणाम था।

लेकिन आज भी अम्मा के बारे में सोचता हूँ तो यही लगता है कि वह जिस ख़ौफ़ और दहशत से पीड़ित थीं, उससे छुटकारा पाना कुछ ज़्यादा मुश्किल नहीं था। बस थोड़े-से साहस की ज़रूरत थी। अगर वह इतना साहस बटोर सकतीं तो

यक़ीनन अब्बा का रवैया उनकी तरफ़ कुछ और ही होता। लेकिन अब्बा के जीवन में वह ऐसा साहस कभी बटोर ही नहीं सकीं। अब्बा का डर उन पर इतना हावी हो गया था कि वह अपनी पहचान ही खो बैठी थीं। उनकी भी अपनी एक सत्ता हो सकती है, उनमें भी कुछ ताक़त हो सकती है...इसका कोई एहसास ही नहीं रह गया था उनमें। यक़ीनन उनके साथ नाइंसाफ़ी हो रही थी। लेकिन अन्याय का मुक़ाबला करने की उन्होंने कभी कोशिश ही नहीं की! मेरा ख़याल है कि अगर वह अब्बा के सामने डटकर खड़ी हो सकतीं तो अब्बा के मिज़ाज में बहुत बड़ी तब्दीली आ सकती थी।

अम्मा के बारे में इस तरह सोचते हुए मुझे अनायास ही अपना एक सहपाठी याद आ जाता है, जिसने लम्बे अरसे तक मुझे बहुत आतंकित कर रखा था।... शाहिद था भी तो बहुत हट्टा-कट्टा और लम्बा-तड़ंगा। मुझ जैसे मरियल, कमज़ोर लड़के की उसके सामने बिसात ही क्या थी! किस क़दर तंग करता था मुझे! नाक में दम कर दिया था। मैं भीतर-ही-भीतर कुढ़ता रहता था। उसके डील-डौल को देखकर कुछ भी कहने की हिम्मत नहीं होती थी। सब कुछ देख रहा था ख़ामोशी से।...लेकिन उस रोज़ जाने कैसे दबा हुआ ग़ुस्सा पूरी ताक़त से बाहर निकल पड़ा। मैं अपने होश में नहीं था शायद। शाहिद का डरावना शरीर, उसका सारा आतंक और ख़ौफ़, जाने कब दिमाग़ से निकल गया था। लगा था, मेरी शक्ति असीम है। मैं शाहिद की गरदन मरोड़ सकता हूँ। मैंने पूरी ताक़त से ज़ोरदार तमाचा उसके गाल पर जड़ दिया था।...मेरी हैरत की कोई इन्तिहा नहीं थी...ऐसे ख़ूँख़्वार जानवर की तरह जिसमें बुरी तरह घायल हो जाने की वजह से आक्रमण करने की शक्ति न रह गई हो, वह लड़खड़ाते क़दमों से एक तरफ़ चला गया था।

अब्बा के देहान्त के बाद अम्मा इस तरह एकाएक कैसे बदल गई थीं! मैंने अक्सर इसके बारे में सोचा है लेकिन किसी नतीजे पर नहीं पहुँच सका हूँ। मुमकिन है कि अब्बा का प्रभुत्व ख़त्म हो जाने के कारण उनमें यह परिवर्तन आ गया हो। या हो सकता है कि नई ज़िम्मेदारियों के एहसास ने उन्हें बदल दिया हो। अब्बा भी तो अपनी लम्बी बीमारी के दिनों में बहुत बदल गए थे। लगता ही नहीं था कि यह वही आदमी हैं जिनकी नाक पर ग़ुस्सा धरा रहता था। बदमिज़ाजी का नामोनिशान नहीं रह गया था। बिलकुल मोम के बने दिखाई देने लगे थे। ज़रा-ज़रा-सी बात पर पिघल जाते थे।

अब्बा महीनों से बिस्तर पर लेटे हुए थे। इलाज चल रहा था। सारी जमापूँजी

ख़त्म हो रही थी। लेकिन ज़रा भी चिड़चिड़ापन नहीं था मिज़ाज में। बीमारी ने जैसे उनके मिज़ाज और स्वभाव को ही बदलकर रख दिया था। अब्बा जो हमेशा ख़ून-भरी आँखों से ही हम लोगों को देखा करते थे, जब मेरे सिर पर मुहब्बत से हाथ फेरने लगते तो बड़ा अजीब-सा लगता था। मैं इसका आदी नहीं था और अब्बा का यह बरताव सचमुच मुझे बहुत बेतुका और अटपटा लगता था।

लगता था अब्बा के मिज़ाज का सारा चिड़चिड़ापन अब अम्मा में आ गया है। बात-बात पर झुँझला उठना उनकी आदत बन गई थी। अब्बा के सामने अपने मिज़ाज को क़ाबू में ज़रूर रखती थीं लेकिन साफ़ महसूस होता था कि यह अब्बा के ख़ौफ़ की वजह से नहीं था। ख़ौफ़ की जगह दया ने ले ली थी। अब्बा भी शायद इसे महसूस करते थे। वह चुपचाप पड़े जाने क्या-क्या सोचते रहते! अम्मा से भी बहुत कम बातें करते।

घर का नक़्शा ही उन दिनों बदल गया था। ख़ौफ़ और दहशत से भरी फ़ज़ा अब भी छाई रहती थी लेकिन यह डर या दहशत अब्बा के ग़ुस्से और बदमिज़ाजी ने पैदा नहीं की थी। यह किसी आसन्न संकट का भय था जो हम लोगों के मन को सालता रहता था। जाने अब्बा अच्छे होंगे या नहीं? यह सवाल दिमाग़ में उभरता था और मन आशा-निराशा के बीच झूमने लगता था।

अम्मा रात-दिन अब्बा की ख़िदमत में लगी रहतीं। रात जागते हुए गुज़र जाती। कभी घंटे-आध-घंटे को झपकी मारने का मौका मिल गया तो मिल गया वरना सारी रात जागकर ही काट देतीं। दिन में तो सोने का सवाल ही कहाँ उठता था? काम, फ़िक्र और नींद की कमी ने अम्मा को तोड़कर रख दिया था। चेहरा बिलकुल पीला पड़ गया था जैसे महीनों से ख़ुद बीमार हों।

अम्मा घंटों अब्बा के पास बैठीं रहतीं लेकिन दोनों में कोई बातचीत नहीं होती। लगता था किसी के पास भी कहने को कुछ नहीं रह गया है। शायद ख़ामोशी ही दोनों की ज़बान बन गई थी और दोनों ही इस नई ज़बान को समझने लगे थे। दोनों को घंटों इस तरह चुपचाप और ख़ामोश देखकर मुझे बड़ी घुटन महसूस होती थी। एक ख़ौफ़नाक बेबसी और मजबूरी का एहसास अब्बा और अम्मा के चेहरों पर लिखा दिखाई देता था। यह सब देखकर एक शदीद बेचैनी मेरे मन को अपनी गिरफ़्त में ले लेती। एक बहुत बेतुकी ख़्वाहिश मेरे दिल में पैदा होती। क्या ही अच्छा हो कि अब्बा जोर से गरजने लगें जैसे पहले गरजते थे! वह एक जीता-जागता और ज़िन्दा माहौल तो था। मौत के इस सन्नाटे से वह यक़ीनन बेहतर था।

अब्बा की हालत दिनों-दिन ख़राब ही होती गई थी। और भी कई तरह की परेशानियों ने हम सबको निढाल कर दिया था। दो छोटे भाई एक साथ टाइफायड में पड़े हुए थे। अम्मा का ज़्यादा वक़्त अब्बा की तीमारदारी में ही लगता था। थोड़ा-बहुत वक़्त जो मिलता था वह दोनों भाइयों की देखभाल में लगता था। छोटी अम्मा भी दो-चार घंटे के लिए आ जाती थीं और उनकी वजह से अम्मा को कुछ मदद मिल जाती थी।

अब्बा के लिए डाक्टर ने एक दवा लिखी थी जो गया में किसी दुकान पर नहीं मिल रही थी। डाक्टर ने उम्मीद दिलाई थी कि पटना में ज़रूर मिल जाएगी। मैं सुबह की गाड़ी से पटना चला गया था। बीसियों दुकानों की ख़ाक छानने के बाद एक दुकान से वह दवा मिल गई। मैं रात में घर पहुँचा तो नक़्शा बिलकुल बदला हुआ था। घर के अन्दर बहुत सारे लोग जमा थे और आँगन में मेरे छोटे भाई मोती की लाश को लोग नहला रहे थे।

अम्मा मुँह में आँचल ठूँसे ज़ारो-क़ितार रो रही थीं। अब्बा से यह ख़बर छिपाई गई थी। इसी वजह से अम्मा ज़ोर-ज़ोर से रो भी नहीं पा रही थीं। अम्मा का वह चेहरा आज भी निगाहों के सामने घूम जाता है। वह चीख़-चीख़ कर रोना चाहती थीं। बेटे की मौत के ग़म से उनका चेहरा फटा जा रहा था। लेकिन अब्बा के ख़याल से उन्होंने अपने सीने पर जैसे पत्थर की सिल रख ली थी। आँसुओं की धारा लगातार आँखों से बह रही थी लेकिन मुँह से सिसकियों की हल्की आवाज़ ही निकल रही थी। और इस दौरान वह अब्बा के पास भी चली जाती थीं ताकि उन्हें किसी तरह का शक न हो। अब्बा के सामने तो उनकी आँखों से आँसू भी नहीं बहते थे। ताज्जुब है वह किस तरह इतना ज़ब्त कर लेती थीं!

मोती की लाश को लेकर लोग क़ब्रिस्तान चले गए और दो-ढाई घंटे के बाद दफ़न करके लौट भी आए। लेकिन अब्बा को इसका पता तक नहीं चल सका। सब कुछ इतनी सावधानी से किया गया था कि अब्बा को इतने बड़े हादसे की भनक तक न मिल सकी।

अगले रोज़ शाम तक भी अब्बा को कुछ पता नहीं था। नई दवा उन्हें दे दी गई थी और उसका असर भी होने लगा था। डाक्टर ने शाम को देखकर कहा था कि दवा ठीक काम कर रही है। अगर कोई और पेचीदगी पैदा न हो गई तो अच्छे हो जाने की पूरी उम्मीद है।

लेकिन डाक्टर के जाने के बाद ही एक ऐसी घटना घटी जिसने सारे किए-

कराए पर पानी फेर दिया। अब्बा बैठक में ही बिस्तर पर पड़े रहते थे। घर के तमाम लोगों को और रिश्तेदारों को मालूम था कि मोती के मरने की ख़बर अब्बा से छिपाई गई है। हम लोग अधिक सावधानी के विचार से अब्बा को देखने के लिए आने वाले हर आदमी से यह बात पहले ही कह दिया करते थे ताकि वह कहीं अब्बा से इसका ज़िक्र न कर बैठे।

हमारे एक दूर के रिश्तेदार जाने कहाँ से उस रोज़ भटकते हुए हमारे यहाँ पहुँच गए थे। वह किसी मुक़दमे के सिलसिले में शहर आए हुए थे और हबीब भाई से बाज़ार में उनकी मुलाक़ात हो गई थी। हबीब भाई से ही उनको अब्बा की बीमारी और मोती के मरने की ख़बर मिली थी। हालाँकि हबीब भाई ने उनसे कह दिया था कि यह ख़बर अब्बा से छिपाई गई है लेकिन यह बात उनके दिमाग़ से शायद निकल गई थी। वह जब अब्बा के पास पहुँचे तो उन्होंने सबसे पहले मोती की मौत पर ही अफ़सोस ज़ाहिर करना शुरू कर दिया। इत्तिफ़ाक़ की बात कि उस वक़्त अब्बा अकेले थे और अम्मा लम्हा-भर पहले ही किसी ज़रूरत से उठकर अन्दर चली गई थीं। अम्मा दो-तीन मिनट के बाद ही लौटीं तो देखा कि अब्बा फूट-फूट कर रो रहे हैं।

इस सदमे ने अब्बा की सँभलती हुई हालत को फिर बिगाड़ दिया। इस घटना के तीन रोज़ बाद ही उनका देहान्त हो गया।

अब्बा के मरने के बाद ही अम्मा जैसे एकदम फ़ौलाद की बन गई थीं। उनमें ऐसी शक्ति और दृढ़ता आ गई थी कि हम लोग सचमुच उनसे डरने लगे थे। यह डर बिलकुल उस तरह का तो नहीं कहा जा सकता जैसा हम लोग अब्बा से महसूस करते थे। अब्बा से तो हम लोगों को एक तरह की दहशत महसूस होती थी। अम्मा अपने सारे सख़्त रवैए के बावजूद हम लोगों को आंतंकित तो नहीं कर पाती थीं लेकिन जब कभी उनकी मरज़ी के ख़िलाफ़ कोई काम करने की ख़्वाहिश दिल में उभरती थी तो अम्मा एक दीवार बनकर हमारे सामने आ जाती थीं। अनजाने ही यह मेरा मिज़ाज बनने लगा था कि जो कुछ भी करता था उसे पहले अम्मा की आँखों से देख-परख लिया करता था। दिल की गहराई में कहीं यह ख़याल बहुत मज़बूती से बैठ गया था कि मुझे वही सब करना चाहिए जो अम्मा चाहती हैं।

अजीब तरह का डर था यह जिसमें कर्तव्य-बोध, अम्मा की क़ुर्बानी और मजबूरी का एहसास और इस तरह की जाने कितनी ही बातें गड्डमड्ड हो गई थीं। अब्बा के ज़माने में मैंने किसी क़ैदी की तरह ज़िन्दगी गुज़ारी थी। अब मुझ पर

वैसा कोई अंकुश नहीं था। मैं जहाँ चाहूँ जा सकता था। अम्मा कहाँ तक मुझ पर पहरे बिठा सकती थीं? लेकिन मैं कुछ भी तो नहीं कर पाता था अपनी मरज़ी के मुताबिक़। लगता था वह ज़ंजीरें जो अब्बा के जमाने में मुझे जकड़े रखती थीं आज भी पैरों की बेड़ियाँ बनी हुई हैं। अब्बा मर गए हैं लेकिन जिन ज़ंजीरों से उन्होंने मुझे बाँध रखा था वे आज भी मुझे जकड़े हुए हैं।

आज हबीब भाई का ख़त आया है। छोटे अब्बा की तबियत अभी ख़राब चल रही है। इलाज से कोई फ़ायदा नहीं हो रहा है। हबीब भाई छुट्टी लेकर पार्वतीपुर में पड़े हुए हैं।

हबीब भाई हर ख़त में घरेलू बातों के अलावा पाकिस्तान की हालत के बारे में भी ज़रूर लिखते हैं। कोई ख़त नहीं होता, जिसमें बंगालियों को दो-चार गालियाँ न सुनाते हों। इस बार भी यही रोना रोया—

> 'बंगालियों में ज़रा भी क़ौम की मुहब्बत नहीं है। इनका रवैया पाकिस्तान को बहुत नुक़सान पहुँचा रहा है। कितने अफ़सोस की बात है कि ढाके में बंगाली और बिहारी मुसलमानों का दंगा हुआ है। बहुत-से लोग मारे गए हैं। क्या तुमने कभी सुना था कि मुसलमान इस तरह एक-दूसरे का ख़ून बहाएँगे? हिन्दू-मुस्लिम दंगे तो होते रहते थे, लेकिन मुसलमानों का भी आपस में दंगा हो सकता है, यह मैंने कभी नहीं सोचा था। समझ में नहीं आता कि बंगालियों को हम लोगों से इतनी नफ़रत क्यों है? हमारी ज़बान, हमारा रहन-सहन, हमारे तौर-तरीके उन्हें क्यों बुरे लगते हैं? इन बंगालियों की अक़्ल पर बड़ा ग़ुस्सा आता है। इनके सामने इक़बाल का कोई शेर पढ़ो तो यों मुँह ताकने लगते हैं जैसे भैंस के आगे बीन बजाई गई हो। इन्हें तो टैगोर का गीत चाहिए। टैगोर को सुनकर ये फड़क ही तो उठते हैं। जिस घर में जाओ रवीन्द्र-संगीत की मनहूस धुनें गूँजती सुनाई देंगी। बहुत ही मनहूस नक़्शा है यहाँ का। मैंने कभी ख़्वाब में भी नहीं सोचा था कि पाकिस्तान में यह सब देखने-सुनने को मिलेगा।'

हबीब भाई के दिमाग़ की बनावट का मुझे पता है। उनके सोचने-समझने का ढंग

मुझे मालूम है। मुसलमान की एक तसवीर उनके दिमाग़ में बनी हुई है। हर जगह वह यही तसवीर देखना चाहते हैं। इक़बाल की शायरी पर वह जान छिड़कते थे और दिन-रात उनके शेर गुनगुनाते रहते थे। इन शेरों ने ही उनके दिमाग़ में मुसलमानों का खाक़ा तैयार किया था। इक़बाल का 'मर्दे मोमिन' ही उनके ख़याल में सच्चा मुसलमान था।

हबीब भाई के ख़त को पढ़कर कई पुरानी बातें याद आ गई हैं। पाकिस्तान बनने के पहले वह हिन्दुओं के ख़िलाफ़ इसी तरह ज़हर उगला करते थे। मुझे लगता है, वह नफ़रत किए बग़ैर नहीं रह सकते। बंगाली मुसलमानों से वह उसी तरह नफ़रत करते हैं जिस तरह कभी हिन्दुओं से नफ़रत किया करते थे।

गांधी भाई से बहस करते हुए हबीब भाई किस तरह जोश में आ जाते थे! गर्दन की रगें तन जाती थीं। भावावेश से चेहरा लाल हो जाता था। लगता था, उन पर कोई भूत सवार हो गया है।

गांधी भाई हँसकर कहा करते थे—"तुम हक़ीक़त को देखने की कोशिश नहीं कर सकते। तुम्हारी आँखें तो हसन बिन सब्बाह की नक़ली जन्नत को देखकर चुँधिया गई हैं। तुमने अब्दुल हलीम शरर का नॉविल 'फ़िरदौसे बरीं' पढ़ा है? हुसैन ने अपने सगे चाचा को इसी वजह से तो क़त्ल कर दिया था कि वह इस जन्नत को एक हक़ीक़ी जन्नत समझने लगा था।"

हबीब भाई और भी जोश में आकर कहते—"आप जैसे ग़द्दारों के लिए यक़ीनन पाकिस्तान एक ख़याली और नक़ली जन्नत हो सकती है, लेकिन सच्चे मुसलमानों के लिए वह एक जीती-जागती हक़ीक़त है। वह उनके ख़्वाबों और हौसलों की ज़मीन है। वहाँ वे हिन्दुओं के ज़ुल्म से हमेशा-हमेशा के लिए आज़ाद हो सकेंगे।"

हसन बिन सब्बाह की जन्नत चाहे नक़ली और झूठी रही हो लेकिन उसमें दिलों को खींचने और मुग्ध करने की अद्‌भुत शक्ति थी। इसन बिन सब्बाह का व्यक्तित्व भी कितना जानदार था! कैसा जादू था उसमें कि सैकड़ों-हज़ारों लोग उसके इर्द-गिर्द इकट्‌ठे हो गए थे! एक नया फ़िरक़ा क़ायम किया था उसने जो बातिनिया फ़िरक़े के नाम से मशहूर हुआ। अलमूत की वादी में ख़ूबसूरत पहाड़ियों और झरनों के बीच उसने कैसी शानदार दुनिया बसाई थी! उसके मुरीद इसे असली जन्नत समझते थे तो उनका क्या क़सूर था इसमें! हक़ीक़ी जन्नत की तरह यहाँ भी दूध और शहद की नहरें बहती थीं और परी जैसी ख़ूबसूरत नौजवान औरतें सचमुच

जन्नत की हूरें ही नज़र आती थीं। ख़ूबसूरत, नाज़ुक, भोले-भाले लड़के वास्तव में जन्नत के ग़िलमान ही दिखाई देते थे।

हसन बिन सब्बाह की जन्नत के बारे में सब कुछ जानने की उत्सुकता मन में होती थी। बड़ी मुश्किल से लाइब्रेरी से शरर का उपन्यास मिल सका था। अब्बा की निगाहों से छुपकर रातों-रात उसे पढ़ डाला था। पढ़ने के दौरान हर लम्हा अब्बा के जाग पड़ने और रँगे हाथ पकड़े जाने का ख़ौफ़ सताता रहा था। लेकिन इस ख़ौफ़ के बावजूद उपन्यास इतना रोचक लगा था कि पूरा उपन्यास एक साँस में पढ़ डाला था। अलमूत की वादी में बनाई गई यह जन्नत बहुत दिनों तक मेरे दिल और दिमाग़ पर हावी रही थी। कितनी होशियारी से तैयार की गई होगी यह जन्नत कि लोग इसे असली जन्नत मान बैठे थे। माना कि लोगों को हशीश का शरबत पिलाकर इस जन्नत की सैर कराई जाती थी। मदहोशी की हालत में ही उन्हें इस पर हक़ीक़ी जन्नत का धोखा होता था। फिर भी जन्नत की तमाम ख़ूबियाँ बज़ाहिर इसमें मौजूद तो थीं। दुनिया फ़रेब की ही सही लेकिन हक़ीक़त का आभास तो देती थी। उस दिमाग़ की दाद तो देनी ही चाहिए जिसने ऐसी ख़ूबसूरत दुनिया बनाई थी।

लेकिन जब इस जन्नत को तहस-नहस कर दिया गया था तो उन लोगों के दिल और दिमाग़ की क्या हालत हुई होगी जो इसे असली और जीती-जागती जन्नत समझ रहे थे। गांधी भाई कहते थे—"हसन बिन सब्बाह को तारीख़ एक जादूगर और फ़रेबी इनसान की हैसियत से याद रखती है। लेकिन वह तारीख़ की कोई अकेली मिसाल नहीं है। वह हमें हर दौर में मिल जाएगा। ख़याली और झूठी जन्नत की झलक दिखाकर भोले-भाले इनसानों को अपने हथकंडों के लिए इस्तेमाल करना उसका पुराना तरीक़ा है।"

ये बातें न तो हबीब भाई की समझ में आती थीं और न मेरी समझ में।

गांधी भाई अक्सर घड़ी के पेंडुलम की तरह दो छोरों के बीच झूलते दिखाई देते थे। एक तरफ़ इस्लाम और दुनिया की तारीख़ का हर सफ़ा उनकी आँखों के सामने नाचता रहता था। ऐसे-ऐसे बारीक नुक्ते पैदा करते थे कि उनकी समझ और ज्ञान का लोहा मानना ही पड़ता था। लेकिन एक दूसरे छोर पर वह बेहद निकम्मे इनसान थे। भला यह भी कोई ज़िन्दगी है! बच्चे खाने-पीने को तरस रहे हैं। बीवी शौहर के होते हुए बेवा जैसी ज़िन्दगी बसर कर रही है। इन सबका कोई एहसास ही नहीं। बेहयाई और बेग़ैरती की भी कोई हद होती है! ऐसा ज्ञान किस काम का जिससे घर के लोगों को दो वक़्त की रोटी भी ठीक तरह से न मिल सके।

उन्नीस सौ बयालीस के 'भारत छोड़ो' आन्दोलन में जब पुलिस उन्हें पकड़कर ले गई थी तो मेरा ख़याल था कि उनके घर में कुहराम मच जाएगा। लेकिन ऐसा कुछ भी तो नहीं हुआ था। शायद इसकी एक वजह यह हो कि जेल वह कोई पहली बार नहीं गए थे। कांग्रेसी होने के नाते कई बार जेल की हवा खा चुके थे। शहर में बहुत से कांग्रेसी गिरफ़्तार हो चुके थे। पुलिस गांधी भाई को भी पकड़कर ले गई तो इसमें ताज्जुब की क्या बात हो सकती थी?

लेकिन इससे भी बड़ी वजह शायद यह थी कि गांधी भाई के जेल चले जाने से घर की हालत पर कोई ख़ास असर नहीं पड़ सकता था। अगर वह कमाते-कजाते होते और जेल जाने की वजह से घर की आर्थिक स्थिति पर कोई असर पड़ने का डर होता तो घर के लोग यक़ीनन चिन्तित होते। लेकिन घर-गृहस्थी की गाड़ी वह तो खींच ही नहीं रहे थे। घर में रहें या जेल में, घरवालों के लिए दोनों ही स्थितियाँ एक-सी थीं।

गांधी भाई को पुलिस वालों के साथ जाते देखकर मुझे कुछ ताज्जुब हुआ था। उनका चेहरा खिला हुआ था। चिन्ता या दुख का कोई निशान नहीं था चेहरे पर। मैं बैठक में बैठा उन्हें जाते देख रहा था और अम्मा अन्दर से बराबर मुझे आवाज़ दे रही थीं बैठक से हट जाने के लिए। उनको डर लग रहा था कि कहीं पुलिसवाले मुझे भी पकड़कर न ले जाएँ।

जेल में लोग किस तरह रहते होंगे! कहीं आ-जा नहीं सकते। दोस्तों-रिश्तेदारों से मिल नहीं सकते। कितना दम घुटता होगा लोगों का जेल की चहारदीवारी में! मैं यह सब सोच रहा था और गांधी भाई के हँसते हुए चेहरे को देखकर ताज्जुब हो रहा था। कमाल के आदमी हैं गांधी भाई भी! ख़ुश-ख़ुश इस तरह चले जा रहे हैं, जैसे कहीं दावत खाने जा रहे हों! जाने जेल से अब कब छूटेंगे! बीवी-बच्चों से मिलना कब नसीब होगा! लेकिन इनके चेहरे पर तो ज़रा भी उदासी नहीं है। अजीब बेफ़िक्र आदमी हैं यह भी!

हबीब भाई ने कहा था—"इन्हें देखिए! जेल जा रहे हैं पूरी क़ौम से ग़द्दारी करके! मुसलमानों को क्या लेना-देना इससे! अंग्रेज़ो! भारत छोड़ दो! जी हाँ, अंग्रेज़ सारी हुकूमत हिन्दुओं को सौंपकर चले जाएँ और वे हम पर अपना राज थोप दें। यही तो चाहती है कांग्रेस कि किसी सूरत से अंग्रेज़ यहाँ से चले जाएँ। मुसलमानों से निपटना कौन मुश्किल मसला है? फिर तो हमारे रहम पर रहेंगे। हम जैसा चाहेंगे वैसा ही करना पड़ेगा इनको। अजी जनाब आप किस ख़ुशफ़हमी में हैं? हम कभी

आपको यह सब करने नहीं देंगे। क़ायदे-आज़म और मुसलमान क्या इस साज़िश को नहीं समझते? क़ायदे-आज़म ने साफ़ कह दिया है, 'क्विट-इंडिया मूवमेंट' से हमारा कोई ताल्लुक नहीं है। हम इसके ख़िलाफ़ हैं। मुसलमानों को इसका बायकाट करना चाहिए। क़ायदे-आज़म की निगाह बहुत दूर तक पहुँचती है। वह कांग्रेस की सारी चाल को समझते हैं।"

जिस रोज़ गांधी भाई गिरफ्तार किए गए थे उसके एक दिन पहले स्कूल में भी बड़ी उथल-पुथल रही थी। बम्बई में तमाम बड़े कांग्रेसी नेता गिरफ़्तार कर लिये गए थे। यह ख़बर बिजली की तरह हमारे शहर में भी दौड़ गई थी। लोगों में बहुत जोश फैल गया था। घरों और दफ़्तरों से निकलकर लोग सड़क पर आ गए थे। जुलूस निकाले जा रहे थे और 'अंग्रेज़ो! भारत छोड़ो!' के नारों से शहर की फ़िज़ा गूँज उठी थी।

स्कूल में भी लड़के क्लासों से बाहर आ गए थे और मैदान में छोटी-छोटी टोलियों में बँटकर 'वन्देमातरम' गा रहे थे और नारे लगा रहे थे। वातावरण में जैसे आग भरी हुई थी और यह नामुमकिन था कि कोई इस गरमी को महसूस न कर सके। मैं थोड़ी देर तक एक कोने में अकेला खड़ा यह सब देखता रहा था। कुछ समझ में नहीं आ रहा था कि मुझे क्या करना चाहिए। 'इन्क़लाब ज़िन्दाबाद', 'अंग्रेज़ो भारत छोड़ दो', 'महात्मा गांधी जिन्दाबाद', 'अबुल कलाम आज़ाद ज़िन्दाबाद'—लड़के ज़ोर-ज़ोर से नारे लगा रहे थे। एकाएक मुझे लगा कि ये नारे मुझे अपनी तरफ़ खींच रहे हैं। मेरे शरीर में ख़ून जैसे बहुत तेज़ी से दौड़ने लगा था। मुझे इस तरह अकेले खड़ा नहीं रहना चाहिए। मेरे सामने जोश का ठाठें मारता समुद्र है और मैं निर्जीव-सा खड़ा इसे देखे जा रहा हूँ। सामने विशाल भीड़ नारे लगा रही है और मैं इससे कटा हुआ एक तरफ़ खड़ा हूँ! कोई प्रचंड शक्ति जैसे मुझे इस भीड़ की ओर खींच रही थी और मैं उसका प्रतिरोध करने में असमर्थ था।

मैं एक टोली में शामिल हो गया था और ज़ोर-ज़ोर से नारे लगा रहा था। शायद एक-दो मिनट ही गुजरे थे कि मैंने अपने बाएँ हाथ पर किसी की मज़बूत गिरफ़्त महसूस की। कोई पूरी ताक़त से मुझे पीछे की तरफ़ खींच रहा था। मैंने पलटकर देखा। हबीब भाई ने मेरा बायाँ हाथ पकड़ रखा था और वह मुझे पीछे घसीटने की कोशिश कर रहे थे।

"पागल हो गए क्या? अभी पुलिस आ जाएगी और सबको पकड़कर ले जाएगी। हम लोगों को इसमें शामिल नहीं होना चाहिए। अंग्रेज़ इस वक़्त हिन्दुस्तान

छोड़कर चले गए तो मुसलमानों का सारा मुस्तक़बिल तबाह हो जाएगा।" हबीब भाई यह कहते हुए मुझे बराबर घसीटते रहे थे और अब हम दोनों स्कूल के हाते से बाहर आ गए थे। स्कूल के गेट पर बहुत-से लड़कों ने शिवशंकर बाबू को घेर रखा था। शिवशंकर बाबू हम लोगों को इतिहास पढ़ाया करते थे और कांग्रेस के समर्थक थे। लेकिन इस समय लड़कों के बीच घिरे हुए वह बहुत दयनीय लग रहे थे। लड़के उनसे त्यागपत्र देने का आग्रह कर रहे थे और वह गिड़गिड़ाते हुए लड़कों से कह रहे थे—"मैं नौकरी छोड़ दूँगा तो बाल-बच्चे भूखों मर जाएँगे। ज़रा सोचो, मैं ऐसा कैसे कर सकता हूँ।"

लेकिन लड़के बहुत जोश में थे। शिवशंकर बाबू की इस दलील ने उन पर ज़रा भी असर नहीं किया था। वे ज़ोर-ज़ोर से चीख़कर कह रहे थे—'अंग्रेज़ों की गुलामी नहीं करने देंगे। नौकरी छोड़नी पड़ेगी।'

शिवशंकर बाबू बड़ी विकट स्थिति में फँसे हुए थे। वह लड़कों के घेरे से किसी तरह निकल भागना चाहते थे। लेकिन सब लड़कों ने उनको इस तरह घेर रखा था कि निकल भागना नामुमकिन था। इसी बीच दो लड़के ज़मीन पर औंधे लेट गए थे और दोनों ने शिवशंकर बाबू के पाँव मज़बूती से पकड़ लिए थे। शिवशंकर बाबू को इस हालत में देखकर हम दोनों को हँसी आ गई।

"बड़ा कांग्रेसी बनते थे, अब छोड़ें न नौकरी! नौकरी छोड़ते हुए नानी मरी जा रही है।"

उसी समय पुलिस वैन गेट पर आकर रुकी थी और लड़कों का ध्यान शिवशंकर बाबू से हटकर पुलिस की तरफ़ चला गया था। शिवशंकर बाबू को निकल भागने का एक अच्छा मौका मिल गया था। वह घेरे को तोड़ते हुए तेज़ी से भागने लगे। वह ऐसी बदहवासी में भाग रहे थे कि हँसी के मारे मैं और हबीब भाई लोट-पोट हो गए। शिवशंकर बाबू स्कूल की इमारत में पहुँचकर नज़रों से ओझल हो गए थे।

गांधी भाई के अब्बा के मरने के बाद तो घर की हालत और भी ख़राब हो गई थी। वह किसी सूरत से इतने बड़े कुनबे को ढो रहे थे। अब आमदनी का वह जरिया भी ख़त्म हो चुका था। गांधी भाई जेल में पड़े सड़ रहे थे।

मैं कभी-कभार उनके घर जाता तो बच्चों को देखकर बड़ा दुख होता। इन लोगों से कहीं अच्छी हालत तो हमारे मुहल्ले के दर्ज़ियों और राज-मज़दूरों की थी। गांधी भाई के लिए दिल में नफ़रत का शदीद एहसास उभरने लगता। यह अच्छी

क़ौमी ख़िदमत है जो उनके घर को ही जला रही है और बीवी-बच्चों को भूखों मरने पर मजबूर कर रही है। हज़रत ख़ुद तो जेल में मज़े से रोटियाँ तोड़ रहे होंगे और यहाँ बच्चे दाने-दाने को तरस रहे हैं। अच्छा ढोंग पाल रखा है गांधी भाई ने भी! अपने निकम्मेपन और नालायक़ी को छिपाने के लिए राजनीति और देशभक्ति का मुखौटा ओढ़ रखा है। जो आदमी घरवालों को दो वक़्त की रोटी तक नहीं दे सकता वह क़ौम और देश की सेवा क्या खाक़ करेगा? गांधी भाई मुझे बहुत बड़े पाखंडी दिखाई देते थे।

और भी तो कांग्रेसी लोग थे। कोई भी तो ऐसा लापरवाह और बेफ़िक्र नहीं था। सब राजनीति में हिस्सा लेते थे और जेल भी जाते थे। लेकिन बीवी-बच्चों को भूखों मार कर नहीं। सबने ही ख़ानदान के लोगों के लिए अच्छा इन्तज़ाम कर रखा था। सत्यानन्द सिन्हा को ही देख लीजिए। गांधी भाई के अच्छे दोस्त थे। पक्के कांग्रेसी थे। हमेशा खादी के कपड़े पहनते थे और कई बार जेल जा चुके थे। लेकिन क्या मजाल जो बीवी-बच्चों को उनकी ग़ैरमौजूदगी में रोटी-कपड़े की कोई दिक़्क़त हो! थोड़े दिन के लिए ही जिला बोर्ड के चेयरमैन बने थे। लेकिन इस थोड़े-से अरसे में ही इतना कुछ जोड़ लिया था कि बीवी-बच्चे आराम से रह सकते थे। बिसार तालाब पर कितनी बड़ी दो मंज़िला कोठी बनवा ली थी! ऊपर का हिस्सा किराए पर उठा रखा था। नक़द था सो अलग। लीडरी भी चल रही थी और बाल-बच्चे भी मजे से पल रहे थे।

लेकिन गांधी भाई की तो अक़्ल ही निराली थी। और कुछ नहीं तो कम-से-कम दौड़-धूप करके जिला बोर्ड के मेम्बर ही बन जाते। औरों की तरह ख़ुद भी कुछ रुपए जोड़ लेते। लेकिन इतनी समझ कहाँ थी उनमें? फ़िज़ूल की बसों में घंटों वक़्त बरबाद करते रहना ही उन्हें अच्छा लगता था। बीवी-बच्चे भाड़ में जाएँ। भूखों मरते हैं तो मरें। उन्हें कोई फ़िक्र नहीं थी इसकी।

हबीब भाई जाने कितनी बार कह चुके थे—"आप किस दुनिया में रहते हैं? कुछ बच्चों की भी फ़िक्र है या नहीं? और कुछ भी नहीं तो सत्यानन्द सिन्हा से ही कहिए! बोर्ड में ही कोई छोटी-मोटी नौकरी दिलवा देंगे आपको। बच्चों के लिए कुछ सहारा तो चाहिए न।"

लेकिन गांधी भाई को नौकरी करना, कहाँ अच्छा लगता था? वह तो आज़ाद रहना चाहते थे। अंग्रेज़ों की ग़ुलामी के साथ-साथ और तरह की ग़ुलामी भी उन्हें सख़्त नापसन्द थी।

आख़िरकार हाजी अब्दुल करीम को ही रहम आया था उनके बच्चों पर हालाँकि वह बड़ा कट्टर लीगी था और गांधी भाई का मज़ाक उड़ाने में हमेशा आगे-आगे रहता था। बाज़ार हो या मुहल्ला, जहाँ कहीं उन्हें देखता ठहाका मारकर कहने लगता—"कहिए गांधीजी! साबरमती आश्रम से कब लौटे? कांग्रेस का राज आया तो मिनिस्ट्री तो मिलेगी ही आपको।"

गांधी भाई बिना कोई जवाब दिए उसके पास से गुज़र जाते थे। वह कहते—"जाहिल भी है और बदतमीज भी। इसके मुँह क्यों लगूँ?"

गांधी भाई को पुलिस की हिरासत में देखकर अपनी आदत के मुताबिक़ बहुत ज़ोरदार क़हक़हा लगाते हुए उसने कहा था—"लो भाई! छोटे गांधीजी भी चल दिए अपनी ससुराल।"

गांधी भाई के बड़े लड़के को अपनी दुकान में मुंशी रख लिया था उसने। उसने साफ़-साफ़ कहा था—"मुझे गांधीजी से, ज़रा भी हमदर्दी नहीं है। लेकिन इन बच्चों पर तरस आता है। बाप की ग़लती की सज़ा इन लोगों को क्यों भुगतनी पड़े?"

हबीब भाई भी बोले थे—"आख़िर आड़े वक़्त लीगी मुसलमान ही काम आया न। किसी कांग्रेसी ने तो आकर ख़बर भी नहीं ली कि बच्चे जीते हैं या मरते हैं। अजी उन्हें क्या पड़ी है! दिल से कांग्रेसी हिन्दू भी इन कांग्रेसी मुसलमानों को पसन्द नहीं करते। क्या वह नहीं समझते कि जो लोग अपनी क़ौम से गद्दारी कर सकते हैं वे उनके कब हो सकते हैं? लेकिन वे लोग इन कांग्रेसी मुसलमानों को इसलिए बरदाश्त कर लेते हैं कि इनकी वजह से कांग्रेस क़ौमी पार्टी होने का दावा कर सकती है। मुट्ठी-भर कांग्रेसी मुसलमान कांग्रेस को छोड़कर अलग हो जाएँ तो कांग्रेस का यह दावा बिलकुल बेबुनियाद साबित हो जाए। इसी वजह से तो वह इन्हें ढो रही है।"

गांधी भाई को शहर के मुसलमानों ने किन-किन तरीक़ों से तंग नहीं किया था? जिधर से भी गुज़रते थे लोग फबतियाँ कसना और मज़ाक उड़ाना न भूलते थे। कई बार छत्ता मस्जिद के पास लोगों को उन्हें घेर कर छेड़ते और परेशान करते मैं ख़ुद देख चुका था। बहुत तरस आता था उनको इस हालत में देखकर। मसख़रे की तरह ऐसी ज़लील ज़िन्दगी गुज़ारने से तो मर जाना अच्छा है। कांग्रेस को क्यों नहीं छोड़ देते? खादी के कपड़े और गांधी टोपी क्यों नहीं उतार फेंकते यह। बेवकूफ़ी की भी हद होती है। जिन चीज़ों ने इनकी ज़िन्दगी को जहन्नुम बना रखा है उन्हें ही सीने से लगा रखा है! तमाम लोग इसी वजह से नफ़रत करते हैं न कि कांग्रेस

में क्यों शामिल हैं। कांग्रेस का साथ छोड़ दें तो लोग भी नफ़रत करना छोड़ दें।

उन दिनों मेरे लिए यह समझना मुश्किल था कि कुछ चीज़ों को छोड़ना आदमी के वश में नहीं होता। ये चीज़ें उसके लिए दिल और दिमाग़ के साथ इस तरह जुड़ी होती हैं कि वह इन्हें अलग नहीं कर सकता। ये चीज़ें उसके ख़ून का कुछ इस तरह हिस्सा बन जाती हैं कि इनके बग़ैर उसे अपना अस्तित्व बेमानी और अर्थ-हीन दिखाई देने लगता है। गांधी भाई के साथ भी ऐसा ही था। वह हर तरह की मुसीबत और ज़िल्लत झेल सकते थे लेकिन अपने दिल और दिमाग़ को किसी और रास्ते पर चलने के लिए आमादा नहीं कर सकते थे। हर रोज़ सैकड़ों-हज़ारों बार लोग उनसे चीख़-चीख़ कर कहते थे—"तुम जिस रास्ते पर चल रहे हो वह ज़िल्लत और बदनामी का रास्ता है, तुम्हारे लिए भी और हम लोगों के लिए भी। तुम इस रास्ते से हट जाओ। उस रास्ते पर चलना शुरू कर दो जिस पर हम सब, हज़ारों-लाखों आदमी चल रहे हैं।"

लेकिन गांधी भाई को इस रास्ते पर चलना पसन्द नहीं था। उन्हें काँटों से भरे रास्ते पर चलने और लहूलुहान होने में ही मज़ा आता था।

टाउन हॉल का वह जलसा आज भी एक दुःस्वप्न की तरह मेरे दिमाग़ से चिपका हुआ है। कांग्रेसी मुसलमानों का जलसा था। दिन में कई बार लाउड-स्पीकर से जलसे का एलान किया गया था। बाहर के भी कई नेता आए हुए थे। शहर में यह अफ़वाह भी गरम थी कि मुस्लिम लीग के लोग इस जलसे को नाकाम बनाने की पूरी कोशिश करेंगे। लीग के वालंटियर शहर में घूम-घूमकर मुसलमानों से जलसे का बायकॉट करने की अपील कर रहे थे। लोग वैसे ही कांग्रेस और कांग्रेसी मुसलमानों से चिढ़े हुए थे। जो थोड़ी कसर रह सकती थी वह लीग के वालंटियरों ने पूरी कर दी थी। जलसे में बहुत थोड़े लोग ही पहुँचे थे। मुश्किल से साठ-सत्तर आदमी होंगे जिनमें दस-पन्द्रह तो लीग के वालंटियर ही थे जो जलसे में हड़बोंग मचाने के लिए वहाँ भेज दिए गए थे।

जलसे की कार्रवाई क़ुरान की तिलावत से शुरू हुई थी। तिलावत के ख़त्म होने तक तो जलसे में शान्ति रही। लेकिन जैसे ही एक नेता ने तक़रीर शुरू की तो लीग के वालंटियरों ने चिल्लाना शुरू कर दिया—"वापस जाओ। हम लोग तुम्हारी तक़रीर नहीं सुनेंगे! नहीं सुनेंगे!"

जलसे में अफरा-तफरी-सी फैलने लगी थी। कांग्रेसी मुसलमानों में से भी

कइयों को जोश आ गया था और वे ज़ोर-ज़ोर से चीख़कर लीग के वालंटियरों से कह रहे थे—"आप लोग सुनना नहीं चाहते तो जलसे से चले जाइए।"

लेकिन लीग के वालंटियर कुछ मंसूबा बनाकर आए थे। उन्होंने ज़ोर-ज़ोर से नारे लगाने शुरू कर दिए—"ग़द्दारो वापस जाओ! कांग्रेस के पिट्ठुओं को हम नहीं सुनेंगे! क़ायदे-आज़म ज़िन्दाबाद! मुस्लिम लीग ज़िन्दाबाद!"

इसी बीच किसी ने बिजली का कनेक्शन काट दिया और हॉल अँधेरे में डूब गया। लोग घबराकर बाहर भागने लगे थे। गांधी भाई जो अब तक ख़ामोशी से सब कुछ देखते रहे थे एकाएक जोश में आ गए थे और लीग के वालंटियरों के गोल में घुसकर वह उनसे कह रहे थे—"आप लोगों को शर्म नहीं आती यह सब करते हुए। मक्के के काफ़िरों ने भी ऐसा सुलूक नहीं किया होगा रसूल के साथ। वह कम-से-कम रसूल की बातों को सुना तो करते थे, चाहे ईमान न लाते हों उन पर।"

लीग के तमाम वालंटियर पिल ही तो पड़े थे गांधी भाई पर। घूँसों-लातों से इतना मारा था कि बेहोश हो गए थे वह। हबीब भाई ही वालंटियरों को समझा-बुझाकर एक तरफ़ ले गए थे वरना जाने और क्या हाल कर देते वह उनका।

गांधी भाई कई दिनों तक बिस्तर पर पड़े रहे थे। उनके उदास चेहरे को देखकर मैं सोचने लगता, वह कौन-सी शक्ति है जो उन्हें यह सब झेलने पर मजबूर कर रही है। कोई भी तो अपने लिए ऐसी मुसीबतें मोल नहीं लेता। हर आदमी आराम और इज़्ज़त की ज़िन्दगी चाहता है। यह क्यों उल्टी दिशा में चलना चाहते हैं? आराम और इज़्ज़त की ज़िन्दगी से इन्हें क्यों इतनी चिढ़ है? गांधी भाई किसी अबूझ पहेली की तरह पेचीदा दिखाई देने लगते थे।

कॉलेज से अभी-अभी आया हूँ। अम्मा एक सरकारी लिफ़ाफ़ा मेरे हाथ में थमा देती हैं। ख़त पढ़ते ही मेरा चेहरा खिल उठता है। मुंसिफ़ी के लिए मुझे चुन लिया गया है। पटना पहुँचकर डाक्टरी परीक्षा करवाने के लिए कहा गया है।

अम्मा उत्सुकता से मेरी ओर देख रही हैं। वह ख़त के बारे में जानने को बेचैन हो रही हैं। मैं कहता हूँ—"अम्मा! मुझे मुंसिफ़ की पोस्ट के लिए चुन लिया गया है। पटना बुलाया है।" अम्मा ख़ुशी से जैसे चीख़ पड़ना चाहती हैं लेकिन इस तूफ़ान को दबा कर कहती हैं—"हम कहते थे ना कि अच्छी नौकरी ज़रूर मिलिए। तुम ही हिम्मत हार दिए थे।"

अम्मा के चेहरे पर सफलता की चमक है जैसे आज उनकी तपस्या पूरी हो गई हो।

"अब बोरिया-बिस्तर बाँधने को तैयार रहिए। जाने कहाँ पोस्टिंग हो।" मैं अम्मा से कहता हूँ।

"ना भाई! हम क्यों जाएँगे तेरे साथ? हम चले गए तो घर की देखभाल कौन करिए?"

घर! घर! घर नहीं हुआ, कोई हीरे-मोतियों का ख़ज़ाना हो गया, जिसकी देखभाल करनी ज़रूरी हो। अम्मा जाने क्या सोचती हैं? जैसे वह चली गईं तो कोई घर को उठाकर ले जाएगा। ताज्जुब है, इस घर में इतने दिनों तक रहने के बाद भी उनका दिल नहीं ऊबा। घर को छोड़ने के नाम से ही कानों पर हाथ धर लेती हैं। घर की ऐसी मुहब्बत भी क्या कि आदमी उसे कभी छोड़ने को तैयार ही न हो!

ख़ैर, देखें अम्मा भी कब तक अड़ी रहती हैं अपनी ज़िद पर? मन सचमुच ख़ुशी से उछल रहा है। मुझे ज़रा भी तो उम्मीद नहीं थी। चलो, कॉलेज की क्लर्की से छुटकारा मिला। यह क्लर्की तो आजीवन कारावास की तरह मुझसे चिपटी

हुई थी। सोचता था, इससे कभी मुक्ति नहीं मिलेगी। और यह नौकरी भी कितनी कोशिश-पैरवी के बाद मिली थी।

बचपन के दिनों से ही क्लर्की से नफ़रत रही थी। अब्बा किस क़दर हक़ीर और छोटे इनसान दिखाई देते थे इसी क्लर्की की वजह से! कैसे-कैसे ख़्वाब देखा करता था मैं उन दिनों! तरह-तरह की नौकरियाँ, अपनी तरफ़ खींचती थीं लेकिन क्लर्की के ख़याल से ही दहशत-सी महसूस होने लगती थी।

बहुत-से क्लर्कों को देखता था कि बड़ी ख़ुशहाल ज़िन्दगी गुज़ार रहे हैं। रिश्वत और ऊपर की आमदनी की वजह से उनकी हालत बहुत-से अफ़सरों से भी ज़्यादा अच्छी थी। लेकिन इसके बावजूद यह पेशा बेहद घटिया ही लगता था।

मैं बी.ए. पास कर चुका था। हबीब भाई और छोटे अब्बा बीसियों ख़त लिख चुके थे—यहाँ आ जाओ। पाकिस्तान एडमिनिस्ट्रेटिव सर्विस में ज़रूर आ जाओगे। और कुछ नहीं तो किसी अच्छी फर्म में अच्छी-ख़ासी पोस्ट मिल जाएगी। लेकिन अम्मा कहाँ राजी होती थीं? वह कहतीं—"यहीं कोशिश करो। कुछ-न-कुछ ज़रूर होगा।"

नौकरी के लिए कितनी दौड़-धूप की थी! पटना से लेकर कलकत्ता तक की ख़ाक छानी थी। लेकिन हर बार निराशा ही हाथ लगी थी। ऊँची नौकरियों का ख़याल छोड़कर छोटी नौकरियाँ भी करने को तैयार था लेकिन ये भी कहाँ मिलती थीं?

बचपन में जिन स्थितियों से नफ़रत थी, जिन बातों से बड़ी घृणा होती थी, वे सबकी सब बीत चुकी थीं मुझ पर। अब्बा जब अपने ट्यूशन के क़िस्से सुनाया करते थे तो कैसी खीझ और झुँझलाहट होती थी! जी चाहता था, ये कहानियाँ अब्बा के साथ न जुड़तीं तो अच्छा था। एक बार अब्बा मुझे भी ले गए थे उस घर में जहाँ कभी वह ट्यूशन पढ़ाया करते थे। अपने शागिर्दों से मिलाया था। वह उनसे पुरानी बातों का ज़िक्र करके कैसी ख़ुशी महसूस कर रहे थे! और मेरी यह हालत थी कि शर्म से ज़मीन में गड़ा जा रहा था। इन लोगों से आँखें मिलाने का साहस नहीं होता था। ये लोग क्या सोच रहे होंगे! यही न कि 'यह उसी आदमी का बेटा है, जो कभी हमारे घर में नौकर था, जो हमारी रोटियों पर पल रहा था।'

मैं वहाँ से भाग जाना चाहता था लेकिन अब्बा उठने का नाम नहीं ले रहे थे। वह अपने शागिर्द से, जो अब छब्बीस-सत्ताईस साल का जवान था, बहुत घुल-मिलकर बातें कर रहे थे। मुझे बड़ी कोफ़्त हो रही थी। अब्बा ने किस मुसीबत

में डाल दिया है! उन्हें अपने आत्म-सम्मान का एहसास नहीं है तो कम-से-कम मुझे तो ऐसी स्थिति में डालने की कोशिश न करें। जीवन का जो अपमानजनक अध्याय समाप्त हो चुका है उसे फिर से जीवित करने की कोशिश क्यों करते हैं! उनके बहुत से रवैयों की तरह यह रवैया भी मुझे बेहद बेतुका और अफ़सोसनाक लगा था।

लेकिन मैं जब पटना क़ानून पढ़ने के लिए गया था तो ट्यूशनों का सहारा लेने के अलावा कोई और रास्ता नहीं था मेरे सामने। चालीस-पचास रुपए महीने का ख़र्च आख़िर मैं किस तरह बरदाश्त कर सकता था? अम्मा के पास जो कुछ था वह सब ख़र्च हो चुका था। घर से कुछ भी मिलने का सवाल नहीं उठता था। लेकिन ट्यूशनें भी आसानी से नहीं मिलती थीं। कई दिनों तक मैं सड़कों और गलियों की ख़ाक छानता रहा था। घर-घर में जाकर पूछता था लेकिन ट्यूशन नाम की चीज़ कहीं भी नहीं मिल रही थी। जिस चीज़ को मैं कभी इतनी हक़ीर और तुच्छ समझता था वह आज लाख कोशिश करने के बावजूद मुझे नहीं मिल रही थी।

कितनी मुश्किल से एक मामूली-सी ट्यूशन मिल सकी थी! एक पेशकार के बच्चों को पढ़ाने की नौकरी। कैसे घटिया माहौल में रहना पड़ा था मुझे! लेकिन सबसे ज़्यादा ताज्जुब की बात तो यह थी कि मैं सब कुछ बरदाश्त कर रहा था। जिस अपमान और बेइज़्ज़ती की कल्पना तक से मुझे घृणा होने लगती थी उसको गले के नीचे उतार रहा था। मन में आक्रोश की लहर उठती थी लेकिन वह इतनी प्रचंड नहीं थी कि मुझे कुछ कर गुज़रने के लिए मजबूर कर सकती।

अब्बा जिन स्थितियों से गुज़रे थे उनसे कहीं ज़्यादा अपमानजनक स्थितियों को मैं झेल रहा था। कहने को तो मैं ट्यूटर था, दो बच्चों को पढ़ाता था। लेकिन पढ़ाने के अलावा मुझे और बीसियों काम करने पड़ते थे। कमबख़्तों ने बिलकुल घरेलू नौकर समझ रखा था। बाज़ार से सौदा-सुलुफ़ लाने से लेकर बच्चों की दवा लाने तक कितने ही काम मुझे करने पड़ते थे।

पेशकार तो दिन-रात रुपए बनाने में लगा रहता था। सवेरे-सवेरे ही लोग उसके पास आने लगते। शाम को कचहरी से बहुत देर से लौटता। साले ने ट्यूटर क्या रखा था जैसे कोई बहुत बड़ा एहसान कर दिया था। मेरे एक साथी ने उससे सिफ़ारिश की थी। मैं जब मिला था तो कितनी बेमुरव्वती और रुखाई से बात की थी—"ट्यूटर की मुझे कोई ख़ास ज़रूरत नहीं है। लेकिन आपकी मदद करना चाहता हूँ। पहले भी मैंने जो ट्यूटर रखा था तो मदद करने के ख़याल से ही रखा था। लेकिन वह

आदमी बहुत नमकहराम साबित हुआ। यही तो मुश्किल है आजकल। लोगों पर एहसान कीजिए, फिर ये लोग आँखें दिखाने लगते हैं। कहीं ऐसा न हो कि आप भी वैसे ही निकलें।"

दिल में आया था कि साले के मुँह पर एक तमाचा जड़ दूँ। मैं जैसे उसके पास भीख माँगने के लिए आया था। किस तरह की बातें कर रहा है यह बदमाश! लेकिन मैं कुछ भी तो नहीं कह सका था उससे। मुझे जल्दी-से-जल्दी कोई ठिकाना चाहिए था। बहुत दौड़-धूप के बाद, काम बनने की सूरत पैदा हुई थी। मैं भावावेश में इस बने-बनाए खेल को बिगाड़ नहीं सकता था।

पेशकार की बीवी तो और भी चुड़ैल निकली थी। वह मुझे ज़रख़रीद ग़ुलाम ही तो समझती थी। शौहर उसकी मुट्ठी में था। घर में क्या होता है इससे पेशकार का कोई मतलब नहीं था। वह तो महज़ रुपए कमाने की एक मशीन था। घर में बीवी का ही हुक्म चलता था। अब्बा की ज़िन्दगी में हमारे घर की जो हालत थी उसका ठीक उल्टा नक़्शा यहाँ नज़र आता था। यहाँ पेशकार की बीवी ही सब कुछ थी। पेशकार की हैसियत तो महज़ एक सिफ़र की थी। तक़रीबन वैसी हैसियत जैसी अम्मा की अब्बा के ज़माने में थी।

बेहद बदमिज़ाज और चिड़चिड़ी थी वह। दिन-भर उसकी बक-बक और झक-झक मुझे सुनाई देती रहती। क़ानून की क्लासें शाम को लगती थीं। दिन-भर अपने कमरे में पड़ा कुढ़ता रहता। डेढ़-दो साल का यह अरसा कितना मुश्किल से गुज़रा था! इम्तिहान देकर जब घर लौटा था तो लगा था क़ैद से छूटकर आया हूँ।

लेकिन मुसीबतों का सिलसिला अभी भी कहाँ ख़त्म हुआ था? पढ़ाई ख़त्म हो चुकी थी। अब नौकरी की दौड़-धूप शुरू हो गई थी। दरख़्वास्तें भेजता रहता था। कहीं से इंटरव्यू आता भी था तो नौकरी नहीं मिलती थी। गया, पटना, कलकत्ता—कितनी ही जगहों पर इंटरव्यू दे चुका था। लेकिन कामयाबी कहीं भी नहीं हो रही थी।

घर की हालत बहुत ख़राब हो चुकी थी। अम्मा के तमाम गहने एक-एक करके बिक चुके थे। मैं बैठक में लेटा भविष्य के बारे में सोचता रहता और विवशता और निराशा का एहसास मेरे दिमाग़ पर हावी हो जाता। मुझे लगता, यहाँ अब कोई उम्मीद नहीं रह गई है। छोटे अब्बा और हबीब भाई के ख़तों पर मैं अब बहुत संजीदगी और गम्भीरता से ध्यान देने लगा था। मेरे बहुत से साथी बी. ए. करने के बाद ही सरहद पार चले गए थे और वहाँ उन्हें अच्छी नौकरियाँ भी

मिल गई थीं। लेकिन अम्मा अभी भी ऐसे किसी ख़याल के सामने मज़बूत दीवार बन कर खड़ी हो जाती थीं और मेरा संकल्प टूटने लगता था। अजीब तरह के उलझे-उलझे विचार आते थे मन में। कभी ख़ुद भी सोचने लगता? मैं क्यों जाऊँ यहाँ से? यह तो हिम्मत हारना हुआ। क्या मैं इतना कमज़ोर और बुज़दिल हो गया हूँ कि हालात का मुक़ाबला नहीं कर सकता? नहीं, मैं भगोड़ा नहीं बनूँगा। अब्बा के मरने के बाद कितनी ही विकट स्थितियों का सामना करना पड़ा है। कितने ही क्षण ऐसे आए जब मैं तक़रीबन टूट गया था। लेकिन किसी-न-किसी तरह मैं फिर सँभल गया था। दिल से मैं वहाँ जाना नहीं चाहता था। लेकिन घर की बिगड़ी हुई आर्थिक स्थिति और बेकारी पर ग़ौर करता था तो यह ख़्वाहिश एक पागलपन और सनक दिखाई देने लगती थी। मेरे बीसियों साथी वहाँ अच्छी नौकरियों में लगे हुए थे। लोगों का जाने का सिलसिला जारी था। बहुत सारे रिश्तेदार तो पहले ही जा चुके थे। जो अपनी नौकरियों या ज़मीन-जायदाद के मोह की वजह से ख़ुद नहीं जा सके थे, वे भी आहिस्ता-आहिस्ता अपने बच्चों को वहाँ भेज रहे थे। ये लोग मेरा और अम्मा का मज़ाक उड़ाया करते थे—"मियाँ! क्यों ज़िन्दगी बरबाद कर रहे हो अपनी? यहाँ कौन नौकरी देगा। बहुत ज़ोर मारोगे तो छोटी-मोटी नौकरी शायद मिल जाए। वहाँ जाओ! ज़िन्दगी बन जाएगी।"

ऐसी राय देनेवाले सिर्फ़ मुसलमान ही नहीं थे। बहुत-से हिन्दू भी मुसलमान लड़कों को यही सलाह दे रहे थे। यह बात उन लोगों की नहीं है जो मुसलमानों से चिढ़े हुए थे और नफ़रत-भरे लहजे में कहा करते थे—"यहाँ क्या रखा है अब तुम लोगों का। पाकिस्तान चाहते थे, वह मिल गया तुम लोगों को। अब क्यों रहना चाहते हो यहाँ?"

रामलाल बाबू ने भी तो मुझसे यही सब कहा था। अब्बा की उनसे ख़ूब गाढ़ी छनती थी। बराबर हमारे घर आया करते थे। अब्बा के मरने के बाद भी अक्सर हाल-चाल पूछने के लिए आ जाते थे। फिर धीरे-धीरे यह सिलसिला ख़त्म हो गया था।

एक रोज़ बाज़ार में मुलाक़ात हो गई थी तो यह जानकर बहुत ख़ुश हुए थे कि मैं बी. ए. के साथ-साथ 'लॉ-ग्रेजुएट' भी हो गया हूँ। जब मेरी बेरोज़गारी का पता चला था तो छूटते ही कहा था—"मेरी सलाह मानो! पाकिस्तान चले जाओ। वहाँ बहुत अच्छी नौकरी मिल जाएगी। कबीर बाबू भी तो वहीं हैं। तुम्हें तो कुछ सोचना भी नहीं चाहिए।"

लेकिन जब मैंने उनसे साफ़-साफ़ कह दिया था कि मैं पाकिस्तान जाना नहीं चाहता तो उनको थोड़ा ताज्जुब हुआ था। समझाने के ख़याल से उन्होंने कहा था—"ये सब बेवक़ूफी की बातें हैं। जहाँ भी आदमी को अच्छी नौकरी मिले वहाँ ज़रूर जाना चाहिए। मेरा बेटा ख़ुद इंग्लैंड में नौकरी कर रहा है। क्यों न करे? वहाँ ज़्यादा अच्छे पैसे मिलते हैं।"

कॉलेज में क्लर्की की नौकरी मुझे रामलाल बाबू ने ही दिलवाई थी। उनके छोटे भाई कालेज के प्रिन्सिपल थे। उनसे कहकर मुझे रखवा दिया था वहाँ।

इस नौकरी से कितना बड़ा सहारा मिला था! बचपन में अब्बा की नौकरी के बारे में सोचकर कैसा अपमान-सा महसूस होता था मुझे! और अब उससे भी छोटी नौकरी मिलने पर कितनी ख़ुशी हुई थी! घर का नक़्शा ही बदल दिया था इस नौकरी ने। मैं फिर उत्साह और जोश के साथ आगे के बारे में सोच सकता था।

बेरोज़गारी के दिनों में अम्मा से आए दिन झगड़ने लगा था मैं। वह डर जो अब्बा के मरने के बाद अम्मा से महसूस होने लगा था एकाएक ख़त्म हो गया था। ज़रा-ज़रा-सी बात पर झुँझला उठता था और अपनी तमाम परेशानियों की जड़ अम्मा को समझकर उन्हें सख़्त-सुख़्त सुना दिया करता था। अम्मा मेरी बातों को ख़ामोशी से सुन लेतीं और ठंडी साँस भरने के अलावा कुछ न बोलतीं। उनकी ख़ामोशी से मेरा ग़ुस्सा और बढ़ जाता और मैं ज़्यादा सख़्त लहजे में उनसे कहने लगता—"आप जो चाहती थीं वही सब तो हो रहा है। हम सब इसी घर में भूख से एड़ियाँ रगड़ते-रगड़ते जान दे देंगे लेकिन घर छोड़कर नहीं जाएँगे। आपकी यही ख़्वाहिश थी न!"

...कलकत्ता से रेलवे की नौकरी का इंटरव्यू देकर रात में लौटा था। यह आठवाँ इंटरव्यू था शायद। रत्ती-भर भी उम्मीद नहीं थी। अम्मा ने उम्मीद-भरी नज़रों से मुझे देखा था और मेरे कुछ कहे बग़ैर ही जैसे सब-कुछ समझ गईं थीं। अम्मा सचमुच अब मुझसे डरने लगी थीं। नौकरी के बारे में कोई बात करने से वह अब कतराने लगी थीं। शायद सोचती थीं कि कुछ पूछा तो मैं भड़क उठूँगा। मैं खाना खाकर बिस्तर पर लेट गया था। मैं बहुत देर तक करवटें बदलता रहा था। नींद जाने कहाँ भाग गई थी। दिमाग़ को रह-रहकर भूखे-नंगे आदमियों की एक विशाल भीड़ जकड़ लेती थी।

मैं इंटरव्यू देकर बहुत देर तक चौरंगी में निरुद्देश्य घूमता रहा था। व्यर्थ ही आया था यहाँ। पच्चीस-तीस रुपए ख़र्च हो गए थे। फ़ायदा तो क्या होता, उल्टे

नुक़सान हो गया था। घंटों सड़कों की ख़ाक छानते रहने के बाद मैं सियालदा स्टेशन आ गया था। 'सियालदा एक्सप्रेस' पकड़नी थी मुझे।

पूरा प्लेटफ़ार्म और स्टेशन के बाहर का मैदान शरणार्थियों से भरा हुआ था। धूप और भूख से झुलसे हुए चेहरे! अपनी ज़मीन से उखड़े हुए इनसानों का एक समुद्र मेरे सामने फैला हुआ था। मैं इस विशाल जनसमूह को बहुत देर तक देखता रहा था और धीरे-धीरे एक ख़याल मेरे दिमाग़ में फैलता चला गया था। कभी इनमें से हरेक व्यक्ति एक इकाई रहा होगा। उसकी अपनी एक ज़मीन रही होगी। एक छोटा-मोटा घर रहा होगा। इन सबसे जुड़ी हुई एक परम्परा रही होगी। और अब इनमें से कोई भी एक विशिष्ट इकाई नहीं है। हरेक व्यक्ति एक बहुत बड़ी भीड़ का हिस्सा है जिसकी अपनी कोई अलग पहचान नहीं है। जानवरों के झुंड की तरह सब एक-दूसरे में इस तरह मिल गए हैं कि एक को दूसरे से अलग नहीं किया जा सकता। मुझे लगा था कि मैं आदमियों के बीच में नहीं खड़ा हूँ। जानवरों का एक बहुत बड़ा झुंड है जिसने मुझे चारों तरफ़ से घेर रखा है।

पूर्वी बंगाल से, एक और गाड़ी आकर रुकी थी। जानवरों का एक और झुंड प्लेटफ़ार्म पर उतरकर इधर-उधर भाग रहा था। एक बहुत जाना-पहचाना दृश्य आँखों के सामने आ गया था। फलगू नदी के उस पार मेले में जाते हुए जानवरों का झुंड। हैरान-परेशान, भागते हुए जानवरों का लम्बा जुलूस। ऐसा ही एक झुंड बरसों पहले गया की सड़कों पर दिखाई दिया था। लुटे-पिटे, निरीह इनसानों की एक लम्बी क़तार। मौत से डरकर भागे हुए आदमियों की भीड़।

हबीब भाई ने कहा था—"यह ख़ून रंग लाएगा। यह नवाखाली का बदला नहीं है, क़त्ले-आम है मुसलमानों का। नवाखाली में मुट्ठी-भर लोग ही मारे गए थे। यहाँ तो मुसलमानों के ख़ून से बिहार का चप्पा-चप्पा सुर्ख हो रहा है।"

गया की सड़कों पर फैली हुई भीड़! सियालदा स्टेशन पर चारों तरफ़ बिखरा हुआ निरीह जन-समुदाय! दोनों मेरे दिमाग़ में गड्ड-मड्ड हो गए थे। पहचानना नामुमकिन हो गया था—कौन-सी भीड़ हिन्दुओं की है, कौन-सी भीड़ मुसलमानों की?

बिस्तर पर करवटें बदलते हुए ये दृश्य बार-बार मेरे दिमाग़ में उभर रहे थे। किसी उच्च कोटि की ट्रेजेडी के दर्शक की तरह मेरी भावनाएँ उत्तेजित हो-होकर शान्त हो रही थीं। मैं अपनी व्यक्तिगत विफलताओं और निराशाओं से ऊपर उठ गया था।

अम्मा शायद समझ रही थीं कि मैं इंटरव्यू के बारे में सोच-सोच कर परेशान हो रहा हूँ। वह बहुत देर तक चुपचाप लेटी रही थीं। आख़िर जब ज़ब्त करना उनके लिए नामुमकिन हो गया था तो वह सिरहाने आकर बैठ गई थीं और हल्के-हल्के मेरा सिर दबाने लगी थीं। फिर जैसे अपने दिल पर बहुत जब्र करके, उन्होंने बहुत धीमे स्वर में कहा था—

"तुम जाना चाहते हो तो चले जाओ अपने छोटे अब्बा के पास। लेकिन हमको यहीं रहने दो।"

अम्मा ने बहुत सहज बनकर हमसे यह कहा था। लेकिन मैं जानता था कि वह यह सब मेरी ख़ातिर कह रही हैं!

"नहीं अम्मा, मैं नहीं जाऊँगा। यहीं कुछ-न-कुछ हो जाएगा।" मैंने जवाब दिया था और सोने की कोशिश करने लग गया था।

आज छाको का एक और ख़त आया है। लिखा है—

"अब्दुश्शकूर की तरफ़ से बाबा और जनवा बुआ को बहुत-बहुत सलाम। ख़त मिला। मालूम हो कि इलाही मास्टर की दुकान ख़ूब चलने लगी है। गवरमेंट का बहुत बड़ा ठेका मिल गया है। मास्टर कहते हैं कि सब कारीगर का रुपया हम बढ़ा देंगे और मुनाफ़े में से भी कुछ देंगे। लेकिन हमारा मन नहीं लगता है। और सब तरह का आराम है। इलाही मास्टर के घर में हम सबका खाना बनता है। जो इलाही मास्टर खाते हैं, वह हम सब कारीगर खाते हैं।

"हम को बहुत दुख हुआ कि इस बार मुहर्रम में तीन मेर बाजा था। बराबर चार मेर बाजा रहता था। रोशनी का फाटक भी नहीं था। दूसरे मुहल्लेवाले क्या सोचे होंगे? हम रहते तो ऐसा नहीं होने देते। जैसे होता, चन्दा उठाकर अच्छा-से-अच्छा अखाड़ा निकालते। अल्लाह की मरज़ी हुई तो हम अगले मुहर्रम में ज़रूर रहेंगे और दिखा देंगे अच्छा अखाड़ा निकालकर। लानत है मुहल्लेवालों पर! अपने मुहल्ले की इज़्ज़त का कोई फ़िकर नहीं है। मेहँदी के बारे में कुछ नहीं लिखा आप लोगों ने। कैसी मेहँदी निकली थी?

"हमको यह जानकर बहुत दुख हुआ कि इस बार तोग मिलाने अन्दर गया नहीं गए। ऐसा तो कभी नहीं हुआ था। नकफोफा बाबू ने कुछ नहीं किया क्या? एक बार कुछ लोग गड़बड़ मचाइन था तो ऊ सब ठीक कर दीहिन था। बाबा को मालूम हो कि हमको क़ुरैशा का रिश्ता साहेबजान मामूँ के बेटे से एकदम पसन्द नहीं है। भूरा काम-धन्धे से

लगा हुआ है। यह ठीक है। लेकिन चोर-डकैत के बेटे से हमारी बहन का ब्याह हो, यह कैसे हो सकता है? बाबा को मेरी तरफ़ से कहा जाए कि यह रिश्ता कभी न करें।

"ज़ुबेदा को उसके बाबा का दुआ। मुस्तक़ीम और यासीन को मामूँ की तरफ़ से बहुत-बहुत दुआ।"

जनवा की आदत है छाको का ख़त सुनते हुए वह रोए बिना नहीं रहती। उसकी आँखों में आँसू भरे हुए हैं। आँचल से आँसू पोंछती हुई वह चली जाती है।

मैं सोचने लगा, मुहल्ले का मुहर्रम छाको के दिल और दिमाग़ पर इतना छाया हुआ है कि हर ख़त में इसका ज़िक्र किए बिना उससे नहीं रहा जाता। सैकड़ों मील की दूरी पर बैठा वह मुहर्रम के अखाड़े से कैसी निकटता अनुभव कर रहा है! पैक बनना, अखाड़ा खेलना, मेहँदी, ढोल-बाजा, मुहर्रम की धूम-धाम—ये सब मेरे लिए कितनी ग़ैर-अहम चीज़ें बनकर रह गई हैं, हालाँकि मैं इन सब चीज़ों के दरमियान रह रहा हूँ। पर मेरे दिल में इनसे ज़रा भी तो उमंग नहीं होती। हँसी आती है बचपन के दिनों को याद करके जब मैं पागलों की तरह भागता था इन सब के पीछे। हैरत होती है कि कभी इन बातों को लेकर अब्बा पर कितना ग़ुस्सा आ जाता था। यह मेरी बेवक़ूफी नहीं तो और क्या थी!

लेकिन छाको सैकड़ों मील की दूरी पर रहते हुए भी इन सबको अपनी रग-रग में महसूस कर रहा है। जैसे सिवाय मौत के कोई और दूरी उसको इन चीज़ों से नहीं काट सकती। क्या यह उसके स्वभाव की विशेषता के कारण है? या इसकी वजह यह है कि जो चीज़ें हम से दूर चली जाती हैं उनसे हमारा लगाव बढ़ जाता है? लेकिन मैं भी तो बाहर-बाहर रहा हूँ। मुझे तो मुहर्रम के धूम-धड़ाके की याद ने कभी इस तरह नहीं सताया। शायद मैं ज़िन्दगी की इन सीधी-सादी और मामूली ख़ुशियों के लिए बूढ़ा हो चुका हूँ। लेकिन छाको के लिए शायद इन सीधी-सादी ख़ुशियों की अब भी उतनी ही अहमियत है।

कुछ लोग शायद हमेशा बच्चे ही बने रहते हैं। उम्र उनके दिल और दिमाग़ को छुए बिना ही गुज़रती है। इतने सारे बरस भी छाको को बदले बग़ैर ही गुज़र गए। उसके ख़त को पढ़कर लगता है, वह आज भी बिलकुल बच्चा ही है। जैसे वह आज भी पैक बना गली में फुदकता फिर रहा है और घंटियों की आवाज़ फ़िज़ा में बिखेर रहा है। वह तब भी बच्चा ही था जब उसने अब्बा की गालियों का बुरा

माना था और उस वक़्त भी जब अब्बा की दी हुई जलेबियों से उसका सारा ग़ुस्सा एकाएक ख़त्म हो गया था। और उस वक़्त भी वह बच्चा ही था जब इलाही मास्टर के कहने पर वह वतन को छोड़कर पाकिस्तान चला गया था और अपने जिस्म को उन हवाओं से अलग कर लिया था जिनके बीच वह पला-बढ़ा था। लेकिन उसकी रूह उन हवाओं को ढूंढ़ रही थी—उस दूध-पीते बच्चे की तरह जो माँ के दूध के लिए बिलख-बिलख कर रो रहा हो और उसकी माँ उसके पास न हो।

उफ़! छाको का ख़त जब भी आता है मैं जाने क्यों इतना भावुक हो उठता हूँ! छाको जहन्नुम में जाए! वह ज़िन्दा रहे या मरे! मुझे क्या लेना-देना है उससे! बहुत लम्बा अरसा गुज़र गया। मैंने छाको के बारे में सोचने की कभी ज़रूरत महसूस नहीं की। लेकिन उसका ख़त पढ़कर मैं सहज नहीं रह पाता। दिमाग़ की गहराई में दबी हुई बहुत सारी यादें ऊपर आने लगती हैं। यादों के इस जुलूस को रोकना मेरे वश में नहीं रहता।

छाको ने तोग मिलाने के बारे में लिखा है अपने ख़त में। इस मामले को लेकर इस बार मुहर्रम में बड़े तनाव की स्थिति पैदा हो गई थी। अन्दर गया के बहुत-से हिन्दुओं ने साफ़-साफ़ कह दिया था—"अन्दर गया नहीं आने देंगे तोग मिलाने के लिए।"

बड़ी खलबली मच गई थी। जाने कब से यह रिवाज चला आ रहा था। मुहर्रम में तोग मिलाने के लिए लोग अन्दर गया ही जाते थे। कितनी ही पीढ़ियाँ गुज़र चुकी थीं। हमेशा तोग मिलाने के लिए अन्दर गया ही जाना पड़ता था। अन्दर गया सौ फ़ीसदी हिन्दुओं का इलाक़ा था। किसी को यह पता नहीं था कि तोग मिलाने अन्दर गया क्यों जाते हैं? बहुत सारे रिवाजों की तरह, यह भी एक रिवाज था जो हर पीढ़ी को अपनी पिछली पीढ़ी से मिलता रहा था। किसी ने यह जानने की ज़रूरत महसूस नहीं की थी कि ऐसा क्यों होता है? ऐसा हमेशा से होता आया है, लोगों के लिए इतना जानना काफी था। और चूँकि ऐसा होता आया है, इसलिए आगे भी ऐसा ही होना चाहिए।

मुहल्ले में एक सनसनी दौड़ गई! अन्दर गया के हिन्दू तोग मिलाने की इजाज़त नहीं देंगे। लोगों ने ज़बर्दस्ती की और अन्दर गया में घुसने की कोशिश की तो दंगा हो सकता है। मुहल्ले के लोग भागे-भागे नकफोफा बाबू के पास गए थे। उन्होंने लोगों को समझाने की कोशिश की थी। नकफोफा बाबू अब बहुत बूढ़े हो गए थे। अन्दर गया के लोगों पर उनका पहले जैसा असर नहीं था अब। हालात बदल

गए थे। लोग बदल गए थे। लोगों के सोचने-समझने के ढंग बदल गए थे। पहले जैसा ज़माना नहीं था अब। सोलह-सत्रह साल पहले जब कुछ लोगों ने गड़बड़ मचाने की कोशिश की थी तो नकफोफा बाबू ने उन्हें समझा-बुझाकर डाँट-डपट कर ख़ामोश कर दिया था। किसी की हिम्मत नहीं थी उनकी बात को टालने की।

लेकिन इन सोलह-सत्रह वर्षों में बहुत कुछ बदल चुका था। नकफोफा बाबू के समझाने-बुझाने का कोई असर नहीं हो रहा था। आख़िरकार उन्होंने भी कह दिया था कि वह मजबूर हैं। मुहल्ले के लोग दो हिस्सों में बँट गए थे। एक गिरोह का कहना था कि चाहे जो हो जाए तोग मिलाने अन्दर गया ज़रूर जाएँगे। यह कैसे हो सकता है कि मुहर्रम में तोग मिलाने अन्दर गया न जाएँ? बिना तोग मिलाए मुहर्रम कैसे मना सकते हैं? दूसरा गिरोह कहता था कि झगड़े-फ़साद का कोई फ़ायदा नहीं। अन्दर गया वाले तोग मिलाने के लिए आने नहीं देते तो अच्छा यही है कि हम वहाँ न जाएँ। एक छोटी-सी बात को लेकर लड़ाई-झगड़ा करने का कोई फ़ायदा नहीं है।

कई दिनों तक बड़ी गरमा-गरमी रही थी। नकफोफा बाबू ने हालाँकि अपनी मजबूरी ज़ाहिर कर दी थी लेकिन इसके बावजूद कई लोग उनके पास बार-बार पहुँच रहे थे। नकफोफा बाबू सचमुच मजबूर थे। उनका अब पहले जैसा दौर-दौरा नहीं रहा था। हालात उनके लिए भी अब बहुत बदल चुके थे। देश के बँटवारे ने उनकी गयावाली पर भी करारा प्रहार किया था। पंजाब, सिन्ध, फ्रंटियर और बंगाल के लाखों हिन्दू शरणार्थी बन गए थे। इन्हें कहाँ फ़ुरसत थी पिंडदान के बारे में सोचने की? रोटियों के लाले पड़े हुए थे। पुरखों के मोक्ष की किसको चिन्ता हो सकती थी? यजमानों की तादाद एकाएक ही बहुत घट गई थी।

वैसे तो लड़ाई के शुरू होते ही गयावालों के लिए संकट की स्थिति पैदा होने लगी थी। महँगाई ने सबके अंजर-पंजर ढीले कर दिए थे। धर्म-कर्म का उत्साह काफ़ी उतार पर था। पिंडा पाड़ने के लिए लोग आते तो थे और पंडों को रुपया-पैसा भी देते थे लेकिन हाथ रोककर। पंडों की आमदनी काफ़ी घटने लगी थी। नकफोफा बाबू पर तो और भी ख़राब असर पड़ा था। आमदनी दिन-ब-दिन घटती जा रही थी और ख़र्च ज्यों-का-त्यों था बल्कि मँहगाई की वजह से कुछ बढ़ा ही था। रईसाना ज़िन्दगी बसर की थी शुरू से। अब ख़र्चा कम करना भी चाहें तो किस तरह करें। नौकर-चाकर, गवैए, पहलवान, आचार्य-पुरोहित—एक लम्बी-चौड़ी सेना थी। किसको रखें और किसको निकालें, कुछ समझ में नहीं आता था उनकी।

लेकिन देश के बँटवारे ने तो उनकी कमर ही तोड़ दी थी। अब आधी आमदनी भी नहीं रह गई थी। नकफोफा बाबू में अब तो पहले जैसी कोई बात ही नहीं दिखाई देती थी। बचपन में अक्सर शाम को छोटे अब्बा के घर से उन्हें चौकड़ी में जाते देखता था। मैं बरामदे में तख़्त पर बैठ जाता और अन्दर गया से निकलने वाली फ़िटिनों की क़तार का इन्तज़ार करता रहता। दस-बारह फ़िटिनें एक-एक करके सड़क से गुजरतीं। साफ़ जर्क़-बर्क़ कपड़े पहने हुए गयावाल रईस फ़िटिनों पर बैठ कर सैर करने को निकलते। वैभव और ऐश्वर्य की छटा बिखेरती हुई ये फ़िटिनें गुज़र जातीं। लेकिन नकफोफा बाबू की चौकड़ी की शान ही और थी! चार ख़ूबसूरत तन्दुरुस्त घोड़े जुते हुए। भड़कदार वर्दी पहने हुए कोचवान। फ़िटिन के पीछे खड़ा हुआ साईस। रेशमी कुरता और सफेद धोती पहने नकफोफा बाबू कैसी शान के साथ फ़िटिन में बैठे रहते! गले में सोने की चेन, उँगलियों में हीरा-जड़ी अँगूठियाँ जो दूर से भी चमकती दिखाई देतीं। भारी-भरकम शरीर! चेहरे से रोब टपकता हुआ। आगे सोने के दो दाँत चमकते रहते। सारे शहर में धूम थी नकफोफा बाबू की इस चौकड़ी की। किसी के पास भी तो नहीं थी ऐसी शानदार चौकड़ी।

लेकिन देखते-ही-देखते सब कुछ बदल गया था। चौकड़ी अब कहीं दिखाई नहीं देती। वह बीते हुए दिनों की एक कहानी बनकर रह गई है। फ़िटिनों की क़तार भी अब नज़र नहीं आती। कभी सड़क से गुज़रते हुए यह क़तार राहगीरों को कितना आतंकित कर देती थी! लोग घबराकर एक किनारे खड़े हो जाते थे और आँखें फाड़-फाड़ कर इस तरह फ़िटिनों को देखने लगते थे जैसे ये किसी और दुनिया की चीजें हों।

नकफोफा बाबू ने अब घर से ही निकलना छोड़ दिया है। जबसे चौकड़ी गई सैर को निकलने का सिलसिला भी बन्द हो गया। राग-रंग की महफ़िलें भी उजड़ गईं। ये महफ़िलें कभी नकफोफा बाबू की हवेली का कैसा अभिन्न अंग थीं! किसी ने सपने में भी नहीं सोचा होगा कि ये कभी उससे अलग भी हो सकती हैं। कैसे-कैसे गवैए और संगीतकार पहुँचते थे इस हवेली में और उम्मीद से कहीं ज़्यादा इनाम पाकर जाते थे। लोग कहते हैं कि नकफोफा बाबू का रोम-रोम बिका हुआ है। सिर से पैर तक क़र्ज़ में डूबे हुए हैं वह। क़र्ज़ का ब्याज तक देने का बूता नहीं है उनमें। मूल की तो बात ही जाने दीजिए। लोग उनके आँखें बन्द करने का इन्तज़ार कर रहे हैं। इधर आँखें बन्द हुईं उधर ज़मीन-जायदाद, हवेली सब कुछ नीलाम पर चढ़ जाएगी।

अब दिन-रात अपने कमरे में ही पड़े रहते हैं। लोगों से मिलने-जुलने के लिए भी बाहर नहीं आते। बस लेटे-लेटे कुछ सोचते रहते हैं। इस तरह सोचते-सोचते जब बहुत वक़्त गुज़र जाता है तो सितार लेकर बैठ जाते हैं। अपनी बूढ़ी कमज़ोर उँगलियों से सितार बजाने लगते हैं। अपनी उँगलियों पर भी उनका अब वश नहीं रहा। काँपती उँगलियाँ अक्सर बहक जाती हैं और मिज़राब को अपनी पकड़ में नहीं रख पातीं। मिज़राब हाथ से छूटकर गिर जाती है। नकफोफा बाबू बड़ी विवशता से गिरी हुई मिज़राब को देखते रहते हैं। फिर सितार को एक तरफ़ पटक कर पलंग पर लेट जाते हैं और आँखें बन्द करके जाने किन विचारों में खो जाते हैं!

शफ़ाक़त मामूँ के साथ कभी-कभार मैं भी नकफोफा बाबू के यहाँ चला जाता हूँ। उनके लिए वहाँ कोई रोक नहीं है। उन्हें वह सीधे अपने कमरे में बुलवा लेते हैं। शफ़ाक़त मामूँ कभी उनके यहाँ नौकरी करते थे। उनका नमक खा चुके हैं। इसलिए कभी-कभार चले जाते हैं हाल-चाल लेने के लिए। कभी नकफोफा बाबू के तुफ़ैल में उन्होंने भी अच्छे दिन देखे थे। ज़मींदारी के मुक़दमों की पैरवी वही किया करते थे। ज़मींदारी ख़त्म हुए कई वर्ष हो गए। जब ज़मींदारी ही नहीं रही तो मुक़दमे किस बात के लिए होंगे? शफ़ाक़त मामूँ अब भी मुक़दमों की पैरवी करते हैं लेकिन किसी एक आदमी के नौकर नहीं हैं। वह कहते हैं कि अब नौकरी में कोई मज़ा नहीं रहा। नकफोफा बाबू की नौकरी करने के बाद अब किसी नौकरी में लुत्फ़ नहीं आएगा।

वह नकफोफा बाबू के नौकर ज़रूर थे लेकिन बहुत मुँहचढ़े भी थे। मुहल्ले में किसी को कोई काम पड़ता तो शफ़ाक़त मामूँ को ही पहले पकड़ता था वह। वह नकफोफा बाबू से सिफ़ारिश कर देते तो आमतौर पर काम हो जाता था उसका।

तोग मिलाने की बात को लेकर जो गड़बड़ हुई थी, उसके सिलसिले में भी वह मिले थे नकफोफा बाबू से। मुझे भी ले गए थे अपने साथ। शफ़ाक़त मामूँ मुझसे कहा करते हैं—"सरकार से मिला करो। तुम्हारे अब्बा को बहुत मानते थे। हमीद भाई ज़िन्दा थे तो कचहरी के काम में उनसे बड़ी मदद मिल जाती थी। सरकार हमेशा कहते थे हमीद बाबू मेरा काम अपना काम समझकर करते हैं।"

दीवाली में नकफोफा बाबू के यहाँ से कितनी सारी मिठाई आ जाती थी! जी ऊब जाता था मिठाई खाते-खाते। मिठाइयाँ और कई जगहों से भी आती थीं लेकिन खाँचा-भर मिठाई सिर्फ़ नकफोफा बाबू के यहाँ से ही आती थी।

नकफोफा बाबू फ़र्श पर बैठे सितार बजा रहे थे। शरीर बेहद कमज़ोर हो चुका था। एक हाथ से सितार के वज़न को सँभालने में उन्हें बहुत दिक़्क़त हो रही थी। मुझे लगा था कि सितार को पकड़े रखने के लिए उन्हें बहुत संघर्ष करना पड़ रहा है और किसी भी क्षण सितार उनके हाथ से छूटकर गिर सकता है। मैं उनके काँपते हुए हाथ को देख रहा था और सोच रहा था कि अब यह उनके हाथ से छूटने ही वाला है। शायद उन्हें भी अपनी ढीली पकड़ का एहसास हो रहा था क्योंकि हम लोगों को देखते ही उन्होंने सितार को एक तरफ़ डाल दिया और शफ़ाक़त मामूँ से बात करने में लग गए।

"अब ज़माना बदल गया है शफ़ाक़त! लोग मेरी बात भी अब नहीं मानते!" नकफोफा बाबू ने कहा था। मुझे सचमुच वह बहुत मजबूर और बेबस इनसान दिखाई दिए थे। मैंने कमरे का एक जायज़ा लिया था। कमरे की सजावट बहुत क़ीमती और भड़कदार थी। लेकिन हर चीज़ पर पुरानेपन की एक तह चढ़ी हुई थी। चमड़े से मढ़ा हुआ सोफा। चारों तरफ़ दीवारों पर लगे हुए आदमक़द आईने। छत से लटकते हुए भारी-भरकम झाड़-फानूस। सामने दीवार पर एक बहुत बड़ी तसवीर थी—राय बहादुर जयलाल नकफोफा की। तसवीर बहुत पुरानी थी और काफी धुँधली पड़ चुकी थी। लेकिन रायबहादुर के होंठों पर खेलती हुई मुस्कराहट अभी भी दिखाई दे रही थी। नकफोफा बाबू के निर्जीव चेहरे के सामने यह तसवीर एक कंट्रास्ट की तरह नज़र आ रही थी। कमरे से निकलते हुए मेरी नज़र सामने के आदमक़द आईने से टकरा गई थी। मटमैले शीशे में नकफोफा बाबू की धुँधली परछाईं मुझे दिखाई दी थी—बिलकुल भूत-प्रेत की आकृति जैसी।

मुहल्ले के लोग काफी उत्तेजित हो गए थे तोग के क़िस्से को लेकर। बहुत-से लोग अहमद क़ादरी के पास भी गए थे। वह शायद कुछ मदद कर सकें। अहमद क़ादरी टाउन मुस्लिम लीग के सेक्रेटरी रह चुके थे और जलसे-जुलूसों में बड़े जोशीली तक़रीरें करते थे। स्टेज पर बोलने खड़े होते थे तो 'अल्लाहो-अकबर' के नारों की गूँज दूर-दूर तक फैल जाती थी। कई बार हमारे मुहल्ले में भी तक़रीर कर चुके थे। शहर के मुसलमानों ने उन्हें 'शेरे-मिल्लत' का ख़िताब दे रखा था।

अहमद क़ादरी लोगों की शिकायतें सुनने और दूर करने के ख़याल से मुहल्ले में आए थे। लेकिन इस बार उनका रंग-रूप ही बदला हुआ था। शेरवानी और पाजामा तो अब भी पहने हुए थे, लेकिन अब वह खादी के थे। सिर पर जिन्ना कैप की बजाय गांधी टोपी थी। लहजा भी एकदम बदल गया था। पहले जैसा जोश अब

नहीं था। अब और ही अन्दाज़ से बात कर रहे थे। मुहल्ले के लोगों से साफ़-साफ़ कह दिया—"मेरी सलाह मानिए और तोग के क़िस्से को तूल न दीजिए। इसकी वजह से दंगा हो सकता है। आप लोग एक मामूली-सी बात को ख़्वाहमख़्वाह इतनी अहमियत दे रहे हैं। आप लोग समझते हैं कि मुहर्रम के अखाड़े और ढोल-बाजे में ही इस्लाम रखा है। ये तमाम चीज़ें बिलकुल ग़ैर-इस्लामी हैं। इनका मज़हब से कोई ताल्लुक़ नहीं है। आप लोगों को पता नहीं कि ये तमाम बातें आप लोगों ने हिन्दुओं से ही सीखी हैं।"

अहमद क़ादरी की इस तक़रीर से लोग बिलकुल पस्त हो गए थे उनका रहा-सहा उत्साह और जोश भी ठंडा पड़ गया था। मैं हैरत से खड़ा उनकी बातें सुन रहा था और बरसों पुरानी एक घटना मुझे याद आ रही थी।

...उस समय भी तोग के क़िस्से को लेकर ही कुछ तनातनी-सी हो गई थी। उन दिनों मुस्लिम-लीग का बोलबाला था। अहमद क़ादरी बिना बुलाए ही पहुँच गए थे मुहल्ले में। ऐसी आग बरसाई थी अपनी तक़रीर में कि लोग बुरी तरह जोश में आ गए थे। उस वक़्त तो उन्होंने और ही रवैया इख़्तियार किया था—जैसे सारा इस्लाम इस तोग के क़िस्से में ही रखा हो। मुहल्ले वाले तोग मिलाने अन्दर गया न जा सके तो इस्लाम की सारी इज़्ज़त ख़ाक में मिल जाएगी। कैसे जोश से दहाड़ रहे थे यही अहमद क़ादरी! वह तो नकफोफा बाबू ने स्थिति को बिगड़ने नहीं दिया था, वरना शायद दंगा होकर ही रहता।

इस बार मुहर्रम तोग मिलाए बग़ैर ही मनाया गया था। और सब कुछ पहले की तरह ही हुआ था। अखाड़ा भी निकला था। ताज़िया भी उठाया गया था। जो कुछ मुहर्रम में होता था, सब कुछ उसी तरह से हुआ था। सिर्फ़ तोग मिलाने नहीं जा सके थे लोग अन्दर गया में। लेकिन इस छोटी-सी घटना ने बड़ी मातमी फ़िज़ा पैदा कर दी थी मुहल्ले में। बड़ा अनर्थ हो गया था जैसे! नाउम्मीदी और विवशता का एहसास हर दिल को साल रहा था। मुहर्रम के धूम-धड़ाके में लोग शामिल तो हुए थे लेकिन उनके दिल बुझे हुए थे।

जनवा ने बताया था कि साहेबजान की बीवी बहुत ज़ोर दे रही है। ज़ुबैदा से भूरा के रिश्ते के लिए। भूरा बहुत अच्छे चाल-चलन का है। बाप की आदतों से उसका दूर का भी ताल्लुक नहीं। यह अपने-आप में बड़े ताज्जुब की बात है। साहेबजान का बेटा और ऐसा नेक और भला हो? उसे तो बाप की तरह चोर-बदमाश होना

चाहिए था। साहेबजान कितना मारता-पीटता था उसको! सख़्त जान था इसलिए बच गया। वरना साहेबजान ने तो उसकी जान लेने में कोई कसर नहीं छोड़ी थी। कितनी बेरहमी से मारता था वह! उठा-उठा कर ज़मीन पर दे मारता था। अम्मा का कलेजा दहल उठता था उसे पिटते देखकर। कहतीं—"क़साई है कमबख़्त! कैसे मारे है मासूम जान को! पुलिस मारे है ना। उसका बदला बेटे से निकाले है। एही वास्ते तो अल्लाह मियाँ का कहर पड़े है उस पर। काहे को होश अइए ई करम ज़ल्ले को।"

कह नहीं सकता, अम्मा का यह सोचना कहाँ तक सही था। लेकिन भूरा को पिटते देख कर मुझे एक तरह का सुख अनुभव होता था। मुझे ख़ुद भी ताज्जुब होने लगता था अपनी इस विकृत मानसिकता पर। भूरा कितना छोटा था उस समय! छाको से बहुत छोटा था। बहुत दुबला-पतला और मरियल-सा। बाप से थर-थर काँपता रहता था। शायद ही कोई दिन होता जब साहेबजान उसे बेरहमी से मारता-पीटता न हो। उस पर दया आने की बजाय एक अजीब-से क्रूरतापूर्ण सुख और सन्तोष का एहसास होता था मुझे। शायद मैं यही सोचकर ख़ुश होता था कि उसकी हालत मुझसे भी बदतर है। अब्बा जितना मुझे मारते-पीटते हैं उससे कहीं ज़्यादा साहेबजान उसे पीटता है।

साहेबजान की बीमारी भूरा के लिए मुक्ति साबित हुई थी। चारपाई पर पड़ा वह खाँसता रहता और ख़ून थूकता रहता। बेटे को मारने-पीटने की ताक़त नहीं रह गई थी अब उसमें। भूरा को बहुत राहत मिली थी साहेबजान की बीमारी से।

गली से गुज़रते हुए साहेबजान पर रोज़ ही नज़र पड़ जाती थी। अपने घर की ड्योढ़ी में चारपाई पर अर्ध-मृत-सा वह लेटा दिखाई देता। गालों में गड्ढे पड़ गए थे। चेहरा कोयले की तरह स्याह हो गया था। हड्डियों का ढाँचा नज़र आता था वह। बीमारी ने कितना बदल दिया था उसको! परिवर्तन सिर्फ़ शरीर में ही नहीं आया था। मिज़ाज भी बिलकुल बदल गया था। शरीर के दमख़म के साथ ज़बान का दमख़म भी चला गया था। लगता ही नहीं था यह वही साहेबजान है जिसकी आवाज़ सुनकर लोग कभी ख़ौफ़ से थर्रा उठते थे।

साहेबजान को देखकर मुझे अनायास ही अब्बा याद आ जाते थे। बीमारी के दिनों में वह भी इसी तरह ख़ामोश लेटे जाने क्या सोचते रहते थे। बीमारी आदमी को इस तरह ख़ामोश क्यों कर देती है? उसके मिज़ाज में, उसके तौर-तरीकों में इतना बड़ा परिवर्तन कैसे आ जाता है? अब्बा जब बीमार थे तो घर में कैसा मौत का सन्नाटा छाया रहता था! अब्बा का आतंक जाने कब चुपके-से सरक गया था और

उसकी जगह एक बड़ी सपाट-सी ख़ामोशी ने ले ली थी। मैं, जो कभी इस आतंक से इतनी घृणा करता था, अब उसके अभाव से ही त्रस्त रहने लगा था। अब्बा के भिंचे हुए होंठों को देखकर डर-सा महसूस होने लगता था। कितना अच्छा हो कि वह पहले की तरह चीख़ने-गरजने लगें, हम सबको आतंकित कर सकें!

जाने भूरा यह सब महसूस करता है या नहीं? साहेबजान की बीमारी ने बहुत छोटी उम्र में ही उस पर ज़िम्मेदारी का बोझ डाल दिया था। एक टेलरिंग शॉप में काम करता है। उसकी कमाई से ही घर का ख़र्च चलता है। साहेबजान के इलाज और दवा-दारू पर भी उसने बहुत ख़र्च किया था। डाक्टर कहता था, पुराना बुख़ार है। ख़ूब अच्छी ग़िज़ा मिलनी चाहिए। पहाड़ पर ले जा सको तो और अच्छा है। भूरा यह सब कहाँ कर सकता था? अपनी मामूली-सी कमाई से डॉक्टर की फ़ीस और दवा का ख़र्च भी पूरा करना मुश्किल था। अच्छी ग़िज़ा कहाँ से खिला सकता था? पहाड़ पर ले जाने की बात तो वह ख़्वाब में भी नहीं सोच सकता था।

महम्दू ख़लीफ़ा भी अब साहेबजान से उतना नाराज़ दिखाई नहीं देता था। हालचाल लेने के लिए वह उसके घर चला जाता था। अक्सर डॉक्टर के यहाँ से दवा भी ला देता था। पैसे-कौड़ी से मदद करना उसके वश में नहीं था। उसकी हालत तो ख़ुद ही बहुत ख़स्ता हो गई थी। देखते-ही-देखते सब कुछ बदल गया था। उसके ग्राहक जाने कहाँ चले गए थे? बेंगा ने छाको की तरह उसे धोखा नहीं दिया था। वह बाप के साथ ही काम करता था। लेकिन जब दुकान में ग्राहक ही न आएँ तो बेंगा भी क्या करे? दोनों दिन-भर दुकान में बैठे मक्खियाँ मारते रहते थे।

महम्दू ख़लीफ़ा अब बहुत बूढ़ा हो गया है। कमर से झुक गया है वह। बातें भी बूढ़ों जैसी ही करता है। उठते-बैठते ज़माने की शिकायत करना उसकी आदत बन चुकी है। अपनी ड्योढ़ी में नारियल गुड़गुड़ाते हुए अक्सर मुझसे कहता है—"का कहें बाबू! अब दुनिया में जी ना लगे है। वैसन आदमी सब कहाँ हैं अब। मन ना करे है अब दुनिया में रहे को। मरे से पहले अजमेर हो आते एक दफ़ा। अउर कोई मुराद ना है।"

दुनिया से ऊबे होने के बावजूद, महम्दू ख़लीफ़ा के दिल में एक आरज़ू अभी भी बाक़ी है। अजीब आदमी है यह महम्दू ख़लीफ़ा भी। रोज़ रात में अपनी बेसुरी आवाज़ में 'मेरे मौला बुला लो मदीने मुझे' गा-गा कर हम लोगों की नींद हराम करता रहता है और चाहता है अजमेर जाना। हालाँकि दोनों जगहें उसके लिए एक-सी हैं। न तो मदीने जा सकता है और न अजमेर। वह मुझे एक फ़ालतू, बिलकुल

ग़ैर-ज़रूरी-सा आदमी लगता है जिसके होने-न-होने से कोई फ़र्क़ पड़ने वाला नहीं है। साहेबजान कितना छोटा था उससे उम्र में? जवानी की मौत मर गया वह। और यह बुड्ढा खूसट जिए जा रहा है। मौत इससे कोसों दूर भागती है। वह घर पर एक बोझ ही तो बना हुआ है।

सिलाई का थोड़ा-बहुत काम जो मिलता है वह सब बेंगा करता है। सिलाई-पुराई के लायक़ अब कहाँ रह गया है वह। आँखों से सुझाई भी बहुत कम देता है। छाको की तरह बेंगा भी कहीं साथ छोड़ दे तो घर में हाँडी भी न चढ़े। और मिज़ाज का वही हाल है जो पहले था। जैसे छाको के पीछे पड़ा रहता था वैसे ही अब बेंगा को परेशान करता रहता है।

बेंगा का स्वभाव छाको से बिलकुल अलग है। इसीलिए तो महम्दू ख़लीफ़ा के साथ निबाह कर रहा है। उसकी बक-बक, झक-झक को बरदाश्त कर लेता है। छाको जैसा मिज़ाज होता तो कभी का छोड़ चुका होता बाप को। है भी तो गबदा। तेज़ी और फुर्ती नाम को नहीं। छाको के सामने सचमुच वह बिलकुल गधा लगता है। ऐसी मोटी चमड़ी कि किसी बात का कोई असर नहीं होता उस पर।

बेंगा की शादी हो चुकी है, लेकिन गौना अभी नहीं हुआ। यक़ीनन महम्दू ख़लीफ़ा की ख़ुदगर्ज़ी है इसमें भी। सोचता होगा कि वह आ जाएगी तो बेंगा उसके हाथ से निकल जाएगा। फिर उसका ख़र्च कैसे चलेगा? लड़कीवाले बार-बार कहते हैं गौने के लिए लेकिन हर बार टाल जाता है। बेंगा को तो ज़बान ही नहीं है जो कुछ कह सके बाप से।

बेंगा और भूरा में ख़ूब गाढ़ी छनती है। अब दोनों घर के लोग एक-दूसरे से ख़ूब मिलते-जुलते हैं। पहले जैसी हालत नहीं है अब। जबसे साहेबजान बीमार पड़ा तभी से महम्दू ख़लीफ़ा की सारी नाराज़गी दूर हो चुकी थी। साहेबजान के मरने के बाद तो महम्दू ख़लीफ़ा और भी जान छिड़कने लगा है उसके बच्चों पर। कभी-कभी तो बहुत भावुक हो उठता है वह साहेबजान को याद करके। कहता है—"बुरी संगत में पड़ गेले हल। एही वास्ते ऐसन हो गेलई। ओकरा कोई दिल के बुरा न कह सक हइ।"

महम्दू ख़लीफ़ा भी चाहता है भूरा से अपनी बेटी का ब्याह करना। लेकिन छाको के ख़त ने उसको भी दुविधा में डाल दिया है। उसने सोचा भी नहीं होगा कि छाको इस रिश्ते को नापसन्द कर सकता है। मुझे भी कुछ कम ताज्जुब नहीं हुआ है। कभी छाको साहेबजान से कितनी निकटता अनुभव करता था। बाप से छिप

कर उससे मिला करता था। अक्सर महम्दू ख़लीफ़ा से पिटता भी रहता था। उसे बिलकुल पसन्द नहीं था छाको का साहेबजान से मिलना-जुलना।

मुझे अब्बा की वह बात याद आ रही है जो उन्होंने बहुत पहले उस रात कही थी जब छत पर चाँदनी छिटकी हुई थी। अम्मा के हाथ में मुरादाबादी सरौता चमक रहा था और एकाएक साहेबजान के दरवाज़े पर सिपाही की कड़कदार आवाज़ गूँजी थी। अब्बा ख़ून और ख़ानदान की अहमियत के क़ायल थे, लेकिन छाको तो अपने ही ख़ानदान और ख़ून में नफ़रत के बीज बो रहा है। साहेबजान चोर था, गुंडा था। उसमें दुनिया-भर की बुराइयाँ थीं, लेकिन भूरा तो ऐसा नहीं है। फिर ख़ानदान तो उसका ही है। शायद यह भी छाको का लड़कपन ही है। अपनी नादानी नें वह ख़ुद उस बात को सही साबित करने पर तुला हुआ है जो कभी अब्बा ने कही थी और जो उसे बहुत बुरी लगी थी।

हबीब भाई के ख़त ने आज बड़ी मनहूस ख़बर सुनाई है। छोटे अब्बा लम्बी बीमारी के बाद दुनिया से चल बसे। अम्मा दिन-भर रोती-धोती रही हैं। छोटे अब्बा की कितनी ही बातों को याद करके आँखों से आँसू टपकाती रही हैं। छोटे अब्बा की एक भी शिकायत नहीं की उन्होंने आज। मरने वाले की ख़ूबियों का ही ज़िक्र किया जाता है। अम्मा ने भी ऐसा ही किया है। जाने अम्मा को इतनी सारी ख़ूबियाँ और अच्छाइयाँ एकाएक कैसे दिखाई दे गई हैं छोटे अब्बा में! कभी तो उन्हें इस तरह छोटे अब्बा की तारीफ़ करते नहीं सुना। उठते-बैठते छोटे अब्बा की शिकायत ही करते सुना है हमेशा।

रात काफ़ी बीत चुकी है। छोटे अब्बा की मौत ने फैले हुए सन्नाटे को बहुत डरावना बना दिया है। कभी कोई कुत्ता ख़ौफ़नाक आवाज़ में रोने लगता है तो रात और भी डरावनी हो उठती है। मैं सोने की कोशिश कर रहा हूँ। लेकिन नींद कहीं दूर भाग गई है। रह-रह कर छोटे अब्बा का चेहरा आँखों के सामने आ जाता है—मरियल-सा बीमार चेहरा। थका-थका, ज़िन्दगी से ऊबा हुआ। फ़ाइलों के बोझ से दबा हुआ। चारों तरफ़ फ़ाइलों से इस तरह घिरे रहते थे कि उनका चेहरा ही देखा जा सकता था। लगता था, यह उनका चेहरा नहीं हैं, फ़ाइलों के अम्बार का ही हिस्सा है।

शाम को घर लौटने पर भी उनका चेहरा कैसा कुम्हलाया-कुम्हलाया लगता था। उन मटमैली फ़ाइलों की तरह ही ख़स्ता और बेरंग। फ़ाइलों की धुरी पर घूमने वाली नीरस दिनचर्या इस चेहरे को चाट चुकी थी। कुछ भी तो नहीं रह गया था, उसमें अब। छोटी अम्मा का प्रभुत्व स्वीकार करने के अलावा और कर ही क्या सकते थे वह? प्रतिरोध करने की क्षमता ही नहीं रह गई थी उनमें शायद।

"अभी मरे की उमर थी कोई ग़रीब की। ऊ भी परदेस में। दुल्हिन का का हाल होइए?" अम्मा ठंडी साँसें ले-लेकर कहती हैं।

अम्मा को शायद नींद नहीं आ रही है। लगता है, विलाप करने का मूड फिर हावी हो रहा है। वह छोटे अब्बा की ख़ूबियाँ फिर गिनाना शुरू कर देंगी। मैं अम्मा की बात का कोई जवाब नहीं देता हूँ। आँखें बन्द किए सोच रहा हूँ। अम्मा का बोलना, जाने क्यों अच्छा नहीं लग रहा है? बड़ा ही बेतुका, पुराना दृश्य मेरे सामने आ गया है। यादों की भी अपनी ही तुक होती है। ये कभी आपकी ख़्वाहिश के मुताबिक़ नहीं आतीं।

...अब्बा की लाश कफ़न में लिपटी हुई आँगन में रखी थी। अम्मा दोनों हाथों से छाती पीट-पीट कर बैन कर रही थीं। सामने छोटी अम्मा बैठी रो रही थीं। एकाएक अम्मा जैसे किसी भावावेग से बेक़ाबू होकर उठीं और छोटी अम्मा को दुहत्थड़ मारते हुए बोलीं—"लो अब तो कलेजा ठंडा हो गया ना तुमरा। हमको बेवा राँड देख के जी ख़ुश हो गया है ना तुमरा।"

छोटी अम्मा का वह हाल कि साँप सूँघ गया हो जैसे। काटो तो लहू नहीं बदन में। सकपका कर ही तो रह गई थीं वह। अम्मा कभी-कभी कितनी बेरहम हो जाती हैं, मैंने सोचा था। मैं सोचने लगता हूँ, अगर छोटे अब्बा का देहान्त यहाँ हुआ होता तो क्या छोटी अम्मा ने भी अम्मा से यही सब कहा होता!

...छोटे अब्बा का चेहरा कैसा स्याह पड़ गया था उस रोज़ जब अम्मा ने कपड़े लेने से इनकार कर दिया था! कितने शौक़ से उन्होंने ईद के लिए हम लोगों के कपड़े ख़रीदे थे! कभी सोच भी नहीं सकते थे कि अम्मा इतनी रुखाई से कपड़े लौटा देंगी। ज़िल्लत और अपमान का कैसा शदीद एहसास उनके चेहरे पर अंकित दिखाई दे रहा था! जैसे अम्मा ने एक तमाचा मार दिया हो उनके गाल पर। कैसी बेबसी की तस्वीर बना हुआ था उनका चेहरा! लड़खड़ाते क़दमों के साथ वह लौट गए थे। उफ़! छोटे अब्बा और छोटी अम्मा के लिए अम्मा के दिल में नफ़रत की कैसी आग दहकती रहती है!

हबीब भाई के ख़त का एक टुकड़ा, दिमाग़ में गूँज रहा है।...'अब्बा के आख़िरी अलफ़ाज़ थे—मुझे गया ले चलो, भैया के पास ही दफ़्न करना मुझे। लेकिन यह कैसे मुमकिन था?'

यह कोई नई ख़्वाहिश नहीं थी छोटे अब्बा की। जब अब्बा की लाश कब्र में

उतारी जा रही थी तो फूट-फूटकर रोते हुए उन्होंने यही इच्छा प्रकट की थी। उस वक़्त उन्हें क्या मालूम था कि उनकी मौत किसी और ही मुल्क में होगी? कुछ ख़्वाहिशें सचमुच बड़ी अजीब होती हैं। छोटे अब्बा की यह ख़्वाहिश भी मुझे बहुत बेतुकी लग रही है। आदमी का भी अजीब हाल है। आख़िरी दम तक कुछ-न-कुछ चाहता ही रहता है।

"...हज़रत यूसुफ़ ने अपनी ज़िन्दगी का एक बड़ा हिस्सा मिस्र में ही गुजारा। जब उनकी उम्र एक-सौ-दस साल को पहुँची तो उनका इन्तक़ाल हो गया। मरने से पहले अपने ख़ानदान वालों से उन्होंने यह वायदा कराया कि वे उन्हें मिस्र की ज़मीन में दफ़्न नहीं करेंगे बल्कि जब ख़ुदा का यह वायदा पूरा हो कि बनी इसराईल दुबारा अपने पुरखों की ज़मीन में वापस हों तो उनकी हड्डियाँ वे अपने साथ लेते जाएँगे और वहीं मिट्टी के सुपुर्द कर देंगे। चुनाँचे उन्होंने वायदा किया और जब हज़रत यूसुफ़ का इन्तक़ाल हो गया तो उनको ममी करके ताबूत में हिफ़ाज़त से रख दिया। जब हज़रत मूसा के ज़माने में बनी इसराईल मिस्र से निकले तो इस ताबूत को भी अपने साथ लेते गए और पुरखों की ज़मीन में उसे दफ़्न कर दिया।"

"हज़रत यूसुफ़ ऐसा क्यों चाहते थे, अब्बा?" हबीब भाई ने पूछा था।

"हज़रत यूसुफ़ आख़िर को इनसान थे, भाई! मिस्र में उन्होंने बड़ी शान से हुकूमत की थी। इज़्ज़त, शोहरत, दौलत—ऐसी कौन-सी चीज़ थी जो उन्हें वहाँ नहीं मिली। लेकिन मिट्टी की अपनी एक कशिश होती है, भाई।" छोटे अब्बा ने कहानी के भाव को समझाने की कोशिश की थी। लेकिन न तो मुझे ही इस कहानी में कोई ख़ास बात नज़र आई थी और न ही हबीब भाई को।

...छोटी अम्मा ने घर की चाबियों का गुच्छा अम्मा के हवाले करते हुए कहा था—"कभी-कभी चराग़-बत्ती करा दियो भाभी। दुआ करो कि अल्लाह मियाँ ख़ैर से वापस लाएँ अपने घर में।"

अम्मा की आँखें भी गीली हो गई थीं। आँचल से आँसू पोंछते हुए बोली थीं—"अल्लाह मियाँ ज़रूर वापस लइएँ दुल्हिन। जी कड़ा रखो अपना।"

"अल्लाह ख़ैर से वापस लाए।" बुलाक़न बुआ ने भी दो-चार आँसू टपकाते हुए कहा था।

...गया स्टेशन पर कैसी भीड़ उमड़ रही थी! कलकत्ता जानेवाली ट्रेन की कई बोगियाँ खचाखच भरी हुई हैं पाकिस्तान जानेवालों से। सैकड़ों की तादाद में लोग जा रहे हैं। हज़ारों लोग आए हैं इन्हें विदा करने। जाने फिर इनसे कभी मुलाक़ात हो या न हो। अजीब दृश्य है! ये सब अपनी ख़ुशी से अपने घर को, अपनी ज़मीन को छोड़कर जा रहे हैं। इन्हें अपने फ़ैसले पर कोई पछतावा, कोई दुख, कोई ग्लानि नहीं है। इन्हें पूरा विश्वास है कि इन्होंने बहुत सही फ़ैसला किया है। बनी इसराईल की तरह ये जिस ज़मीन का ख़्वाब देख रहे थे वह ज़मीन इन्हें मिल चुकी है। वह इस दौलत को किस तरह ठुकरा सकते हैं? लेकिन यह कितनी अजीब बात है कि ख़ुदा की दी हुई इस ज़मीन की तरफ़ जाते हुए इनके चेहरों पर हवाइयाँ उड़ रही हैं। इनके दिमाग़ आश्वस्त हैं लेकिन दिल दहशत से भरे हुए हैं।

ट्रेन अब छूटनेवाली है। छोटे अब्बा अब खिड़की से अपना हाथ निकाल कर मेरे सिर पर फेरने लगते हैं और रुआँसे होकर कहते हैं—"भाभी का ख़याल रखना। उनका दिल टूटा हुआ है।"

मेरी नज़रें नई ज़मीन की तरफ़ जाती हुई भीड़ पर जमी हैं...अरब जिस शहर या मुल्क को फ़तह करते थे वहाँ का माले-ग़नीमत सिपाहियों में तक़सीम कर देते थे...क्या यह भीड़ भी किसी माले-ग़नीमत की हवस में भाग रही है?

...ट्रेन प्लेटफार्म पर सरकने लगी है। हज़ारों आँखें ट्रेन को जाते देख रही हैं। वे उस वक़्त तक ट्रेन का पीछा करती रहती हैं जब तक कि वह आँखों से ओझल नहीं हो गई है। और अब एक अजीब वीरानी और उदासी का एहसास सब पर हावी होने लगा है जैसे जानेवालों से वे हमेशा-हमेशा के लिए कट चुके हैं।...गांधी भाई के चेहरे पर भी बड़ी गहरी उदासी फैली हुई है। जैसे भविष्य की अनदेखी, अनजानी अँधेरी गुफ़ाओं में जो कुछ छिपा हुआ है उसे देखते हुए वह कह रहे हैं—"इन्हें वतन कभी नसीब नहीं होगा। बनी इसराईल की तरह ये भटकते रहेंगे और अपनी मिट्टी और हवाओं के लिए तरसते रहेंगे।"

गांधी भाई भी हमेशा पैग़म्बरों और महात्माओं के ही लहजे में बात करते हैं। कोई आपकी बात को सुनने तक का रवादार तो है नहीं और आप हैं कि अपना फ़लसफ़ा बघारने से बाज नहीं आते।

नौकरी के चार साल पूरे करके दो महीने की छुट्टी पर घर आया हूँ। पहली पोस्टिंग पूर्णिया में हुई थी। फिर बदलकर समस्तीपुर चला गया। ज़िन्दगी का ढर्रा ही बदल गया था। दिन-भर वकीलों की जिरह और गवाहों के बयानात सुन-सुन कर ऊब गया था। दिन में वकीलों की बक-बक सुनते रहो। रात में देर तक मुक़दमे के काग़ज़ात पढ़ते रहो और लम्बे-लम्बे फ़ैसले लिखवाते रहो। इन चार सालों में ही मुंसिफ़ी से भी मैं उसी तरह ऊब गया हूँ जिस तरह कभी कालेज की क्लर्की से ऊब गया था। दूसरे पेशों की तरह इस नौकरी के साथ भी बड़ी नीरस और दमघोंटू दिनचर्या जुड़ी हुई है। क़ानून जब पढ़ा करता था तो यह मुझे ख़ासा थ्रिलिंग लगता था। लेकिन अब जबकि क़ानून ही मेरा ओढ़ना-बिछौना बन गया है, मुझे इससे वितृष्णा-सी होने लगी है। पेशे का तक़ाज़ा है कि मेरी दिलचस्पी क़ानून में बनी रहनी चाहिए। लेकिन मन उचाट होने लगा है। जी पर दबाव डालकर क़ानून की मोटी-मोटी किताबें पढ़ता रहता हूँ। इसके बग़ैर नौकरी में मेरा कोई भविष्य नहीं हो सकता। इस दोहरी ज़िन्दगी ने थोड़े अरसे में ही मुझे बहुत थका दिया है और मैं भीतर से काफ़ी टूटा-टूटा महसूस करने लगा हूँ।

इस बीच घर एक-दो बार ही आना हुआ। वह भी एक-दो रोज़ के लिए ही। दो महीने तक मैं वकीलों की लम्बी बहस सुनने और क़ानून की पेचीदगियों में सिर खपाने से बचा रहूँगा। यह एहसास अपने-आप में ही बहुत सुखद लग रहा है। मैं सोच रहा था कि अवकाश का यह समय मुझे किस तरह बिताना चाहिए। बड़ा अचरज होता है यह सोचकर कि इन चार बरसों में ही मैं कितना बदल गया हूँ! इन चार बरसों के दौरान मेरी ज़िन्दगी एक बहुत ही छोटे-से दायरे में घूमती रही है। घर से अदालत और अदालत से घर—कोल्हू के बैल की तरह मैं एक ही परिधि में बार-बार चक्कर काटता रहता हूँ। सचमुच यह कितनी हैरत की बात है कि इस

अरसे में मैंने ऐसी बहुत-सी बातों के बारे में सोचना ही छोड़ दिया था जो पहले मेरे दिमाग़ पर अक्सर हावी रहा करती थीं।

बैठक का दरवाज़ा खुला है। गली में लोग आ-जा रहे हैं। तक़रीबन तमाम चेहरे जाने-पहचाने हैं। लेकिन कइयों के नाम याद नहीं आ रहे हैं। चार बरसों तक मुहल्ले से ग़ायब रहने का नतीजा है शायद! मैं दिमाग़ पर ज़ोर देकर भूले हुए नामों को याद करने की कोशिश करता हूँ। कुछ नाम याद आते हैं, लेकिन कई नाम अभी भी पकड़ में नहीं आ रहे हैं। कुछ उलझन-सी महसूस हो रही है। क्या मेरा हाफ़िज़ा कमज़ोर हो गया है? कई नाम एक साथ दिमाग़ में चक्कर काट रहे हैं, लेकिन सही नाम याद नहीं आ रहा है। आख़िर झुँझलाकर, मैं यह सिलसिला बन्द कर देता हूँ और एक ख़त लिखना शुरू कर देता हूँ। लेकिन ख़त लिखने में भी मन नहीं लग रहा है। एक-दो पंक्ति लिखकर छोड़ देता हूँ।

ख़त लिखना मेरे लिए अब किस क़दर मुश्किल काम हो गया है! कभी मुहल्ले-भर के ख़त लिखा करता था। रोज़ ही दो-चार ख़त लिखने पड़ते थे। अब यह हालत हो गई है कि अम्मा को भी पाबन्दी से बराबर ख़त नहीं लिख पाता। अम्मा के कई ख़त आते हैं तो दो-तीन पंक्तियाँ लिखकर उन्हें भेज देता हूँ। अम्मा हर ख़त में ताकीद करती हैं—हर दूसरे-तीसरे दिन ख़त लिखा करो, तमाम बातें तफ़सील से लिखा करो। लेकिन इस नसीहत का मुझ पर कोई असर नहीं होता। क्या करूँ? आदत ही ऐसी बन गई है। तीस-चालीस सफे के फ़ैसले लिखवाने में मुझे कोई दिक़्क़त नहीं होती। लेकिन चार-पाँच पंक्तियों का पत्र लिखना पहाड़-सा काम लगता है।

"खाजे बाबू हैं?" बरामदे से कोई आवाज़ देता है।

आवाज़ कुछ जानी-पहचानी लगती है। लेकिन किस आदमी की आवाज़ है, यह फ़ैसला नहीं कर पा रहा हूँ। "कौन है? अन्दर आ जाइए।" मैंने जवाब दिया।

"हम हैं...अब्दुश्शकूर!"

छाको मेरे सामने आकर खड़ा हो जाता है। मैं चौंक पड़ता हूँ। बिलकुल वैसा ही तो है जैसा मैंने बरसों पहले देखा था। हाँ, बालों में कहीं-कहीं सफेदी आ गई है।

"अरे छाको, तुम! कब आए पाकिस्तान से?" मैंने पूछा।

"हम को आए तो दो महीना हो गया बाबू! समझे थे आप से मिलना न हो सकेगा। जनवा बुआ बताइस कि आप आ गए हैं। क़िस्मत में मिलना लिखा था। कित्ते दिन बाद आपको देखा है!"

"अभी रहोगे न?"

"आज जा रहे हैं। एक महीना का वीज़ा मिला था। एक महीना और बढ़ाया। इलाही मास्टर जिनकी दुकान में काम करते हैं ख़त पर ख़त लिख रहे हैं जल्दी आने वास्ते। जाए को जी तो ना चाहे है। लेकिन का करें बाबू! मजबूरी है।"

"वहाँ आराम से तो हो न तुम?" मैंने पूछा।

"वैसे तो आराम है बाबू! इलाही मास्टर बहुत खयाल-बात करे हैं। लेकिन घर बहुत याद आवे है।"

"फिर गए क्यों थे?" मैंने अनजान बनकर पूछा।

"का कहें बाबू! इलाही मास्टर के बहकावे में आ गए। धोखे से फ़ारम भी भरवा लीहिन पासपोर्ट का।"

"तुम्हारी बच्ची तो ठीक है न? अब तो बड़ी हो गई होगी।" मैंने विषय बदलते हुए कहा।

"हाँ बाबू। बारहवाँ लगिए अब। अच्छा लड़का मिल जाए तो यह फरज भी पूरा कर दें। आप भी देखिए। कोई अच्छा लड़का मिले तो ख़बर कीजिए।"

"तुम्हारी एक ही तो बच्ची है। अपने साथ ले जाओ। वहीं शादी-ब्याह करना उसका।"

"बाबू के बात! ऊहाँ अपन जात-बिरादरी के लड़का कहाँ मिलतई!" छाको ने अपनी ख़ास मासूमियत से कहा।

सचमुच मैं तो भूल ही गया था। छाको भी तो जात-पाँत के बन्धनों में बँधा हुआ था, जिस तरह मैं बँधा हुआ था।

आगे छाको से बात करने के लिए कुछ नहीं था मेरे पास। समझ में नहीं आ रहा था कि उससे और क्या बात की जा सकती है। छाको भी ख़ामोश खड़ा है। उसे भी बातचीत का कोई विषय नहीं सूझ रहा है शायद। ताज्जुब है, मैं जब कभी बचपन के दिनों को याद करता हूँ तो हर क़दम पर छाको से मेरी मुठभेड़ हो जाती है। स्मृतियों का कोई भी टुकड़ा उससे ख़ाली दिखाई नहीं देता। लेकिन जब कभी उससे मिलता हूँ तो बातचीत करने को कुछ ख़ास नहीं रहता।

छाको कुछ देर ख़ामोश खड़ा रहता है। फिर जैसे बहुत झिझकते-झिझकते कहता है—"एक बात बतलाइए बाबू? आप मुंसिफ़ हैं। क़ानून पढ़े हुए हैं। का हम हिन्दुस्तानी ना बन सक ही?"

छाको जेब से अपना पासपोर्ट निकाल कर मेरे सामने रख देता है और

गिड़गिड़ाते हुए कहने लगता है—"सच मानिए बाबू! इलाही मास्टर धोखा किहिन हमरे साथ। हम कभी ना चाहा था पाकिस्तान जाए को। इलाही मास्टर बोलिन कि फ़ारम भरे से कोई नुकसान ना होगा। जब चाहो वापस जा सको हो। हम धोखे में आ गए बाबू! आप तो जानिए हैं हमको। हम कोई ऊहाँ के रहनेवाले हैं! हम तो चाहे हैं इहाँ आवे को। मदद कर दीजिए बाबू!"

छाको का पासपोर्ट मेरे सामने खुला रखा है। वह पाकिस्तान का नागरिक है। क़ानून मेरे दिल और दिमाग़ पर हावी हो चुका है। मैं बड़ी रुखाई से कहता हूँ—"नहीं भाई! यह कैसे मुमकिन है? तुम इस मुल्क के बाशिन्दे अब नहीं हो। हाँ, वीज़ा लेकर तुम ज़रूर आ सकते हो। लेकिन मुल्क तुम्हारा पाकिस्तान ही है।"

छाको आगे कुछ नहीं बोलता। पासपोर्ट लेकर अपनी जेब में रख लेता है और सलाम करके चला जाता है।

मैं छाको को जाते देखता रहता हूँ...।

"...उफ़! कैसा भयानक हो गया था वह चेहरा। फटे-पुराने कपड़े पहने एक बहुत मामूली आदमी का चेहरा। अदालत में किस तरह गला फाड़-फाड़कर रो रहा था वह, जैसे कोई सगे-सम्बन्धी की मौत पर रोता है। मेरा फ़ैसला सुनते ही कैसी हालत हो गई थी उसकी! पुलिस वालों ने मज़बूती से थाम रखा था उसे कटघरे में और वह पूरी ताक़त से अपने को छुड़ाने की कोशिश कर रहा था। चीख़-चीख़ कर मुझसे कह रहा था—"हमको यहीं रहने दीजिए हुज़ूर! वहाँ मत भेजिए हमको। हम मर जाएँगे हुज़ूर लेकिन वहाँ नहीं जाएँगे। हम यहीं के रहनेवाले हैं हुज़ूर! हमको रहने दीजिए यहाँ।"

वह पागलों की तरह चीख़े जा रहा था और जब पुलिस वाले उसे ढकेल कर अदालत के बाहर ले गए तो भी बहुत देर तक उसकी चीख़ों की आवाज़ मेरे कानों से टकराती रही थी। क्षण-भर के लिए मैं भी द्रवीभूत हो गया था। एक तरह की ग्लानि का एहसास मेरी नस-नस में फैलता चला गया था। लेकिन मैंने जल्दी ही अपनी इस मन:स्थिति पर क़ाबू पा लिया था और अपने दिल और दिमाग़ को आश्वस्त कर दिया था कि फ़ैसले में कोई ग़लती नहीं है। वह आदमी यक़ीनन मुजरिम है। वीज़ा की मियाद ख़त्म हो जाने के बाद भी वह ग़ैर-क़ानूनी तौर पर यहाँ रह रहा है। उसे जायज़ सज़ा दी गई है। 'फारेनर्स एक्ट' का उल्लंघन करने की जो सज़ा क़ानून के मुताबिक़ दी जानी चाहिए, वही सज़ा उसे दी गई है।

हुकूमत के सिपाही उसे अपनी हिफ़ाज़त में ले जाएँगे और सरहद के उस पार छोड़ आएँगे।

लेकिन जाने क्यों रात में कई बार उसका चेहरा मेरी आँखों के सामने नाच गया था और हर बार मैंने दिल में बड़ी बेचैनी महसूस की थी। यह कोई पहला मौका नहीं था जब क़ानून का पूरी ईमानदारी और निष्पक्षता से पालन करने के बाद भी मुझे शदीद बेचैनी का एहसास हुआ था। कितनी ही बार मुझे लगा है कि क़ानून की अपेक्षाओं को पूरा करने की ज़िम्मेदारी निभाते हुए मैं अपने दिमाग़ को तो तुष्ट करता रहा हूँ लेकिन मेरी रूह में एक अजीब-सी वीरानी फैलती रही है। ऐसे मौक़ों पर मैंने हमेशा ख़ुद को समझाने की कोशिश की है कि मुझे जज़्बात में नहीं बहना चाहिए। क़ानून का ताल्लुक़ अक़्ल और दिमाग़ से है। भावनाओं को उस पर हावी नहीं होने देना चाहिए...।

रात के आठ बजे हैं। गली के नुक्कड़ पर एक रिक्शा आकर रुका है।

आगे-आगे छाको। उसके पीछे-पीछे महम्दू ख़लीफ़ा, जनवा और उसके बेटे मुस्तक़ीम और यासीन, छाको की बहन कुरैशा और छाको की बेटी ज़ुबैदा। उसकी चाल बिलकुल वैसी ही है जैसी मैं देखता आया हूँ। आहिस्ता-आहिस्ता चल रहा है वह जैसे बहुत पहले अपने बाप के साथ चलता था। मुझे लगा, वह दुकान बन्द करके घर लौट रहा है। महम्दू ख़लीफ़ा आगे-आगे चल रहा है और पीछे-पीछे छाको चल रहा है। उसके गले में कपड़ा नापने का फ़ीता लटक रहा है। एक हाथ में क़ैंची है और बग़ल में कपड़ों की छोटी-सी गठरी। लेकिन नहीं! वह घर की तरफ़ कहाँ जा रहा है! वह तो विरोधी दिशा में जा रहा है। महम्दू ख़लीफ़ा उसके आगे-आगे नहीं है। वह तो छाको के पीछे-पीछे चल रहा है।

मैं सोचता हूँ, जमाना कितना बदल गया है! कैसा बदला-बदला लग रहा है सब कुछ! मैं बरामदे से उतरकर गली के नुक्कड़ पर आ गया हूँ। छाको रिक्शे पर चढ़ रहा है। यह दृश्य जाने कितनी बार देख चुका हूँ! जब कभी वह हज़ारीबाग़ जाता या कोडरमा जाता या झुमरीतलैया जाता या कलकत्ता जाता तो इसी तरह गली के नुक्कड़ पर रिक्शा आ कर रुकता। पर मैं कभी तो नहीं जाता था उसे विदा करने को। तब भी उसके बाप, भाई-बहन सभी आते थे उसे छोड़ने को रिक्शे तक। लेकिन किसी की आँखों में आँसू नहीं होते थे। सबके चेहरे उदास ज़रूर दिखाई देते थे। वे जानते थे कि यह आना-जाना तो लगा ही रहता है। यह तो उनकी ज़िन्दगी

का एक हिस्सा है। मुहल्ले के लोग बाहर जाते ही रहते हैं काम-धन्धे की तलाश में। पर आज का जाना तो और ही लग रहा है। जैसे वह रोज़गार की तलाश में न जा रहा हो। जैसे वह दूर, बहुत दूर, किसी ऐसी जगह जा रहा हो जहाँ से जाने वह कभी लौटेगा भी या नहीं।

मैं गली के नुक्कड़ पर खड़ा हूँ। गली की सीढ़ी से लग कर रिक्शा खड़ा है। छाको के चेहरे पर अजीब तरह का तनाव है, जैसे उसका चेहरा फट फड़ेगा उसके मन के तूफ़ान को लेकर। उसके बाज़ू पर लाल साड़ी की धज्जी में इमाम-ज़ामिन बँधा हुआ है। जनवा उसके पास खड़ी है। रिक्शे के पायदान पर टीन का एक स्याह बक्स रखा है। उसके ऊपर लाल कपड़े में बँधा हुआ हाँडी का ढक्कन है जिसमें शायद खाने की कोई चीज़ रखी हुई है।

छाको का एक पैर रिक्शे के पायदान पर है। उसका दूसरा पैर अभी ज़मीन पर ही है जैसे वह ज़मीन में धँस चुका हो। जनवा के आँसुओं में डूबे हुए शब्द मेरे कानों में पहुँच रहे हैं—"अल्लाह ख़ैर से वापस लाए।"

और तब एकाएक उसका चेहरा फट पड़ा है। दिल का तूफ़ान पूरे वेग से बाहर आ गया है। उसका पैर रिक्शे के पायदान से हट कर फिर ज़मीन पर आ गया है। वह फूट-फूट कर रो रहा है जैसे वह सचमुच कोई बच्चा हो और उसकी कोई प्यारी चीज़ उससे छीनी जा रही हो। इस तरह फूट-फूटकर रोते तो मैंने उसे कभी नहीं देखा।

लेकिन यह क्या! मैं फिर बहकने लगा हूँ। फिर वैसी ही मनोदशा मुझ पर हावी हो रही है। मैंने छाको का पासपोर्ट देखा है। अब्दुश्शकूर वल्द महम्दू ख़लीफ़ा पाकिस्तान का नागरिक है। मैंने क़ानून का गहरा अध्ययन किया है। क़ानून की इज़्ज़त मेरी रग-रग में बसी हुई है। क्या यह बात मैं नहीं जानता कि क़ानून का जज़्बात से कोई ताल्लुक़ नहीं है? पर न जाने क्यों मेरे दिमाग़ ने जैसे काम करना बन्द कर दिया है। क़ानून की मोटी-मोटी किताबें जैसे छाको के आँसुओं में डूबती जा रही हैं। और मैं रूह की गहराई में कहीं शिद्दत से महसूस कर रहा हूँ कि छाको दरअसल परदेश जा रहा है जहाँ की हर चीज़ उसके लिए अजनबी है।

समय कितनी तेज़ी से सरक गया है!!!

अम्मा का देहान्त हुए आज चार दिन हो गए हैं। क़ुल का हंगामा भी ख़त्म हो चुका है। लोग खाना खा कर जा चुके हैं। मैं बैठक में लेटा अम्मा के बारे में ही सोच रहा हूँ। मन में दुख और पीड़ा की अब कोई अनुभूति नहीं है। एक अजीब-सा ख़ालीपन, अजीब-सी रिक्तता मेरे चारों ओर फैलती जा रही है। ताज्जुब होता है इस मन:स्थिति पर। अम्मा की मौत मेरे लिए ऐसा एहसास लेकर आएगी, यह नहीं सोचा था कभी। एकाएक ही मुझे महसूस होने लगा है कि मैं बहुत बूढ़ा हो गया हूँ। अम्मा की मौत की ख़बर सुनने के लिए मैं बहुत दिनों से ख़ुद को तैयार कर रहा था। मैं जानता था कि किसी रोज़ अचानक ही मुझे ख़बर मिलेगी कि वह चल बसीं। मैं भागा-भागा घर पहुँचूँगा, उन्हें दफ़्न करूँगा और रो-धो कर ख़ामोश हो जाऊँगा।

मैं इस सदमे के लिए पहले से तैयार था। इसलिए यह कहना ग़लत होगा कि जब अम्मा ने मेरे सामने आख़िरी साँस ली तो मुझ पर ग़म का पहाड़ टूट पड़ा था। वह मेरी माँ थीं। मेरी आँखों से आँसुओं की धारा भी फूटी थी---शायद यह आन्तरिक पीड़ा के कारण उतना नहीं था जितना संस्कार के कारण। लेकिन यह कल्पना नहीं की थी कि उनकी मौत मेरे जीवन में ऐसी रिक्तता भी भर सकती है।

...सेरीबरल हैमरेज...गले से घर्र-घर्र की आवाज़ एक-एक कर निकल रही थी। उनकी आँखें मुझे देख रही थीं, लेकिन कह नहीं सकता कि वह मुझे पहचान भी रही थीं या नहीं। बड़ी डरावनी-सी चमक थी उन आँखों में। जाने बुझते हुए दीए की यह आख़िरी चमक थी या मृत्यु से संघर्ष करने की पीड़ा या मुझे पहचान लेने के बाद भी कुछ बोल न पाने की बेबसी ने यह चमक पैदा कर दी थी उन आँखों में। मैं अम्मा के चेहरे को टकटकी बाँधकर देखता रहा था---उस वक़्त तक देखता

रहा था, जब उनके गले से एक बड़ी ख़ौफ़नाक घरघराहट की आवाज़ निकली थी और उनका शरीर ठंडा पड़ गया था।

...बनते-टूटते दृश्यों का एक सिलसिला...अम्मा ख़ौफ़ से थर-थर काँप रही हैं। अब्बा किसी बात पर नाराज़ हो गए हैं। खाने की प्लेट उठाकर फेंक दी है। अम्मा कुछ बोलती क्यों नहीं? अब्बा को खरी-खरी सुनाते क्यों डर लगता है इतना? नफ़रत का शदीद एहसास मुझे बेक़ाबू कर रहा है। लेकिन मैं कुछ भी तो नहीं कर सकता! अब्बा के आग्नेय नेत्र मुझे भी उसी तरह डस लेते हैं जिस तरह अम्मा को डस लेते हैं...अब्बा का चेहरा अम्मा के चेहरे पर चिपक गया है...उसी तरह बात-बात पर नाराज़ हो जाना...वैसा ही ख़ौफ़, वैसी ही दहशत...मोम की तरह पिघलता हुआ चेहरा...ज़रा भी तो सख़्ती नहीं है इस चेहरे में।

अम्मा के किसी एक रूप पर स्थिर नहीं हो पाता हूँ। सैकड़ों, हज़ारों वर्षों से दबी हुई भारतीय नारी जिसमें बग़ावत की एक भी चिनगारी नहीं है या फ़ौलाद की तरह मज़बूत दिल रखनेवाली औरत जो कड़ी-से-कड़ी परिस्थिति में भी विचलित नहीं होती! अम्मा आख़िर क्या थीं?

...अम्मा ने एक बताशा मेरे हाथ में पकड़ाते हुए कहा था—"शामो-हबीब का ब्याह है। कपड़ा ना देंगे तो का कहिएँ बिरादरी के लोग।" मैं हैरत से अम्मा को देखता रह गया था। कितनी मुश्किल से गुज़ारा हो रहा है! एक-एक करके सब गहने बिकते जा रहे हैं। हम लोगों की कहाँ औक़ात है ऐसे चोंचले निभाने की? लेकिन अम्मा ने एक नहीं सुनी थी। मुझे बड़ा गुस्सा आया था! घर फूँककर तमाशा देखना नहीं तो और क्या है यह? क्या छोटे अब्बा से हम लोगों की हालत छिपी हुई है? लेकिन अम्मा की वही एक रट कि यह रस्म है। इसे पूरा करना ही होगा। मैंने अम्मा से चिढ़कर कहा था—"छोटे अब्बा जब हम लोगों के लिए कपड़े लाए थे तो आपने लिए थे जो आपके कपड़े वह लेंगे?"

"ऊ और बात थी। हम कोई तरस खाके थोड़े ही दे रहे हैं कपड़े। ई तो रिवाज है। बिबियन सबका का कहिएँ कि हाय! जेठानी के हियाँ से बधावा ना आया। कनूरी के दिन सबके हियाँ से बधावा अइए और हमरे हियाँ से ना जइए तो थू-थू ना होइए हमरे नाम से।"

बहुत-से मामलों में अम्मा से बहस करना बेकार था। कोई नतीजा नहीं निकला था उससे।

...बहुत शानदार बधावा भेजा था अम्मा ने। छोटे अब्बा, छोटी अम्मा, शामो बाजी और हबीब भाई, सबके कपड़े भिजवाए थे दो सेनियों में रखकर बाजे के साथ। छोटे अब्बा फूट-फूट कर रोने लगे थे। बधावे को देखकर उन्हें अब्बा याद आ गए थे। घर मेहमानों से खचाखच भरा हुआ था। औरतें मड़वा के नीचे लहक-लहक कर टोना गा रही थीं—

सेहरे में टोना भेजा पगिए में टोना भेजा,
जहाँ पढ़ते होइयो, हुआँ जाता है टोना मेरा।

छोटी अम्मा माँग में सेंदूर थोपे बदहवास-सी घर में भागी फिर रही थीं। उन्होंने अम्मा के सामने पानदान लाकर रख दिया था। औरतों के बीच बैठीं वह पान लगा रही थीं। उनका चेहरा कैसा खिला-खिला लग रहा था! एक लम्बे अरसे के बाद मैंने ऐसी ख़ुशी देखी थी उनके चेहरे पर। बधावे के पीछे छिपी हुई फ़िज़ूलखर्ची पर मैं अब तक कुढ़ता रहा था। लेकिन अम्मा के हँसते हुए चेहरे को देखकर मेरी सारी कुढ़न ग़ायब हो गई थी।

बाहर मरदाने में गांधी भाई को बहुत-से लोगों ने घेर रखा था। ज़ोरदार बहस हो रही थी। मुस्लिम लीग, कांग्रेस, मोहम्मद अली जिन्ना, मौलाना आज़ाद, महात्मा गांधी, पंडित नेहरू, सरदार पटेल, पाकिस्तान बनेगा या नहीं, मुसलमानों को क्या करना चाहिए—तरह-तरह के मसलों पर लोग ऊँची आवाज़ में बातें कर रहे थे। बहुत दिनों के बाद तमाम रिश्तेदार एक जगह इकट्ठा हुए थे। तक़रीबन सभी नौकरी-पेशा लोग थे। कोई रेलवे में काम कर रहा था तो कोई पोस्ट-आफ़िस में। कोई पटना सेक्रेट्रिएट में मुलाज़िम था तो कोई आबकारी के महकमे में। बहस सियासत पर हो रही थी लेकिन लोग अपने व्यक्तिगत मसले भी जोड़ते रहते थे। किसी को शिकायत थी कि उसका प्रमोशन नहीं हो रहा है। किसी को यह रोना था कि उसका तबादला बहुत ख़राब स्टेशन में कर दिया गया है। किसी की हेडक्लर्क से नहीं बन रही थी तो किसी की स्टेशन मास्टर से। तरह-तरह की शिकायतें थीं लेकिन सबकी तान एक ही बात पर टूटती थी—उसके साथ इंसाफ़ नहीं हो रहा है। उन्हें तरह-तरह से सताने और तंग करने की कोशिशें की जाती हैं और ऐसी तमाम कोशिशें हिन्दुओं की तरफ़ से की जाती हैं। मुसलमानों की तादाद नौकरियों में वैसे ही बहुत थोड़ी है और ये थोड़े-से लोग भी हिन्दुओं की निगाह में काँटे की तरह खटकते हैं।

"आप किससे यह सब बातें कह रहे हैं? गांधी भाई कभी नहीं मानेंगे कि हिन्दू मुसलमानों पर ज़ुल्म कर रहे हैं। हिन्दू राज यहाँ क़ायम हो जाए तो यह तो अपने घर में घी के चराग़ जलाएँ।" हबीब भाई ने अपनी आदत के मुताबिक़ गांधी भाई पर फबती कसी थी और सब लोगों ने ज़ोरदार क़हक़हा लगाया था।

क़हक़हों का तूफ़ान अभी थमा भी नहीं था कि छोटे अब्बा और हबीब भाई तेज़ी से बरामदे की तरफ़ लपकते दिखाई दिए थे। सुधीर चचा दो पैकेट सँभाले रिक्शे से उतर रहे थे। बरामदे में पहुँचकर दोनों पैकेट छोटे अब्बा को थमाते हुए बोले—"यह बहू के लिए है और यह शामो बिटिया के लिए।"

सुधीर चचा छोटे अब्बा के बहुत गहरे दोस्त थे। आड़े वक़्त में उन्होंने छोटे अब्बा की बहुत मदद की थी और छोटे अब्बा को भी उनकी दोस्ती और मुहब्बत पर बहुत नाज़ था। जिन दिनों पोस्टमास्टर ने उनका जीना हराम कर दिया था उन दिनों दफ़्तर में अगर किसी ने खुल कर उनका साथ दिया था तो वह सुधीर बाबू ही थे। दफ़्तर में बहुत से मुसलमान किरानी भी थे। लेकिन पोस्टमास्टर के डर से कोई भी कुछ नहीं बोल सका था। यह सुधीर बाबू का ही कलेजा था कि अपनी नौकरी को ख़तरे में डालकर वह छोटे अब्बा की सहायता करने पर तुल गए थे। क्या हालत हो गई थी छोटे अब्बा की उन दिनों! पोस्टमास्टर बुरी तरह पीछे पड़ा हुआ था। उनके हर काम में दोष निकालने और उन्हें निकम्मा और अयोग्य साबित करने का जैसे बीड़ा उठा लिया था उसने। अफ़सर की नाराज़गी आदमी को कैसी दयनीय स्थिति में पहुँचा देती है, इसका अन्दाज़ा पहली बार मुझे छोटे अब्बा की हालत को देखकर ही हुआ था।

कैसी दहशत छाई रहती थी उनके दिल और दिमाग़ पर! किसी आसन्न संकट का भय निरन्तर सालता रहता था। जाने कब क्या हो जाए! इस दहशत की मनहूस परछाईं घर के लोगों पर भी पड़ रही थी। छोटी अम्मा, हबीब भाई, शामो बाजी, अब्बा सभी पर असर पड़ रहा था उसका। एक अम्मा थीं जो अन्दर-ही-अन्दर ख़ुश हो रही थीं छोटे अब्बा को परेशान देख कर। कई बार तो अपनी ख़ुशी को छिपाना नामुमकिन हो गया था उनके लिए और सब कुछ उगल दिया था मेरे सामने—"अब मालूम होइए ग़रीब मासूम को सतावे का का हशर होवे है। का-का हाल ना कीहिन है बाबू ई सब हमरा। हमरा हाय पड़ा है बाबू सब पर।"

हालाँकि छोटे अब्बा दफ़्तर के कामकाज में बहुत होशियार माने जाते थे। किसी पोस्टमास्टर को कभी उनसे कोई शिकायत नहीं रही। अब्बा की तरह छोटे

अब्बा भी ग़रीबी से उठे थे और नौकरी की अहमियत और क़ीमत को अच्छी तरह जानते थे। कभी दफ़्तर के काम में लापरवाही नहीं दिखाई। चाहे रात के नौ बज जाएँ, दफ़्तर के तमाम काग़ज़ात निपटाकर ही घर लौटते थे। छोटी अम्मा उनकी इस आदत की वजह से अक्सर नाक-भौंह सिकोड़ लेतीं और कहतीं—"अद्दी की नौकरी है इन्हीं की। इनका बस चले तो दफ़्तर छोड़ के घर ना आवें कभी।"

जो आदमी इतनी मेहनत और मुस्तैदी से दफ़्तर का काम करता हो उससे तमाम अफ़सर ख़ुश हों तो इसमें अचम्भे की बात ही क्या है। जितने पोस्टमास्टर आए सबकी नाक के बाल बने रहे छोटे अब्बा। जाने श्यामनन्दन मिश्र से क्यों नहीं पट सकी उनकी? यक़ीन से तो कुछ नहीं कहा जा सकता लेकिन मेरा ख़याल है कि ग़लती पोस्टमास्टर की ही रही होगी। छोटे अब्बा का तो मिज़ाज ही ऐसा नहीं था कि वह अफ़सर से लड़ने की कभी सोच सकते। ख़ुदा के बाद अगर वह किसी का ख़ौफ़ खाते थे तो अफ़सर का ही। उसके हुक्म को टालने की उनमें हिम्मत नहीं थी।

दफ़्तर के बहुत से दूसरे लोगों का भी यही ख़याल था कि ज़्यादती पोस्टमास्टर की ही है। ख़्वाहमख़्वाह एक ईमानदार आदमी के पीछे पड़ा हुआ है। अफ़सर अगर मातहत के काम में मीन-मेख़ निकालने पर तुल ही जाए तो उसे कौन रोक सकता है? और कुछ नहीं तो मातहत को तंग और परेशान तो कर ही सकता है। उसके हाथ मातहत से कहीं ज़्यादा लम्बे हैं। उसकी क़लम में कहीं ज़्यादा ताक़त है। मातहत की सी. आर. में कोई ऐसा जुमला तो लिख ही सकता है जिससे उसका कैरियर तबाह हो जाए।

और छोटे अब्बा को तो पोस्टमास्टर कई बार धमकी दे चुका था कि वह उनकी सी.आर. ख़राब करके ही दम लेगा। छोटे अब्बा पी.एम.जी. के दफ़्तर में पोस्टमास्टर के ख़िलाफ़ अर्ज़ी देना चाहते थे, लेकिन ज़रूरत थी किसी गवाह की जो उनकी बात की तसदीक़ कर सके। पोस्टमास्टर ने कई लोगों के सामने सी. आर. ख़राब करने की धमकी दी थी लेकिन किसकी मजाल थी कि पोस्टमास्टर के ख़िलाफ़ गवाही दे सके। छोटे अब्बा सबको टटोल चुके थे। कोई भी यह जोखिम मोल लेने को तैयार नहीं था। सब पीठ-पीछे पोस्टमास्टर को गालियाँ देते थे और छोटे अब्बा को सराहते थे लेकिन खुल कर साथ देने का साहस किसी में नहीं था। सब अपनी नौकरी और बाल-बच्चों की दुहाई देने लगते थे।

छोटे अब्बा के लिए सचमुच यह जीवन-मरण का प्रश्न बन गया था। प्रमोशन के लिए उनका मामला तक़रीबन पक चुका था। लेकिन अगर सी. आर. ख़राब हो

गई तो बना-बनाया खेल बिगड़ जाएगा। इस बार रह गए तो तीन-चार वर्षों तक के लिए सारा मामला ठप्प हो कर रह जाएगा। लोगों का कहना था कि पोस्टमास्टर जानबूझकर शरारत कर रहा है। सीनियरिटी लिस्ट में छोटे अब्बा के बाद जिस आदमी का नम्बर है उसकी वह मदद करना चाहता है और इसके लिए ज़रूरी है कि वह छोटे अब्बा के प्रमोशन में रोड़े अटकाए। उनकी सी. आर. ख़राब कर देने से पोस्टमास्टर का आदमी बड़ी आसानी से ऊपर आ जाएगा।

सब लोग इस खेल और साज़िश को समझ रहे थे लेकिन ज़बान से कोई कुछ नहीं कह सकता था। आख़िरकार सुधीर बाबू ने ही साहस बटोरा था और अपने कैरियर को ख़तरे में डाल कर वह छोटे अब्बा के पक्ष में गवाही देने को राज़ी हो गए थे।

एक ज़ोरदार धमाका हुआ था पोस्टऑफ़िस में उस रोज़ जब छोटे अब्बा की अर्जी सुधीर बाबू के लिख़ित बयान के साथ पी.एम.जी. को भेज दी गई थी। पोस्टमास्टर के चेहरे पर भी हवाइयाँ उड़ने लगी थीं। उसके मातहतों में एलानिया कोई उसके ख़िलाफ़ जा सकता है, यह उसने सपने में भी नहीं सोचा होगा। और सुधीर बाबू जैसे शान्त और दब्बू किस्म के आदमी से तो कभी ऐसी उम्मीद की भी नहीं जा सकती थी।

सुधीर बाबू सचमुच बहुत दबे-दबे और बुझे-बुझे-से लगते थे। ज़बान तो उनके गोया थी ही नहीं। घंटों छोटे अब्बा के यहाँ बैठे रहते और इस दौरान दो-चार शब्दों से ज़्यादा न बोलते। छोटी अम्मा तो मज़ाक़ में कहती थीं—"सुधीर बाबू आवे हैं तो पता भी ना चले है कि कोई आया है। मुँह खोलें तो लगे कि आए हैं। अल्लाह मियाँ ज़बान का दीहिन हैं इनको। एकदम गऊ हैं सुधीर बाबू भी।"

पोस्टमास्टर ने बहुत डराया-धमकाया था उन्हें। प्रलोभन भी देने की कोशिश की थी और धर्म की दुहाई भी दी थी। लेकिन सुधीर बाबू टस-से-मस भी नहीं हुए थे। उन्होंने अपनी आदत के मुताबिक़ बहुत संक्षिप्त लेकिन निर्णयात्मक उत्तर दिया था—"मैंने जो कुछ लिखा है सच लिखा है।"

पी.एम.जी. ने मामले की जाँच करवाई थी और पोस्टमास्टर का तबादला कर दिया था। छोटे अब्बा पर कोई आँच नहीं आई थी और चन्द महीनों के बाद ही उनका प्रमोशन हो गया था।

छोटे अब्बा जब पाकिस्तान के लिए ऑप्शन दे रहे थे तो सुधीर बाबू ने उन्हें रोकने की कोशिश की थी। कहा था—"क्यों जाते हैं अपना घर-बार छोड़कर?

यह समय भी बीत जाएगा। श्यामनन्दन मिश्र ने कितना तंग किया था आपको? वह वक़्त भी बीत गया था न आख़िर। मत जाइए, यहीं रहिए। सब ठीक हो जाएगा कुछ दिनों में।"

लेकिन छोटे अब्बा भी क्या कर सकते थे? उनके हाथ तो हबीब भाई पहले ही काट चुके थे।

...चेहरों का कैसा भारी हुजूम था, जो आख़िरी झलक दिखा कर ग़ायब हो गया था।...यह मतलूब चाचा हैं। डी. एस. आफिस के चीफ़ क्लर्क...यह नईम फूफा हैं, एक्साइज़ सुपरिंटेंडेंट...यह ज़हीर खालू हैं, डिप्टी कलेक्टर...यह इंस्पेक्टर हैं, यह दारोग़ा हैं, यह वकील हैं, यह ज़मींदार हैं...तमाम चेहरे इस तरह बिखर गए थे कि फिर कभी दिखाई नहीं दिए थे।

"लोग इन महफ़िलों और मजलिसों के लिए तरसेंगे। इन्हें नहीं मालूम कि कैसी नायाब दौलत इन्होंने खो दी है।" गांधी भाई हमेशा दार्शनिकों की भाषा में बात करते थे...।

कमरे का दरवाज़ा खुला है। बाहर बरामदे में ईंट के टुकड़े से खींची गई तरह-तरह की आकृतियाँ दिखाई दे रही हैं। मेरी नज़र इन आकृतियों को लाँघकर ज़मीन के उस खाली टुकड़े पर जम जाती है जहाँ कभी छाको का घर था। महम्दू ख़लीफ़ा को मरे एक अरसा हो गया। बेंगा भी अब मुहल्ले में नहीं है। रोज़गार के सिलसिले में कहीं बाहर रहता है। जनवा मुहल्ले में ही रहती है लेकिन इस गली में नहीं। कहीं और किराए की कोठरी में रहती है। उसके दोनों बेटे भी अब बाहर कहीं काम-धन्धे से लगे हुए हैं।

चौदह-पन्द्रह साल हो गए जब छाको से मुलाक़ात हुई थी। जाने अब वह किस हाल में है? मेरी नज़र फिर बरामदे में बिखरी हुई आकृतियों पर जम जाती है। कभी इनमें मुझको बाँधने की कैसी अद्‌भुत शक्ति थी! छाको के ख़तों के बहुत-से टुकड़े मेरे दिमाग़ में रेंग रहे हैं। उसे घर की याद बहुत सताती थी। लेकिन अब तो उसका घर भी नहीं रहा। कोई निशान तक बाकी नहीं है उसके घर का। क्या अभी भी वह उसी तरह बेचैन होगा? जाने उसने अपने घर को इस उजड़ी हुई हालत में देखा है या नहीं?

गली में बच्चे नारा-बद्धी पहने आ-जा रहे हैं। बड़ी दाहा के इमामबाड़े से डंके

की आवाज़ आ रही है। वक़्त पीछे की तरफ़ सरक गया है या आगे की तरफ़ बढ़ रहा है? बहुत कुछ बदल जाने के बाद भी जैसे कुछ भी नहीं बदला। आज मुहर्रम की सातवीं तारीख़ है। अखाड़ा निकलेगा। गली के नुक्कड़ पर मैदान में जमेगा। रस्म पूरी करने के ख़याल से मैं कुछ देर तक अखाड़ा देखता रहूँगा। जैसे ही अखाड़ा उखड़ जाएगा मैं आकर सो जाऊँगा। लेकिन छाको अगर यहाँ होता तो शायद आज भी वह बड़े उत्साह और जोश के साथ अखाड़े में शामिल होता।

डंके की आवाज़, हर लम्हे ऊँची होती जा रही है। इमामबाड़े पर काफी भीड़ जमा हो गई होगी। तीस-पैंतीस साल का अरसा किसी नाटक की गति से मेरे सामने से गुज़र रहा है। अब्बा, छोटे अब्बा, अम्मा, छोटी अम्मा, शामो बाजी, हबीब भाई, गांधी भाई—सब जैसे अपनी-अपनी भूमिका निभाते रहे हैं। अनगिनत दृश्य आ-आकर गुज़र रहे हैं। लगता है, मेरी भूमिका महज़ एक दर्शक की रही है।

...शामो बाजी विदा हो रही हैं। अन्दर औरतें रुख़सती का गीत गा रही हैं—

दादा जुअवा खेलन कहाँ जाओगे जी,
बेटी जुअवा खेलन तुमरे सउहर जाँगे जी।
दादा जुअवा में का का तुम हारोगे,
बेटी जुअवा में तुम को मैं हारा जी।
दादा माल मुलुक सब हार आते,
बेटी लछमी धिया काहे हारे जी।
बेटी माल मुलुक मेरा लछमी जी,
बेटी लछमी धिया बहुत भारी जी।

हबीब भाई को पुकारा जा रहा है। हबीब भाई रूमाल से शामो बाजो का पाँव पोंछते हैं, अपने हाथ से पानी पिलाते हैं और रोते हुए हट जाते हैं। गांधी भाई मेरे कन्धे पर हाथ रखकर कहते हैं—"जानते हो, बड़ा भाई छोटी बहन के पाँव क्यों पोंछता है?"

"रिवाज है, इसीलिए।" मैं जवाब देता हूँ।

"रिवाज तो है लेकिन हर रिवाज के पीछे कोई-न-कोई मतलब भी होता है।" गांधी भाई मेरी जिज्ञासा जगाते हुए कहते हैं। उनकी तो यह पुरानी आदत है। हर चीज़ में कोई नया और अनोखा ही मतलब ढूँढ़ते हैं।

"अरे भाई लड़की लछमी मानी जाती है इसीलिए उसका पाँव रूमाल से पोंछ लेते हैं। सारी लछमी चली गई तो घर में क्या रह जाएगा? कुछ यहाँ भी तो रहना चाहिए न!"

मैंने हबीब भाई से कहा था तो वह ख़ूब जोर से हँसे थे—"गांधी भाई की खोपड़ी ही उल्टी है। वह जब तक मुसलमानों को हिन्दू नहीं साबित कर देंगे, तब तक उन्हें चैन नहीं मिलेगा।"

...हबीब भाई ने लिखा है—

> "यहाँ के हालात अब हम लोगों के लिए नाक़ाबिले बरदाश्त हो चुके हैं। लोग पश्चिम की तरफ़ भाग रहे हैं। मैंने भी तबादले के लिए दरख़्वास्त दे दी है। उम्मीद है कि कराची तबादला हो जाएगा। दुआ करो कि जल्दी इस दोज़ख से निजात मिले। यह एक बहुत तकलीफ़देह हक़ीक़त है लेकिन है हक़ीक़त कि बिहारी मुसलमानों की बंगाली मुसलमानों के साथ गुज़र नहीं हो सकती है। बड़ा ही जानलेवा एहसास है यह कि हम जिन आदर्शों को सीने से लगाए हुए थे और जिनसे हमारे दिल और रूह को ताज़गी और सुकून मिलता था उन्होंने अचानक ही ज़हरीले साँपों की तरह हमें डसना शुरू कर दिया है। मैं सच कहता हूँ कि बिहार के हिन्दू इन बंगाली मुसलमानों से यक़ीनन बेहतर थे।
>
> "तुम्हें याद होगा, हमारे मुहल्ले में मुहर्रम में जब ताज़िए उठते थे तो आसपास के गाँवों से बहुत से हिन्दुओं के ताजिए भी आया करते थे। नफ़रत और दुश्मनी के उस ज़हर के बावजूद जो हिन्दू और मुसलमान के जिस्म और रूह में फैल चुका था, दोनों एक-दूसरे के साथ कहीं मज़बूती से बँधे हुए भी थे। ताज्जुब है इन बातों की तरफ़ उन दिनों हम लोगों की नज़र नहीं जाती थी। हमारी आँखों पर जो ऐनक लगी हुई थी उससे कुछ और ही दिखाई देता था।
>
> "अक्सर मैं समुद्र के किनारे बैठकर जब लहरों को साहिल से टकराते और लौटते देखता हूँ तो एक अजीब-सा ख़याल मेरे दिल

और दिमाग़ पर हावी होने लगता है। लहरें पूरी शिद्दत से साहिल से टकराती हैं और समुद्र में लौट जाती हैं। मुझे लगता है जैसे मैं भी कोई लहर हूँ जिसकी क़िस्मत में टकराना तो लिखा है लेकिन लौटना नहीं। सोते-जागते एक अजीब-सा एहसास मुझे अपनी गिरफ़्त में ले लेता है—मुझे भी लौट जाना है। लेकिन मैं जानता हूँ कि ऐसा कभी नहीं हो सकता।"

"...ये अपनी ज़मीन और हवा के लिए तरसेंगे। इन्हें वतन कभी नसीब नहीं होगा। इन्हें नहीं मालूम इन्होंने कैसी नायाब दौलत खो दी है...।"

सब बकवास! गांधी भाई तुमने तो यह नायाब दौलत सँजोकर रखी थी। अपनी ज़मीन और हवा से ख़ुद को कभी अलग नहीं किया था, तुम्हारा हश्र क्या हुआ?

मेरी पोस्टिंग जमशेदपुर में ही थी। गांधी भाई को उनकी सेवाओं के बदले में कांग्रेसी सरकार ने पब्लिसिटी डिपार्टमेंट में एक छोटी-मोटी नौकरी दे दी थी। नौकरी से रिटायर होकर वह जमशेदपुर आ गए थे और अपने बेटे के साथ रहने लगे थे जो टिस्को के कारखाने में मुलाज़िम था। दंगे की आग पूरी शिद्दत से भड़क उठी थी। एक हथियारबन्द जत्थे ने उनके क्वार्टर पर हमला किया था। गांधी भाई निहत्थे ही जत्थे के सामने चले गए थे और डान क्विग्ज़ोट जैसे अन्दाज़ में चीख़-चीख़ कर कहने लगे थे—"तुम लोगों को शर्म आनी चाहिए। तुम लोग इनसान का ख़ून बहाना चाहते हो। तुम समझते हो मैं तुमसे डर जाऊँगा। मैं मुस्लिम लीग के गुंडों से जिस तरह ज़िन्दगी-भर लड़ता रहा हूँ, उसी तरह तुम से लड़ूँगा।"

गांधी भाई भी अजीब इनसान थे! लोगों के सिरों पर ख़ून सवार था और आप हैं कि उनके सामने तक़रीर कर रहे हैं। किसे फ़ुरसत थी ऐसी तक़रीर सुनने की। किसी ने बढ़कर भाला उनकी छाती में भोंक दिया था और वह उसी क्षण ढेर हो गए थे। फिर उनके बेटे, बहू और पोतों को बेदर्दी के साथ क़त्ल कर दिया गया था।

...लबान की बेटी रेशल को हासिल करने की हवस में जेकब सात साल तक उसकी भेड़ें चराता रहा। जब यह लम्बी मुद्दत ख़त्म हुई तो रात में उसके अँधेरे

कमरे में दुल्हन को लाया गया! दूसरे दिन यह जानकर उसके जिस्म का रोआँ-रोआँ आँसुओं में नहा उठा कि उसकी दुल्हन उसकी रूह का बेक़रार नग़मा रेशल न होकर बदसूरत लयाह थी जो उसके जिस्म और रूह के मधुर संगीत को अचानक ही लहूलुहान कर गई थी...।

पोस्टमार्टम के बाद गांधी भाई की विकृत लाश को देखकर मुझे अनायास ही गया के टाउनहाल का वह जलसा याद आ गया जिसमें मुस्लिम लीग के वालंटियरों ने उन्हें तक़रीबन जान से मार डाला था। कितना अच्छा होता कि गांधी भाई की ज़िन्दगी का ख़ात्मा उसी रोज़ हो गया होता!

नाटक जैसे अपनी चरम सीमा पर पहुँच चुका है। पचीस वर्षों के बाद फिर बहुत सारे पुराने चेहरे दिखाई दे रहे हैं। लेकिन इन पर कैसी स्याही पुती हुई है! कैसी फटकार बरस रही है इन पर! पराजय और हार ने इन्हें कितना विद्रूप कर दिया है। ये लोग फिर अपनी ज़मीन पर लौटे हैं। लेकिन किस अन्दाज़ से? ये जो एक दुनिया को फ़तह करने का संकल्प लेकर गए थे, कैसी बेबसी की तसवीर बनकर लौटे हैं।

...अरब जब किसी शहर या मुल्क को फ़तह करते थे तो ग़नीमत का माल सिपाहियों में बाँट दिया करते थे। सोना-चाँदी, हीरे-जवाहरात, ख़ूबसूरत औरतें—ईमान की क़ूवत के अलावा, इन चीज़ों की हवस भी उन्हें नई दुनियाओं की तरफ़ खींचकर ले जाती थी। लेकिन हमेशा फ़तह और कामयाबी के फूलों से ही इनके दामन नहीं भरते थे। शिकस्त और पसपाई के काँटे भी इनके जिस्म और चेहरे को लहूलुहान कर देते थे। पराजित होकर जब ये अपने घर को लौटते थे तो इनके चेहरों पर निराशा, अपमान और क्षोभ की अमिट रेखाएँ दिखाई देती थीं...।

चेहरों की इस भीड़ में बहुत-से वे लोग भी हैं जिन्होंने अपने पुरखों की ज़मीन पर पहली बार क़दम रखा है। वे हैरत से उस ज़मीन को देख रहे हैं जो कभी उनके पुरखों की ज़मीन थी, जहाँ उनके पुरखों ने भरी-पूरी ज़िन्दगी बसर की थी, अपनी नस्ल को आगे बढ़ाया था और अपने शरीर को मिट्टी के सुपुर्द कर दिया था। लेकिन इस ज़मीन पर अब उनका कोई हक़ नहीं है। अरब के पराजित योद्धाओं

से कहीं ज़्यादा बदक़िस्मत हैं ये लोग। ग़नीमत के माल की हवस में उन्होंने कभी यह सोचा ही नहीं था कि मुहिम नाकामयाब भी हो सकती है और उन्हें पराजित होकर लौटना भी पड़ सकता है।

लेकिन क्या ये सचमुच गुनहगार लोग हैं और अपने गुनाहों का बोझ अपने सिरों पर उठाए हुए हैं? ये क्या फ़िजूल बातें मैं सोच रहा हूँ? गुनाह, सज़ा, प्रायश्चित्त! कितने निरर्थक शब्द हैं ये सब! आपको सोने का पहाड़ नज़र आए और आप उसकी ओर न भागें, भला यह कैसे सम्भव है? चाहे इस पहाड़ का कोई अस्तित्व न हो, वह दृष्टि-भ्रम के कारण ही दिखाई दिया हो।

अख़बारों की अनगिनत मोटी-मोटी सुर्ख़ियाँ मेरे दिमाग़ में रेंग रही हैं। बंगला देश का बिहारी मुसलमान आनन-फ़ानन ही दुनिया-भर में मशहूर हो गया है। हज़ारों-लाखों निगाहें उसकी तरफ़ उठी हुई हैं। उसका क्या होगा? वह कहाँ का है? पाकिस्तान का, बंगला देश का या हिन्दुस्तान का?

समय के बहुत लम्बे अन्तराल के बाद छाको फिर मेरे सामने खड़ा है। उसने अपना वही पुराना सवाल दुहरा दिया है—"हम हियाँ ना रह सके हैं, बाबू?"

"नहीं छाको, तुम यहाँ के नागरिक नहीं हो। क़ानूनी तौर पर तुम यहाँ नहीं रह सकते।" मैंने जवाब दे दिया है।

छाको खड़ा ज़मीन के उस ख़ाली टुकड़े को देखे जा रहा है जहाँ कभी उसका घर था। उसकी आँखें बड़ी उदास-उदास लग रही हैं।

...फलगू नदी के उस पार गौरैया के घोंसले को अपनी गुलेल से तहस-नहस करके छाको इसी तरह उदास हो गया था।

रामधनी लाठी के सहारे चलता हुआ आ जाता है। छाको को देखकर वह कहता है—"ईहें रह छाको। आउ कहीं जाए के जरूरत न हइ! एही जमीनवा पर घर बना ले।"

छाको ख़ामोशी से सुनता रहता है। उसकी निगाहें अभी भी ज़मीन के उस ख़ाली टुकड़े को देखे जा रही हैं जैसे वे उनमें कुछ ढूँढ़ रही हों।

रामधनी मुझसे कह रहा है—"बहुत सा आदमी आगेले हे पाकिस्तान से बाबू। इहे रहतथिन ई सब। आउ कहाँ जैतथिन।"

मैं रामधनी को कोई जवाब नहीं देता। उसे क़ानून का पता नहीं है। इसीलिए ऐसा कह रहा है।

छाको एकाएक जैसे चौंककर कहता है—"जेहल दे दे चाहे फाँसी, हम तो छोड़ के न जैबई अपन घरवा।"

छाको यह कहकर तेज़ी से कमरे से निकल जाता है जैसे वह मुझसे ही डरकर भाग रहा हो।

छाको अभी भी बच्चा ही है! उसे इस तरह भागते देख कर मैं अपनी हँसी रोक नहीं पाता हूँ।